Alphas brennendes Herz

E.Chasseur

Impressum:

Personen oder Geschehnisse in diesem Buch sind allesamt erfunden und haben keine Verbindung zur Realität.

Erste Auflage: Mai 2022 bei Independently Published
Korrektur: Ello You, Elfi Jäger
Cover: Amazon
E-mail: e.chasseur@gmx.de
Homepage: www.elfi-jaeger-Autorin.de
Instagram@elfeeJae

Informationen zum Inhalt des Buches

Es handelt sich um einen Roman im Omegaverse und spielt in einem anderen Universum, als das unsere, somit sind viele Dinge möglich, die in unserer Welt unvorstellbar sind. Das Weltbild ist ein anderes.
In dieser Welt existieren neben den gewöhnlichen Menschen auch Magier, Gestaltenwandler und Vampire.

Hier folgt nun eine kurze Erläuterung zu den Rängen der Wandler, in meiner Geschichte:

Alpha: ist der ranghöchste unter den Wandlern. Er ist in den meisten Fällen der Rudelführer, wobei es in einem Rudel weitere Alphas geben kann, die sich dann allerdings dem Rudelführer unterstellen. Der Alpha ist dominant, besitzt große Stärke und Schnelligkeit, hat die Verantwortung für sein Rudel und ist derjenige, dem es möglich ist, selbst mit männlichen Omegas Nachkommen zu bekommen.

Beta: Sie sind den Alphas untergeordnet und gehören zu der größten Population unter den Wandlern. Ihr Körperbau ist gering kleiner als der eines Alphas, doch verfügen sie über Schnelligkeit und Stärke. In einem Rudel dienen sie meistens als rechte Hand des Alphas, Berater und Soldaten, da sie großartige und treue Begleiter sind. Im Gegensatz zu den Alphas können sie keine Nachkommen mit Omegas zeugen. Alternativ ist es ihnen jedoch möglich, sich mit Menschen fortzupflanzen.

Omega: Diese Wandler gehören zu den schwächsten unter ihrer Rasse. Sie sind kleiner und zarter als Betas, zudem extrem unterwürfig und somit werden sie oft für ihre Sanftmut ausgenutzt und schlecht behandelt. Viele sehen in Omegas nur Haushaltshilfen oder einen Brutkasten, da es weibliche sowohl männliches Omegas allein möglich ist, den Nachwuchs der Alphas auszutragen.
Statt in den Omegas einen wahren Segen zu sehen und sie dementsprechend zu behandeln, tut der Großteil der Gesellschaft eher das Gegenteil.
So ist es nicht einmal ein Wunder, dass gerade die Zahl der männlichen Omegas mehr und mehr zurückgeht.

Reinblüter: Neben all den verschiedenen Rängen existiert noch eine beinahe völlig ausgelöschte Art. Die Reinblüter, der Canus dirus oder auch Schattenwolf genannt. Doch dazu, erfahrt ihr im Laufe der Geschichte noch mehr.

Bleibt nur noch zu sagen, viel Vergnügen.

Eure Elfi

Prolog

Nach einem prüfenden Blick zu allen Seiten folgte er ihm die Steinstufen hinauf. Lediglich eine einzelne Fackel steckte in einer Halterung an der Wand und spendete genug Licht, damit sie nicht über ihre eigenen Füße stolperten. Wobei nur einer von ihnen auf das Licht angewiesen war. Er konnte den schnellen Schlag ihrer Herzen hören, die sich so nah und dennoch unterschiedlich in ihrem Rhythmus waren. Das halbfeuchte Stroh unter ihren Füßen raschelte viel zu laut in seinen Ohren, aber dieses Geräusch nahm er wahrscheinlich viel stärker wahr, als jeder andere in diesem Rudel.

An einer massiven Holztür blieben sie stehen. Der dunkelhaarige Omega drehte sich zu ihm um. In seinen Augen lag Furcht, daher beugte er sich zu ihm hinunter und streifte für einen kurzen Moment seine Lippen. Es war ein Gefühl von zuhause. Die bloße Nähe seines Gegenübers erfüllte ihn mit Frieden und das vermochte sonst niemand.

Der Kuss dauerte nur einen Wimpernschlag, dann trennten sie sich wieder und blickten sich an. „Komm mit mir."

„Das ... das werde ich ..."

Energisch schüttelte der junge Mann den Kopf und ergriff die schmalen Hände des Omegas. Seine einst dunkelblonden Haare klebten blutverkrustet an seiner Schläfe. Die Platzwunde war zwar beinahe verheilt, aber Wasser, um sich von den Blutspuren zu befreien, hatten sie ihm nicht gegönnt. „Heute Nacht. Wir können nicht länger warten."

Unsicher sah der Junge ihn an. Ein blauer Fleck prangte auf seiner Wange, konnte seiner ungewöhnlichen Schönheit jedoch keinen Abbruch tun. „Aber ... Vater wird mich niemals gehen lassen. Er ... er lässt mich kaum mehr aus den Augen."

Entschlossen fasste er ihn an den dünnen Oberarmen. Am liebsten hätte er ihn geschüttelt, wenn er sich dadurch leichter würde überzeugen lassen. Konnte er denn nicht verstehen, wie sehr die Zeit drängte? In welcher Gefahr er sich hier befand?

„Willst du denn nicht mit mir zusammen sein?" Gegen den Vorwurf in seiner Stimme konnte er nichts tun. Viel zu sehr fürchtete er sich davor, seine große Liebe zu verlieren.

Entsetzt riss der Kleinere die dunklen Augen auf. „Natürlich will ich das. Ich ... ich will bei dir sein, nur ... was wird dann aus meinen Geschwistern? Ich-..."

Er blickte den Jungen eindringlich an. „Darum können wir uns später kümmern. Meine Familie wird uns sicher helfen, aber zuerst musst du dich in Sicherheit befinden. Ich kann dich nicht länger in seiner Nähe lassen. Silas wird sich nicht mehr lange vertrösten lassen. Er will dich, das hat er deutlich gemacht und ich kann das nicht zulassen. Niemals. Verstehst du?"

Der dunkelhaarige Junge mit den großen Augen schluckte sichtlich. „Das will ich auch nicht ...", flüsterte er.

„Dann ist es abgemacht. Ich kehre heute Nacht zurück und hole dich. Bis dahin hast du Zeit, das einzupacken, was du mitnehmen möchtest."

Erleichterung durchströmte ihn, als er das unmerkliche Nicken des anderen sah. Selbst wenn er unsicher wirkte und seine Geschwister schweren Herzens zurücklassen musste, es war die richtige Entscheidung. Mal wollte keinen Tag länger auf ihn verzichten müssen. Die letzten Wochen waren hart genug gewesen. Sie gehörten zusammen, waren Seelengefährten, das hatte er bereits bei ihrer ersten Begegnung gespürt.

Dass er ihn nach heute Nacht für immer an seiner Seite haben würde, erfüllte ihn mit ungeheurem Glück. Er hätte die ganze Welt umarmen können. Doch die ganze Welt war ihm egal und daher umarmte er stattdessen seine ganz eigene Welt und diese stand direkt vor ihm.

Kapitel 1

Noa

Ein eiliger Blick auf die Uhr oberhalb der Tür ließ mich aufseufzen. Nur noch fünf Minuten, dann würden Lars und Steve hier hereinstürmen und mich so schnell sie konnten ins Auto verfrachten. Das nervte. Leider blieb mir keine Wahl, wenn ich weiterhin in diesem Studio tanzen wollte.

Um keine Minute zu verschwenden, blendete ich das Ticken der Uhr aus und wandte mich der Spiegelwand zu. Ich lauschte der wunderschönen Musik des Nussknackers, die mich mit sich nahm und zum Fliegen brachte. Mit geschlossenen Augen bewegte ich mich zu den Klängen, die sich mehr und mehr aufbauten und zu einem wundervollen Finale führen würden. Nach ein paar kleineren Sprüngen, die ich in den Arabesque Enden ließ, wagte ich mich mit einem kleinen Anlauf in den Ballon, den ich mir über die letzten Jahre hart erarbeitet hatte. Beide Beine spreizte ich dabei zu einem Spagat in der Luft, während ich die Arme über den Kopf hob und sie anmutig anwinkelte. Für einen kurzen Moment vermittelte ich das Gefühl, in der Luft zu verharren, ehe ich sanft wieder den Boden erreichte. Ohne das geringste Missgeschick fing ich mich ab und präsentierte eine würdige Abschlusspose.

Sie hätte vielleicht nicht ganz so lächerlich gewirkt, wenn ich ein paar Zuschauer gehabt hätte, doch davon konnte ich nur träumen. Das würde nie der Fall sein. Nicht mit meinen

Eltern, die mich wie einen Vogel in einem goldenen Käfig hielten.
Hinter mir klatschte jemand Beifall, sodass ich etwas überrascht durch den Spiegel blickte und Lars in der offenen Tür stehen sah. Ich rollte die Augen. „Ist es schon so weit?"

„Ich fürchte ja. Du hattest weit mehr Zeit, als dein Vater dir gegeben hat.", erinnerte mich der bullige Beta mit der weißblonden Boxerfrisur.

„Dafür bin ich dir wirklich dankbar. Ehrlich." Das meinte ich auch so, dennoch hätte ich gerne den gesamten Tag in diesem Ballettstudio zugebracht.
Lars kam auf mich zu, griff nach einem Handtuch und hielt es mir hin. „Na komm. Geh duschen und zieh dich um. Heute Abend solltest du nicht zu spät kommen. Du weißt, dieses Hobby ist ihm ein Dorn im Auge."
Ich seufzte und nahm das Handtuch entgegen. Sofort wischte ich mir die Schweißperlen von der Stirn. „Wieso tut er das? Kann er mich denn nicht so akzeptieren, wie ich bin?" Die lästigen Tränen, die in meine Augen stiegen, ignorierte ich. Viel sanfter, als man Lars zugetraut hätte, legte er eine große Hand an meine Wange. „Er will nur dein Bestes und du weißt sehr wohl, dass Ballett nichts für die Ewigkeit ist."

Unverständlich blickte ich zu dem älteren Beta, dabei machte ich einen Seitwärtsschritt und brachte damit Abstand zwischen uns. Von meinen beiden Bodyguards war er mir am liebsten, aber auch er verstand mich nicht. „Ja genau. Weil ich damit keine Millionen verdienen würde. Als ob ich die brauchen würde." Leicht verärgert schnappte ich mir die Sporttasche und verließ den Tanzsaal. Ich ging direkt in den Duschbereich und verschloss die Tür hinter mir. Wie immer war ich alleine hier, zumindest wenn meine Trainerin keine Zeit hatte. Für diese

Gelegenheiten mietete mein Vater das gesamte Studio. Damit mich ja niemand zu Gesicht bekam oder sich mir auf irgendeine unpassende Weise näherte. Bitter lachte ich auf. Wer würde sich denn überhaupt trauen, mit mir zu sprechen? Gerade weil die zwei bulligen Betas stets an meiner Seite klebten und jeden mit ihren warnenden Blicken zum Schweigen brachten.

Mir war bewusst, dass Lars es nur gut meinte, von daher beschloss ich, mich zu beeilen und duschen zu gehen. Unversehens schälte ich mich aus dem heutigen Tanz-Outfit, bestehend aus schwarzen Tanz-Shorts, einer darunterliegenden, hautengen Leggings und einem lockeren weißen Tanktop. Lediglich ein hautfarbener String kam darunter zum Vorschein und auch den zog ich aus und stieg unter die Dusche, wo ich mir den Schweiß vom Körper wusch. Anschließend trocknete ich mich ab und warf einen prüfenden Blick in den deckenhohen Spiegel.

Meine nackenlangen dunkelbraunen Haare fielen mir lässig in die Stirn und betonten meine hellbraunen Augen. Der Sommer hatte dafür gesorgt, dass meine von Natur aus hellbraune Haut, eine Nuance dunkler geworden war. Ich bezeichnete diesen Farbton gerne als Schokomilchshakebraun.
Als Omega war es mir nicht vergönnt, ausgeprägte Muskeln zu entwickeln, durch das jahrelange Ballett Training zeichneten sich dennoch meine schlanken, langgezogenen Muskeln leicht unter der Haut ab.

„Bist du soweit? Steve wird schon ungeduldig.“ Seine Aufforderung verstärkte Lars mit dem lauten Hämmern an die Tür, die mein Herz zu Trommeln brachte.

„Zwei Minuten.“ Eilig zog ich mir frische Sachen an und wählte eine einfache enge Jeans mit einem hellblauen Poloshirt.

Ich beschloss, die gelockten Haare lufttrocknen zu lassen, und verließ mit der Sporttasche um die Schulter gelegt das Bad.

Die Fahrt nach Hause dauerte keine halbe Stunde und das im Abendverkehr.

„Und du hast nicht vergessen, was dein Vater heute von dir erwartet?“, wandte Steve das Wort an mich. Der dunkelhaarige Beta war bereits um die fünfzig und kannte meinen Vater aus seiner eigenen Jugend. Umso mehr stand er treu an dessen Seite und ließ mir kaum etwas durchgehen.

„Natürlich weiß ich das. Er hat es nicht nur einmal erwähnt.“

Steve wandte sich vom Beifahrersitz zu mir um und blickte mich abwartend an.

Ich rollte die Augen und stieß die Luft hörbar zwischen den Lippen aus. *„Hör zu Noa. Wir erwarten einen wichtigen Geschäftspartner, der dir möglicherweise einen kleinen Einblick in das Leben einer Werbeagentur ermöglichen kann. Du musst höflich sein und dich von deiner besten Seite zeigen. Enttäusche mich nicht.“*, ahmte ich meinen Vater mit betont tiefer Stimme nach.

Eine kurze missbilligende Bewegung von Stevens Augenbrauen machte deutlich, was er von meiner Darbietung hielt. Er sagte jedoch nichts weiter dazu.

Lars grinste mich durch den Mittelspiegel an. „Na siehst du Steve? Ich habe dir gesagt, du brauchst dich nicht zu sorgen. Der Kleine ist nicht so verpeilt, wie du immer behauptest.“

„Ja, ja. Ist klar. Sag mir das, wenn der Abend rum ist und wir nicht einen Kopf kürzer gemacht werden.“

„Hey!“, warf ich protestierend ein. „Ich kann nichts dafür, wenn er euch in die Sachen mit hineinzieht.“

„Ist klar.“

„Ist doch so. Ich kann nicht alles über mich ergehen lassen. Klar will ich nicht, dass ihr das Ausbaden müsst."

„Dann vergiss nicht, dass dein Vater heute mehr als nur einen Gast erwartet und die Söhne seines Geschäftspartners sind im passenden Alter für eine ernsthafte Bindung.", erinnerte mich Steve unnötigerweise, was ein unangenehmes Gefühl in mir entstehen ließ. Das war noch so eine Sache, die ich absolut nicht nachvollziehen konnte. Vater war der Meinung, ich wäre nun alt genug, mich einem Alpha unterzuordnen und eine gewinnbringende Bindung einzugehen.

„Und wenn schon. Ich habe kein Interesse an einer Bindung. Gerade wenn es nur um ein weiteres Geschäft geht.", sagte ich stur und blickte aus dem Fenster.

„Wir erwarten lediglich, dass du höflich bist. Mehr nicht. Dann sind wir zufrieden."

Sobald wir uns dem bewachten Tor näherten, wurde es von Marius, dem Security aus dem Wachhäuschen geöffnet und das Auto bewegte sich einen langen Hügel hinauf. Hohe Pappeln säumten den Wegesrand zu beiden Seiten. Eine riesige Gartenlandschaft tat sich dahinter auf, aber darauf, achtete ich gerade nicht. Vor der großen Villa im südamerikanischen Stil kam das Auto hinter einem mir unbekannten Wagen zum Stehen.

Bevor Bert, der Butler dazu kam, mir die Tür zu öffnen, sprang ich bereits aus dem Auto und rannte ihn beinahe um.

„Noa. Reiß dich zusammen.", warnte Steve und ergriff unsanft meinen Oberarm.

„Sorry.", lenkte ich ein und wurde an seiner Seite die Stufen hinauf ins Haus geführt. Bereits vom ausladenden Eingangsbereich, an dessen vier Meter hohen Decke, ein goldener Kronleuchter prangte, konnte ich meine Eltern mit den Gästen reden hören. Diese Veranstaltungen hasste ich. Es war so gekünstelt und langweilte mich zu Tode, nur blieb mir keine andere Wahl, daher atmete ich tief durch und betrat den großen Speisesaal mit der langen geschmückten Tafel.

Die Gespräche verstummten und aller Augen richteten sich auf mich, was mir die Röte in die Wangen trieb.

„Entschuldigt meine kleine Verspätung. Es war so viel los auf den Straßen.“, log ich und erntete einen nicht sehr überzeugten Blick von meinem Vater. Trotz der offensichtlichen Lüge stand er von seinem Platz am Kopf des Tisches auf und kam mir entgegen. „Natürlich ist es nicht deine Schuld Noa. Wir sind nur froh, dass du da bist und unsere Gäste kennenlernen kannst.“

Er legte einen Arm um meine Taille und kniff mir hart in die Seite. Schmerz durchzuckte mich, aber ich ließ mir nichts anmerken. Diese Reaktion kannte ich bereits von ihm. Deutlicher konnte er mir nicht zeigen, wie verärgert er tatsächlich war. Betont freundlich lächelte ich, dabei hielt ich den Schmerzenslaut gekonnt zurück. „Ich kann es kaum erwarten.“

Ohne Mühe führte er mich zu den drei Gästen. Da ich bereits an der Atmosphäre ausmachen konnte, dass ich mich beinahe gänzlich unter Alphas befand, hielt ich den Blick gesenkt. Ebenfalls eine Lehre meines Vaters. *Schau einem fremden Alpha niemals in die Augen, außer du wirst dazu aufgefordert oder ihr wurdet einander vorgestellt.*

Zwei der Gäste erhoben sich sofort von ihren Plätzen und wandten sich uns zu.

„Darf ich vorstellen, das ist mein Sohn Noa. Noa, das hier ist meine liebe Freundin Amelia und ihr Gatte Calvin Hillthorne.“

„Freut mich, dich kennenzulernen, Noa. Dein Vater hat uns schon viel von dir erzählt.“, richtete Amelia das Wort an mich, sodass ich endlich aufblicken durfte und überrascht von ihrer anmutigen Schönheit war. Obwohl ihre Aura vermittelte, dass sie schon älter war, sah sie nicht älter als dreißig aus. Sie hatte große grüne Augen und trug den blonden Schopf zu einem frechen Bob geschnitten.

„Die Freude liegt ganz bei mir.“, sagte ich den jahrelang eingetrichterten Text zum hundertsten Male auf. „Glauben Sie mir, er hat sicher völlig übertrieben.“

Ein raues Räuspern erklang hinter den beiden Gästen. „Nun, das finde ich nicht. Eher im Gegenteil.“ Hinter Herrn Hillthorne richtete sich ein weiterer, jüngerer Alpha auf und lenkte meine Aufmerksamkeit sofort auf sich. Er sah mich mit sichtlichem Interesse an und stellte es offen zur Schau. Etwas irritiert senkte ich den Blick und schluckte. Ich hatte nur einen kurzen Blick auf ihn erhascht, doch der reichte aus, um zu wissen, dass er wirklich ausnehmend gut aussah. Der Alpha war hochgewachsen und breitschultrig, zudem hatte er nachtschwarze Haare, die ihm bis auf die Schultern reichten.

„Larus hat wie immer recht. Du bist noch bezaubernder, als dein Vater uns weiszumachen, versucht hat.“, meinte Herr Hillthorne freundlich.

„Oh. Das ist zu freundlich Sir, vielen Dank.“

„Dass du deinen Jungen all die Jahre so unter Verschluss gehalten hast, ergibt auf einmal Sinn.“, richtete Calvin das Wort an meinen Vater.

Larus stellte sich neben seine Begleiter und hielt mir seine Hand auffordernd hin, sodass mir nichts anderes übrig blieb, als sie ihm zu reichen. Seine war so viel größer, gleichwohl schockierte er mich, denn statt die Hand zu schütteln, hob er sie an seine Lippen und drückte einen Kuss darauf. Gänsehaut überzog meinen Körper.

Diese Handlung war völlig ungewöhnlich und überschritt die Grenzen, die ein Alpha einem Omega gegenüber eigentlich achten musste. Es wunderte mich bloß, dass Vater ihn nicht in die Schranken wies, wie er es sonst getan hätte. Noch nie hatte mich ein Alpha auf diese intime Weise berührt, daher fühlte ich mich völlig neben der Rolle.

„Verzeiht meinem Sohn Larus. Er vergisst sich manchmal.“, sagte Amelia und kicherte nervös.

„Aber nur, wenn ich mit solch einer Schönheit konfrontiert werde.“, säuselte er regelrecht. Ich versuchte, ihm meine Hand zu entziehen, denn sein offenkundiges Interesse überforderte mich, allerdings vergeblich, denn er ließ mich nicht los.

„Sie übertreiben maßlos.“, tat ich sein Kompliment leichthin ab. Larus schüttelte den Kopf und näherte sich mir einen weiteren Schritt.

„Oh, ganz und gar nicht Noa. Ich darf dich doch Noa nennen?“ Seine Stimme war melodisch und tief.

„J-ja. Natürlich ...“

Obwohl er ausgesprochen gut aussah, wollte ich am liebsten so viel Abstand wie nur möglich zwischen uns bringen. In seiner Nähe befiehl mich ein merkwürdiges Gefühl.

„Sehr schön. Du musst mich bitte ebenfalls Larus nennen, ja?“ Endlich entließ er meine Hand, griff jedoch gleichzeitig nach meinem Unterarm und führte mich ungefragt an den Tisch und direkt an seine Seite. „Ich hoffe, du hast nichts dagegen, neben mir zu sitzen?“

„Sicher hat er das nicht.“, mischte sich mein Vater ein, der ihm sichtlich erfreut auf den Rücken klopfte. Es wunderte mich, dass er mich überhaupt in die Nähe eines Alphas ließ und dazu noch in die eines mir völlig unbekannten. Wobei die vorherige Erwähnung, dass es sich um Alphas im bindungsfähigen

Alter handelte, ergab mit einem Mal Sinn. Konnte es möglich sein, dass Vater mich mit ihm verkuppeln wollte?

Sobald alle ihre Plätze wieder eingenommen hatten, kam unser Hausmädchen herein und servierte die Vorspeise. Ich war angespannt, denn Larus rutschte viel zu dicht für meinen Geschmack an mich heran, während es Vater nicht einmal zu bemerken schien.

„Wo waren wir gleich stehen geblieben?“, nahm Calvin das Gespräch wieder auf. „Ach ja. Du hattest von Noas Interesse an Design erzählt, nicht wahr?“ Der Alpha bedachte mich mit einem kurzen Blick. Genau wie Larus, hatte er ebenfalls dunkle Haare, trug sie jedoch kurz. Ihre Gesichtszüge glichen einander. Lediglich die Augen hatte Larus wohl von seiner Mutter, denn die waren genauso grün wie ihre.

Ich fühlte mich komplett von dieser Aussage überrumpelt und legte die Salatgabel klirrend ab. Vater bedachte mich mit einem warnenden Blick. „Ja. Genau. Noa ist durch und durch den feinen Künsten zugetan und hat eine ausgesprochene Begabung, wenn es ums Zeichnen geht.“

„V-Vater ...“

„Nicht so bescheiden, mein Junge. Wenn ein Omega nicht nur hübsch anzusehen ist, sondern auch noch etwas anderes kann, kann es nur von Vorteil sein.“

„Von was für einem Vorteil sprechen Sie?“, konnte ich mir nicht verkneifen zu fragen, dabei ahnte ich längst, dass es mir nicht gefallen würde. Es lief immer auf das Gleiche hinaus.

Larus ergriff das Wort. „Für eine gute Partie natürlich.“

„Ich bin auf keine gute Partie aus, von daher, ist das nicht wichtig.“, murmelte ich, wusste gleichzeitig, wie ungern mein Vater dies hörte, und mied seinen Blick. Dennoch spürte ich ihn brennend auf mich gerichtet.

Ein glockenhelles Lachen erklang. Amelie klatschte sogar in die Hände. „Das gefällt mir Noa. Diese Männer vergessen manchmal, dass wir uns nicht mehr im Mittelalter befinden. Ich kann dir da nur beipflichten."

Vertraulich beugte sich Larus näher an mich heran, sodass seine offenen Haare beinahe meine Nasenspitze berührten. „Du magst vielleicht nicht darauf aus sein, aber wie ich das sehe, bist du längst in dem richtigen Alter für eine Bindung. Reif, wie ein Pfirsich." Kurz leuchteten seine Augen rot auf und das erschreckte mich so sehr, dass ich prompt vor ihm zurückwich und den Stuhl sogar ein Stück zurückschob.

„Du sollst Noa nicht verschrecken, Larus!", tadelte seine Mutter.

„Hab ich das Noa?", säuselte er grinsend.

Da alle Augen auf mich gerichtet waren, schüttelte ich hastig den Kopf. „Nein. A-alles ... alles gut."

„Das hoffe ich doch. Am Montag wirst du ein Praktikum in der Werbefirma, der Hillthornes machen. Da solltest du nicht scheu wie ein Reh herumlaufen.", kam es von meinem Vater mit einem warnenden Unterton.

„W-was? Vater ... bitte ..."

Das konnte er nicht tun! Ich wollte in keiner Werbeagentur arbeiten und schon gar nicht in der Nähe von Larus. Er gab mir kein gutes Gefühl. Viel eher kam ich mir wie eine Maus vor und er war der Kater, der freudig mit seiner nächsten Mahlzeit spielte, ehe er sie verschlang.

Laut schlug mein Vater die Faust auf den Tisch und ich schrak zusammen. „Genug jetzt!"

Beschämt senkte ich den Kopf. Tränen brannten in meinen Augen.

Sanft wie immer legte meine Mutter die Hand auf die sichtlich bebende Faust meines Vaters. „Nicholas, ich bitte dich. Du verunsicherst unsere Gäste.“

„Schon gut. Mach dir keine Gedanken, Fleur. Kinder haben ihre eigenen Flausen im Kopf und bringen ihre Eltern nicht selten zur Raserei. Ich weiß, wovon ich spreche. Mit Zwillingsjungs ist es uns auch nicht anders ergangen. Selbst heute bringen sie uns manchmal an unsere Grenzen.“

Neben mir lehnte Larus sich leger zurück in den Stuhl und verschränkte die Arme vor der Brust. „Mpf.“

„Keine Sorge Noa.“, wandte sich Amelia an mich. „Ich bin mir sicher, es wird dir bei uns gefallen. Für einen Künstler ist es eine wahre Chance und Malcolm wird dich mit Sicherheit unter seine Fittiche nehmen.“ Sie versuchte, mich zu trösten, aber ich hatte andere Träume. Ich wollte nicht in einer Firma versauern. Viel lieber hätte ich die Bühnen der Welt erobert. Nur das würde für immer ein Traum bleiben. Mein Vater würde alles tun, um diesen Traum zu zerstören.

Für Amelias Worte war ich sehr dankbar. Nach wie vor kämpfte ich gegen den dicken Kloß in meiner Kehle an, der sich Luft machen wollte.

„Wieso Malcolm? Ich kann das machen.“, kam es wie aus der Pistole von Larus.

„Weil er der Leiter der Firma und spezialisiert auf die Grafikabteilung ist. Du bist ohnehin fast nie in der Firma.“, sagte sein Vater mit scharfem Unterton, daher blickte ich auf und bemerkte den stillen Austausch zwischen den beiden.

„Tzk. Als ob er den Nerv für einen Omega hätte.“, meinte Larus bitter.

Kapitel 2

Malcolm

Noch bevor meine Assistentin im Büro war, saß ich bereits mit einer Tasse Kaffee an meinem Schreibtisch und überprüfte die neuen E-Mails. Nach einer ganzen Woche auf Geschäftsreise war einiges liegen geblieben, denn auf Larus war wie immer kein Verlass. Inzwischen war ich es satt, ihn überhaupt noch einmal darauf anzusprechen. Es war viel einfacher, diese Aufgaben an einen Assistenten oder Praktikanten abzugeben.

Nach einem kurzen Klopfen wurde die Tür ohne Aufforderung geöffnet und ich staunte nicht schlecht, als ich statt meiner Assistentin Annika, meinen Bruder vorfand. Ungläubig lehnte ich mich in dem Ledersessel zurück und hob fragend eine Braue. „Larus."

Er schloss die Tür und hob beinahe abwehrend die Hände. „Tu nicht so, als ob du einen Geist sehen würdest."

„Nun ja. Der Besuch eines Geistes würde mich nicht dermaßen überraschen wie deine unerwartete Anwesenheit. Und das ..." Ich hob die Hand und blickte auf die Armbanduhr. „Um kurz vor sieben in der Früh."

Larus warf sich auf das gemütliche Sofa zur Rechten meines Schreibtisches und starrte an die Decke. „Was denn? Kann ein Teilhaber nicht auch mal beschließen, ein bisschen mehr zu tun und dich zu unterstützen?"

Das plötzliche Interesse an der Firma kaufte ich ihm nicht ab. „Wer ist es?"

„Ich weiß nicht, was du meinst."

„Ach komm schon Larus. Ich kenne dich. Es hat entweder mit Geld oder einer neuen Liebschaft zu tun. Also, was ist es?"

Er seufzte. „Nichts dergleichen. Nur ... ich wollte dir bloß eine kleine Aufgabe abnehmen ... sozusagen."

Ich wurde hellhörig. Diese Nervosität passte nicht zu ihm. „Aha. Eine Aufgabe. Ist es eine Bestimmte oder soll ich dir eine geben?"

Prompt setzte er sich auf. „Nein! Bloß nicht! Ich habe eine bestimmte Aufgabe im Kopf und du musst es nur absegnen."

„Ach ja?"

„Ja. Es geht nur um einen Praktikanten. Papa hat ihm eine Stelle im Grafikbüro vermittelt und na ja, da ich weiß, wie wenig Zeit du hast, dachte ich mir, ich übernehme das."

„Ich weiß nichts von einem Praktikanten." Wenn wir jemanden einstellen sollten, wäre ich derjenige, der es absegnen müsste.

„Es ist der Sohn von einer einflussreichen Familie und somit hat Papa ohne dein Einverständnis gehandelt. Aber gerade deswegen wollte ich dir die Last ja auch abnehmen."

„Ah ja. Ganz uneigennützig natürlich."

Kurz huschte etwas wie Vorfreude über seine Züge, doch er fing sich wieder und richtete sich vollends auf. „Sieh es einfach als Gefallen an Vater."

„Meinetwegen. Aber eigentlich gehen die Praktikanten uns ohnehin wenig an. Die Grafiker weisen sie ein und geben ihnen kleine Aufgaben."

„Ja, schon klar. Vater hat seinem Freund besondere Einweisungen versprochen. Der Sohn soll dazu gebracht werden, nach dem Praktikum zu studieren."

„Das heißt, er ist noch nicht einmal ein Student? Was soll das denn? Ich stelle doch keine Laien hier ein. Dafür ist die Firma zu wichtig." Es wurde ja immer besser. Mein Ärger stieg. Wie konnte mein Vater einfach so über mich hinweg handeln?

„Komm schon. Ich sorge dafür, dass du ihn nicht mal zu Gesicht bekommst. Gib ihm die Chance."

Skeptisch zog ich beide Brauen hoch. Mein Bruder blickte mich hoffnungsvoll an. Auch so, redeten wir gerade mehr miteinander, als in den gesamten letzten fünf Jahren insgesamt.

„Na schön. Dann kümmere du dich um den Praktikanten. Ich habe genug andere Dinge zu erledigen. Wann fängt er an?"

„Um acht. Soweit ich weiß."

„Gut. Dann kannst du ihn direkt in das Grafikbüro bringen und dort einweisen."

„Super."

Keine halbe Stunde später, füllte sich das Gebäude mit Menschen. Ich führte eine erfolgreiche und eine der größten Werbeagenturen weltweit. Unsere Grafiker und Texter waren Profis und erhielten hier nach ihrem Studium weitere Lehrzeiten, um ihr Können zu verbessern.

Das Telefon klingelte. „Hillthorne?"

„Ah gut. Wie immer am Arbeitsplatz anzutreffen."

„Hallo Papa. Was gibt es?"

„Ich weiß nicht, ob Annika dir die Nachricht überbracht hat, daher wollte ich es noch einmal persönlich versuchen."

„Du redest von dem Praktikanten?"

Mein Vater atmete erleichtert aus. „Gut, gut. Du weißt also Bescheid. Dann bin ich zufrieden. Nicht auszudenken, wenn du was dagegen gehabt hättest."

„Wieso macht ihr alle so ein Aufheben um diesen Kerl? Soweit Larus mir gesagt hat, ist er ein Anfänger. Warum also diese besondere Behandlung?"

„Larus hat mit dir gesprochen? Über Noa?"

„Noa? Wer ist Noa?"

„Nein, nein, nein. Das ist nicht gut. Hörst du Amelia?"

Wie es aussah, war meine Mutter ganz in der Nähe. Hätte mich auch gewundert, immerhin traf man die beiden so gut wie nie ohne den anderen an. „Was ist los Calvin?"

„Es sieht fast so aus, als wäre deine Vermutung Larus betreffend richtig gewesen."

„Papa, kannst du mir mal sagen, was jetzt das Problem ist?" Die benahmen sich alle seltsam. Langsam nervte mich dieser Praktikant, dabei hatte ich ihn noch nicht einmal kennengelernt. Ohnehin war ich solchen Abmachungen abgeneigt. Jeder sollte sich seinen Erfolg selbst verdienen und nicht, aufgrund eines Bekannten in der Familie, Sonderrechte erhalten.
Genervt nahm ich einen ausgiebigen Schluck von meinem Kaffee und verschluckte mich, als ich die nächsten Worte meines Vaters hörte.

„Noa ist der Praktikant. Der Omega."
Nach einem kleinen Hustenanfall räusperte ich mich. „Omega? Der Praktikant ist ein Omega? Ein männlicher Omega sagst du?"

„Ja doch. Ich dachte, du wüsstest schon Bescheid.", kam es ein wenig vorwurfsvoll.

„Woher sollte ich davon wissen? Annika hat mir nichts gesagt. Sie kommt heute später und Larus wollte unbedingt derjenige sein, der sich um den Praktikanten küm-..." Sofort brach ich den Satz ab. Das war es also, weshalb mein Bruder so versessen auf diese Aufgabe war. Er wollte dem Omega näher kommen. Shit! Das war ja noch besser. In mir entstand ein ungutes Gefühl. Der bloße Gedanke an Omegas, oder viel eher an männliche Omegas, regte etwas in mir, das ich längst hinter mir gelassen hatte. Mir wurde flau im Magen. Ich kämpfte mit aller Macht um meine Fassung. Es war wichtig, einen klaren Kopf zu bewahren.

Männliche Omegas waren in den letzten dreißig Jahren geradezu selten geworden. Kein Wunder also, dass Larus es auf ihn abgesehen hatte. Dieser Mistkerl.

„Das hast du hoffentlich abgelehnt."

„Papa, wie kommst du dazu, einen Omega in die Firma zu bringen? Das bringt nur Ärger. Verdammt!"

„Keine Panik. Er hat zwei Betas bei sich, die ihm kaum von der Seite weichen und ehrlich gesagt, konnte ich seinem Vater den Wunsch nicht abschlagen. Ich war ihm noch etwas schuldig."

„Ich weiß nicht. Das gefällt mir nicht."

„Bitte Malcolm, tu mir den Gefallen. Es ist wichtig und der Junge ist wirklich ein Herzchen. Auch wenn ich nicht glaube, dass er freiwillig dieses Praktikum absolviert. Aber wie dem auch sei. Ich will, dass du dich um ihn kümmerst. Nimm ihn unter deine Fittiche."

„Das kann ich nicht machen und du weißt das." Ungewollt ballte ich die Hände zu Fäusten. Mein Herz raste dabei wie verrückt, fast wie nach einem Marathon.

„Gerade deswegen solltest du es tun. Du hast eine besondere Bindung zu Omegas und würdest ihnen nie schaden. Bitte Malcolm."

In meinen Ohren begann es zu pfeifen. Ich fühlte mich regelrecht neben der Spur. „Und wo soll ich ihn deiner Meinung nach unterbringen?“

„Na in das Nebenzimmer vielleicht. Da ist Platz für einen Assistenten.“

„Ich weiß nicht ... da lagere ich meine Wechselkleidung und außer einem Schlafsofa steht da sonst nichts.“

„Dann änderst du das. So schwer wird das nicht sein.“

Meine Kehle fühlte sich ganz eng an, daher hätte ich am liebsten abgelehnt. Leider war mir aber auch klar, dass mein Vater recht hatte. Larus konnte ich den Omega nicht anvertrauen. Er war ein Aufreißer für den selbst ein klares *Nein,* nicht genug war.

„Hast du verdrängt, dass auch ich ein Alpha bin?“

„Wie könnte ich Malcolm. Du bist ein wunderbarer Alpha, aber vor allem bist du ein guter Mensch.“

Das konnte ja super werden, ging mir durch den Kopf. Zur gleichen Zeit verspürte ich Unruhe aufkommen. Sie zog sich durch das gesamte Gebäude, wie ein Blitz der sich durch eine Leitung zog und überall verteilte. Ich nahm Gerüche wahr, die Feindseligkeit, Skepsis und sogar Sprachlosigkeit ausdrückten, doch auch Neid, Erstaunen und Begierde tauchten immer wieder auf.

Dies war ein deutliches Zeichen für die Ankunft einer unerwarteten Person, eines Wesens, das in einer Firma in der größtenteils Alphas arbeiteten, nichts zu suchen hatte. Und dennoch hatte ich keine Wahl, als dieser unliebsamen Aufgabe nachzugehen.

Noa

Unzufrieden zupfte ich an meinem hellbraunen Jackett und zerrte das lästige weiße Tuch aus der Brusttasche. Wenn ich schon businessmäßig gekleidet sein musste, dann sicher ohne dieses Fitzelchen. Um zumindest ein wenig meinen eigenen Style einzubringen, zog ich statt eines Hemdes ein schlichtes, enges weißes Shirt darunter und komplettierte die schwarzen Chinos, mit ebenfalls schlichten weißen Sneakers. Meine Haare formte ich mit ein wenig Wachs und ließ die längere Ponypartie locker zur Seite gleiten. Zumindest konnte ich mich dadurch vor unliebsamen Blicken verbergen, sollte es unangenehm werden. Um ein wenig ernster zu wirken, hatte ich sogar zu einer Fensterglasbrille gegriffen. Sie hatte einen dünnen schwarzen Rand und vermittelte tatsächlich den Eindruck, richtig schlau zu sein.

Die Aufregung stieg. Ich hatte absolut keine Lust auf dieses Praktikum, aber ich musste mich fügen, sonst würde Vater mir das Tanzen völlig verbieten und ohne, konnte ich nicht leben. Das war alles für mich. Meine Welt.

„Na komm. So schlimm wird es nicht werden." Es sollten aufmunternde Worte sein, mir brachten sie jedoch nichts.

„Ja. Wahrscheinlich." Ich folgte Lars zum Auto und setzte mich auf die Rückbank. Steve hielt mir einen Becher mit Tee hin, den ich mit einem stillen Nicken entgegennahm. Bevor er die Tür zufallen ließ, betrachtete er mich nachdenklich. „Diese Monate werden auch vergehen und wer weiß, vielleicht entdeckst du darin doch etwas für dich."

„Das glaubst du nicht wirklich.", murmelte ich mehr zu mir selbst und schnallte mich an.

Ehe Steve vorne Platz nahm, wandte sich Lars zu mir um. „Er schon. Lass ihm den Glauben. Wir beide wissen, wie es wirklich ist und irgendwann sieht es vielleicht selbst dein Vater ein."

„Hoffentlich."

Nicht mal zwanzig Minuten später fuhren wir in die Tiefgarage eines riesigen Wolkenkratzers, der von außen komplett verglast war und lediglich mit ein paar subtilen Reklametafeln darauf aufmerksam machte, welche Firma sich darin verbarg.

Hillthorne international.

Natürlich war mir der Name nicht unbekannt. Er war beinahe überall zu finden, wenn es etwas mit guter Werbung oder Grafik zu tun hatte. Selbst die Texter waren beeindruckend und das merkte selbst ich, der so gut wie kein Fernsehen schaute und Werbung noch viel weniger. Aber die Werbung fand man nicht nur da. Das Internet war ebenfalls voll davon.

Da gab es Slogans für Hotels, die sich rein auf den Aufenthalt von Alphas spezialisierten und das in ihrer Werbung deutlich machten: *Entspannung unter meinesgleichen. Wer braucht schon Ablenkung, wenn er die beste Atmosphäre unter seinesgleichen genießen kann? Bist du ein Alpha, sei ein Alpha!*

Besonders gut kam Werbung an, die sich rassenspezifisch für Körperpflegeprodukte stark machte. Gerade Zahnpflegeprodukte, die speziell auf die Bedürfnisse von Vampiren eingestellt waren, wurden in Massen gekauft.

Damit sie auch Ihre nächste Mahlzeit, mit einem strahlenden Lächeln einnehmen können.

Bei dem Gedanken an gerade diese Werbung rollte ich die Augen. Das war so lächerlich. Als ob Vampire nicht die gleichen Produkte benutzen könnten. Es war inzwischen ohnehin weithin bekannt, dass Vampire, seit mindestens hundert Jahren auf das Trinken, direkt aus der Vene verzichteten. Sie empfanden es als zu erniedrigend und animalisch. Dieses Bild ihrer Rasse wollten sie nicht mehr präsentieren. Viel lieber genossen sie ihre Mahlzeit wie jeder andere in einem Restaurant oder kauften sich ihre Reserven im Supermarkt.

Nachdem Lars das Auto geparkt hatte, erschien Steve an meiner Tür und öffnete sie. Auffordernd hielt er mir die Hand hin, die ich allerdings wie immer, bewusst ignorierte und selbständig ausstieg. Ich lief voraus, dabei peilte ich den Fahrstuhl an. Meine Bodyguards folgten mir ungefragt.

Die Aufregung stieg. Mein Herz pochte ganz laut in meinen Ohren. Ich fragte mich, ob die beiden Betas es auch hören konnten. Wie immer stellte sich Steve direkt an den Ausgang, während Lars sich neben mich stellte. Als er seine Hand auf meine Schulter legte, zuckte ich zusammen. Damit hatte ich gerade nicht gerechnet und blickte zu ihm auf.

„Alles wird gut. Wir sind bei dir.“

Ich nickte. Natürlich wusste ich das, aber wenn man kaum Kontakt zu anderen Personen gepflegt hatte, war der kleinste Ausflug in die Welt eine Herausforderung. Selbst wenn ich von den großen Bühnen träumte, ob ich dabei wirklich Zuschauer wollte wusste ich selbst nicht so genau. Mir reichte das Gefühl auf einer Bühne zu stehen und zu tanzen.

Wir fuhren direkt bis in das zwölfte Stockwerk. „Müssen wir nicht zur Anmeldung?“

Steve hielt mir eine Karte hin. „Du bist nicht irgendwer und darfst direkt in den oberen Bereich. Dort ist die Grafikabteilung, der du zugeordnet bist.“

„Irgendwie doof ... ich meine ... andere bekommen nicht so eine Behandlung.“

„Andere sind auch nicht der Sohn von Rowan.“

„Die Glücklichen."

„Noa, zieh nicht so ein Gesicht. Wenn du dich darauf einlässt, macht es vielleicht sogar noch Spaß.", versuchte Lars mich aufzumuntern. Erfolglos.

„Vielleicht möchte ich aber lieber keine Sonderbehandlung bekommen. Das kommt garantiert richtig mies rüber."

„Etwas anderes kommt nicht infrage. Das weißt du."

„Ja. Schon klar. Omega und so." Die Welt war kein schöner Ort, wenn man als Omega geboren wurde. Noch immer bedeutete es ab und zu Gefahr. Gerade wenn man auf einen Alpha traf, der in der Steinzeit lebte, was mir bisher zum Glück erspart geblieben war. Wobei ich mich manchmal, tief in meinem Innersten schon fragte, wie es wohl wäre, ein wenig Abenteuer zu erleben. Ich hatte noch nicht mal eine öffentliche Schule besuchen dürfen. Mein Leben hatte sich bloß innerhalb der goldenen Mauern meines Zuhauses abgespielt. Nur durch das Tanzen war ich diesem Käfig entkommen.

Mit einem lauten Piep öffneten sich die Türen und wir fanden uns in einem riesigen Vorraum ein. Bereits von unserem Standpunkt aus konnte ich das Trällern von Telefonen hören, das Gemurmel von Mitarbeitern und die Geräusche von einigen Druckern vernehmen. Der Duft nach Kaffee, Papier und vor allem Alpha, stieg mir in die Nase und bescherte mir eine Gänsehaut.

Eingekeilt zwischen Steven und Lars bewegten wir uns vorwärts. Zu beiden Seiten fand man Glastüren vor, hinter denen sich modern eingerichtete Büros befanden. Alles wirkte bis in kleinste durchdacht und minimalistisch designt. Hier und da entdeckte ich Plakate mit Slogans an den Wänden oder Flipcharts, an denen die neusten Vorschläge im Groben besprochen wurden. Mitarbeiter saßen an ihren Schreibtischen, doch während wir vorbeiliefen, reckten sie die Köpfe und folgten unseren Schritten mit den Augen. Inmitten des Vorraums stand ein großes weißes Designersofa mit niedriger Rückenlehne, dafür besaß es breite Sitzflächen, die von allen Seiten benutzt werden konnten.

Eine rothaarige Frau blickte hinter einem Schreibtisch hervor, der sich vor einem Büro befand, dessen Fenster uneinsehbar waren. „Ich vermute mal, Sie sind Herr Rowan. Der neue Praktikant.“ Sie bedachte mich mit skeptischem Blick über den Rand ihrer Brille.

„Ja. Ich bin Noa.“

Lars und Steve rahmten mich mit ihrer Präsenz wie Schatten ein, während sie sich lediglich zwei Schritte seitlich von mir aufbauten.

„Gut, gut. Ihre beiden Begleiter können auf dem Sofa Platz nehmen. Derweil begleite ich Sie zu Herrn Hillthorne.“

Sofort trat Lars nach vorne und lehnte sich ein Stück über den Schreibtisch vor. „Wir gehen mit ihm.“

„Das wird nicht nötig sein und ist unpassend Sir.“

„Wir sind hier, um für seine Sicherheit zu sorgen.“, beharrte er, woraufhin die Frau sich erhob und um den Schreibtisch herum kam. „Das können Sie vom Sofa aus ebenfalls tun. Herr Rowan droht keine Gefahr. Sie sind auf Hörweite.“

„Das werden Sie ganz sicher nicht einschätzen können.“

Die beiden steigerten sich in diese Diskussion, daher lenkte ich ein und zupfte an Lars Jacke, um seine Aufmerksamkeit auf mich zu lenken. „Ist schon gut. Ich gehe mit ihr.“

„Das halte ich für keine gute Idee.“

„Hör zu. Ich bin in einer Firma und kann euch nicht ständig an mir kleben haben. Das geht nicht. Was glaubt ihr denn, wie das hier ankommen würde?“

„Es ist mir ziemlich egal, wie das ankommen würde.", sagte Lars dunkel. Er war sichtlich unzufrieden, was ich ihm nicht verübeln konnte. Immerhin kam der Auftrag von meinem Vater.

„Kommt schon. Bitte. Bleibt einfach hier und wenn etwas sein sollte, rufe ich euch."

Die Assistentin mischte sich erneut ein. „Was sicher nicht der Fall sein wird. Hier wird professionell gearbeitet und wir stellen keine Gefahr dar."

Ohne ein weiteres Wort lief sie an uns vorbei zur Tür ihres Chefs. Ich folgte ihr ungefragt, dabei warf ich Lars und Steve einen versöhnlichen Blick über die Schulter zu. Die beiden wirkten nicht mal ein bisschen überzeugt.

Nach einem Klopfen betraten wir einen recht großen Raum, in dessen Mitte sich ein Schreibtisch mit einer Glasplatte befand. Dahinter saß der Alpha, mit dem ich nicht gerechnet hatte. Larus sah grinsend von seinem PC auf. „Noa. Pünktlich auf die Minute. Das gefällt mir."

„Hallo Larus ..."

Er stand auf und umrundete den Schreibtisch. „Das wäre dann alles Resa."

„Ich wollte nur noch kurz Bescheid sagen, dass seine beiden Betas draußen im Foyer sitzen."

„Ja, ja. Das dachte ich mir." Mit einer kleinen Handbewegung scheuchte er die Assistentin aus dem Raum und wandte sich mir zu. Ich stand wie bestellt und nicht abgeholt mitten in dem Raum und wusste nicht recht, was ich hier eigentlich sollte.

„Ähm ... das ist ein schönes Büro."

Fragend hob er eine Augenbraue und näherte sich mir, dabei machte ich selbst unbewusst einen Schritt nach hinten, da es mir unangenehm war. Als ich das allerdings bemerkte, stoppte ich. Immerhin sollte er mich nicht für einen Angsthasen halten. „Du willst wirklich über mein Büro sprechen?“

„Ich ... nein. Ich meine ... Ich weiß nicht ... Ähm ... Es ist nur ... wirklich hübsch eingerichtet.“

„Ganz nach meinem Geschmack, versteht sich.“ Auffordernd hielt er mir eine Hand hin, die ich willentlich ignorierte. „Komm, setz dich erstmal.“
Da ich nicht auf seine Hand reagierte, senkte er sie wieder und deutete stattdessen auf das Sofa vor seinem Schreibtisch.

Unzufrieden kam ich der Aufforderung nach und setzte mich. „Ich dachte, dass ich deinem Bruder zugeteilt bin.“
Larus tat es mir gleich und nahm neben mir auf dem Sofa platz.

„Ach, Malcolm hat so viel um die Ohren. Der war froh, diese lästige Aufgabe abgeben zu können.“

„Oh. Verstehe. Ähm ... und ... was werden meine Aufgaben sein?“
Die Vorstellung, die ganze Zeit über in der Nähe von Larus verbringen zu müssen, war mir unangenehm. Zwar war er ein gutaussehender Mann, für meinen Geschmack jedoch, zu forsch und aufdringlich.

„Deine Aufgaben?“ Er grinste und rutschte ein Stück näher an mich heran. „Zuerst werde ich dir einen Laptop zur Verfügung stellen und du nimmst direkt neben mir am Schreibtisch platz, sodass ich einen guten Blick auf deine Arbeit habe und dir zur Hand gehen kann.“ Das betonte er, indem er die Hand unerwartet auf meinen Oberschenkel legte und ich mich sofort versteifte. Am liebsten hätte ich die Hand umgehend von mir gestoßen, aber ich hatte Angst etwas Falsches zu tun, was mein Vater hören und mir somit Ärger einbringen würde.

„Das ... das muss nicht sein. Also ... ich möchte keine Sonderbehandlung bekommen ...“

Seine Hand an meinem Oberschenkel bewegte sich ein Stück nach oben. „Oh, aber natürlich muss das sein. Du bist nicht jeder und somit erhältst du meine gesamte Aufmerksamkeit.“

Als seine Hand sich ununterbrochen meinem Schritt näherte, hielt ich es nicht mehr aus und stand abrupt auf, um etwas Abstand zwischen uns zu bringen. „Nein. Das will ich nicht. Bitte. Ich ... ich könnte auch in dem Großraumbüro arbeiten. Das macht mir nichts aus. Es ... es wäre mir lieber.“

Larus stand auf und näherte sich mir wie eine Schlange auf der Jagd, gleichzeitig wich ich rückwärts vor ihm zurück, bis ich mit dem Hintern gegen seinen Schreibtisch stieß. Nur einen Schritt vor mir hielt er an. „Das kann ich nicht zulassen. Dich, so weit weg zu wissen. Nein. Auf keinen Fall. Da sind so viele Alphas. Ich hätte kein gutes Gefühl dabei, dich in deren Nähe zu lassen.“

Mein Herz schlug viel zu schnell. Dieser Mann kam mir so nah, dass ich sein Aftershave riechen konnte. Es gefiel mir nicht. „Ich ... habe meine Betas dabei ...“

Larus überwand den fehlenden Abstand zwischen uns und stand nun ganz dicht vor mir. Ohne zu zögern, hob er seine Hand und fasste nach meinem Kinn. „Jemand wie du ist mir seit Ewigkeiten nicht mehr begegnet. Du bist unglaublich besonders, weißt du das?“ Er schob meinen Kopf in den Nacken, sodass ich ihm in die Augen blicken musste. Ich fühlte mich ausgeliefert und doch unfähig mich zu wehren.

„Ich ...“

„Mir ist deine Brille bei unserem ersten Treffen gar nicht aufgefallen, ich muss jedoch gestehen, sie gefällt mir an dir. Sogar ausgesprochen gut.“

Sein Griff an meinem Kinn blieb, gleichzeitig ließ er seinen Zeigefinger über meine Wange gleiten. Fieberhaft überlegte ich, wie ich mich aus dieser blöden Lage befreien konnte, ohne mir Ärger von mehreren Seiten einzuhandeln. Vater wäre ganz sicher völlig verstimmt, wenn ich bereits am ersten Tag Ärger machen würde.

Diese Gedanken erübrigten sich, den mit einem Mal wurde eine Seitentür aufgerissen und damit drang ein dominanter, aber angenehmer Duft an meine Nase. „Larus. Nimm deine Finger von ihm!“, erklang eine tiefe Stimme, die mir einen Schauer über den Rücken jagte. Larus reagierte prompt und ließ von mir ab, dabei sprang er ertappt, beinahe einen Meter zur Seite.

Meine Erleichterung war nur von kurzer Dauer, denn als ich den Blick hob und zu dem Neuankömmling blickte, durchfuhr es mich wie ein Blitz.

Der Alpha sah fuchsteufelswild aus und auf der anderen Seite komplett geschockt. Er starrte mich aus weit aufgerissenen grünen Augen an, als stünde ein Geist vor ihm.

„Malcolm. Du hast mir einen Schrecken eingejagt. Was ist denn dein Problem?“ Larus tat unbefangen, aber irgendwie hörte ich ihm seine Unsicherheit an.

Ohne den Blick von mir abzuwenden, antwortete Malcolm: „Ich bin hier, um den Praktikanten mitzunehmen.“

Diese Worte sorgten dafür, dass mein Puls sich beschleunigte.

„Was? Wieso? Wir hatten das besprochen!“

„Das ist mein letztes Wort.“

Kapitel 3

Malcolm

Was ich sah, konnte ich nicht fassen und war nicht fähig, die Augen von dem Omega abzuwenden. Ich glaubte zu fallen und gleichzeitig zu ertrinken und kämpfte verbissen darum, das rettende Seil nicht loszulassen. Wie war das möglich? Wie nur? Ich verstand nichts mehr und fürchtete, den Verstand zu verlieren.

Mein Bruder stellte sich mir in den Weg und unterbrach den Blickkontakt zu Noa. Insgeheim war ich sogar dankbar dafür. So war ich zumindest wieder in der Lage zu atmen. Innerlich war ich jedoch komplett erschüttert. Ich konnte nicht fassen, was sich vor meinen Augen abspielte und glaubte, mich in einem Traum vorzufinden. Das musste ich mir eingebildet haben. Ganz sicher. Etwas anderes war nicht möglich. Meine Erinnerung spielte mir etwas vor. Sie war trügerisch. Es war zu lange her, als dass ich mich so genau erinnern würde.

„Das kannst du nicht machen Mal." Wir standen uns direkt gegenüber. Nur nebenbei nahm ich wahr, dass ich meinen Bruder um einige Zentimeter überragte, auch wenn er stets versuchte, mich durch seine Dominanz einzuschüchtern. Es gelang ihm nicht und das wussten wir beide. Verbissen bemühte ich mich, einen klaren Kopf zu bewahren und mir nichts von meiner Verwirrung anmerken zu lassen. Zeit für Schwächen gab es nicht. Durfte ich mir nicht leisten.

„Ich kann und ich werde."

„Du hast kein Recht dazu.“, beharrte er und lehnte sich vor. Anscheinend war es ihm nicht recht, dass der Omega mithörte. Das würde ihm offenbaren, wer tatsächlich die Fäden in der Hand hielt, womit Larus nur schwer klarkam. Von je her war er von dem Wunsch besessen, im Mittelpunkt zu stehen und der wahre Alpha unseres Rudels zu werden. Dass diese Rolle mir zufiel, machte ihn rasend vor Eifersucht.

„Du vergisst wohl, wer hier der Geschäftsführer ist. Das ist meine Firma und wenn ich etwas entscheide, ist es Gesetz. Zudem hast du ein wichtiges Detail einfach außen vor gelassen. Wie willst du mir das erklären?“

Das Blut in meinen Ohren rauschte. Viel zu sehr war ich mir der Anwesenheit des Omegas bewusst und fühlte mich unfähig, einen klaren Gedanken zu fassen.

Ich konnte hören, wie Noa sich bewegte, dabei war ich gerade dankbar, dass die breiten Schultern meines Bruders ihn vor meinen Blicken verbargen. Nichtsdestotrotz stieg mein Puls auf ein Maximum. Nur wenige Sekunden verstrichen, dann lunzte er hinter dessen Rücken hervor und direkt zu mir herüber. Dieses Gesicht, dieser Blick, traf mich mitten ins Herz und machte mich gleichzeitig rasend vor Wut. Seine Augen waren wie ein Spiegel seiner Seele. Unschuldig und gütig und gleichzeitig so verletzlich, dass ich am liebsten losgeschrien hätte.

„Ich muss dir da nichts erklär- ...“ Nun schien auch Larus meine seltsame Stimmung wahrzunehmen, denn er runzelte die Stirn und warf einen Blick über die Schulter. „Was ist los? Kennst du ihn etwa?“

Ertappt wich Noa zurück.

„Nein. Woher sollten wir uns denn kennen?“

Larus zuckte mit der Schulter. „Keine Ahnung. Du benimmst dich so merkwürdig.“

Ungehalten schnaubte ich. „Ich bin lediglich verärgert, weil du mich so ausspielen wolltest.“

„Ich hab nicht-...“

Ich hob eine Hand und stoppte ihn. „Genug jetzt.“ An Noa gewandt sagte ich im Befehlston: „Komm mit. Wir haben etwas zu besprechen.“

„O-okay ...“ Selbst von der Stelle, mit den paar Metern Abstand zwischen uns, konnte ich seinen Herzschlag hören. Es schlug schnell und erinnerte an den hektischen Flügelschlag eines Kanarienvogels. Irgendwie konnte ich ihm dieses Gefühl nicht verübeln. Als Omega allein in einem Raum zwischen zwei Alphas, das wäre für keinen Omega einfach.

Ich lief voran und hielt ihm die Geheimtür, aus der ich getreten war, auf, dabei nahm ich den Großteil des Türrahmens ein. Mir war selbst deutlich bewusst, wie schwierig diese Situation war.

„Komm schon Malcolm! Überleg es dir noch einmal!“, rief mir mein Bruder hinterher. „Du hast doch eh keine Zeit oder den Nerv für einen Omega!“

Noa schluckte sichtlich und schlüpfte schließlich unter meinem Arm hindurch. Er betrat vor mir den angrenzenden Raum, der meinem Bruder als Ruheraum diente. Er war mir so nah.

Unbewusst sog ich seinen reinen Duft ein, der mich bereits vom ersten Moment an umweht und die feinen Nasenknospen gereizt hatte. Seine Note war mir schmerzhaft vertraut. Eine Mischung aus Vanille und einer ganz speziellen Süße, die in mir ein leises Sehnen auslöste. Zu gerne hätte ich meine Nase in seine Halsbeuge vergraben und tief eingeatmet.

Nur noch ein einziges Mal. Wie oft ich diesen Gedanken in den letzten Jahren gehabt hatte, konnte ich nicht einmal mehr sagen und plötzlich befand sich dieser Wunschtraum direkt vor mir.

Allein dieser Gedanke machte mich wütend. Das musste irgendein Streich sein. Jemand versuchte, mich zu treffen und zu zerstören.

Plötzlich gereizt lief ich an ihm vorbei zur nächsten Tür. Nur mir war dieser Zugang möglich. Ich hielt meinen Zeigefinger an ein Erkennungsschloss und nach einem Klick, öffnete sich die Tür von alleine. Vor uns erstreckte sich mein Büro.

Ein wenig unsicher folgte mir Noa in den Raum. „Es ... es tut mir leid ... Ich wollte Ihnen keinen Ärger bereiten.“, sagte er leise und das allein ließ mir die Härchen im Nacken zu Berge stehen. Diese Stimme! Ich konnte es nicht fassen. Verlor ich wirklich den Verstand? Nein! Niemand würde mich täuschen!

„Sir?“ Seine Stimme bebte.

Abrupt blieb ich stehen und wandte mich zu ihm um. Noa wirkte so überrascht von meiner schnellen Bewegung, dass er einen kleinen Schritt zurückwich. Seine Augen waren weit aufgerissen. Furcht lag darin. Die viel zu großen Brillengläser ließen sein Gesicht noch viel zarter wirken. Er war geradezu zerbrechlich. Viel zu fragil für diese Welt.

Das ärgerte mich noch viel mehr. „Was geschehen ist, ist geschehen.“, meinte ich harsch, selbst wenn ich wusste, er konnte nichts dafür. Seine bloße Anwesenheit war ein riesiger Störfaktor. All das hier war nicht richtig. Ich musste ihn so schnell wie möglich wieder loswerden, selbst wenn ich am liebsten genau das Gegenteil getan hätte. War dies nicht das, was ich mir seit Jahren sehnlichst gewünscht hatte? Aber ... Nein! Selbst diese Gedanken konnte ich nicht zulassen. Was immer hier los war. Er war nicht *er*.

Ihn loszuwerden würde mir allerdings schwerlich gelingen. Vater bat mich nur selten um etwas, von daher konnte ich ihm diesen Wunsch nicht abschlagen. Urplötzlich kam mir ein Gedanke. Was, wenn der Omega dieses Praktikum von sich aus abbrechen würde? Dann wäre ich dieses lästige Problem los, das mir schier den Verstand zu rauben schien. Denn eines war gewiss. Ich musste ihn loswerden, wenn ich nicht von der Vergangenheit eingeholt werden wollte.

„Ich weiß, Sie haben Wichtigeres zu tun ... und ich möchte Sie wirklich nicht stören. Vielleicht ... könnten Sie mich ins Großraumbüro schicken ... dort ..."

In meinen Fingern kribbelte es verdächtig. Das Bedürfnis die Hände nach ihm auszustrecken und an mich zu ziehen, war kaum zu unterdrücken. Entschlossen biss ich die Zähne zusammen und verengte die Augen. „Kaum in der Firma und schon beginnst du Forderungen zu stellen? Ich glaube, du musst noch einiges lernen Kleiner."

Er zuckte zusammen. Panik in seinen schönen braunen Augen. „Nein ... so meinte ich das nicht. Wirklich nicht. Ich dachte nur ..."

„Du dachtest! Überlass das Denken mir und befolge meine Befehle. Ist das klar?"

Ein Beben ging durch seinen zarten Körper, sodass mir mein gemeines Verhalten bereits leidtat, aber was sollte ich sonst tun? Ich konnte ihn nicht drei Monate lang in meiner unmittelbaren Nähe haben. Nicht, wenn er so aussah und duftete wie *er*. Nicht noch einmal, würde ich so etwas durchmachen.

„Ja Sir ..." Nervös senkte er den Blick und hielt ihn auf den Boden gerichtet.

„Schon besser. Dann lass uns mal sehen, was wir mit dir anfangen können." Erneut wandte ich mich von ihm ab und peilte die Schiebetür, die an mein Büro grenzte an. Dahinter befand sich mein eigener Ruhebereich, den Annika binnen kürzester Zeit für Noa hergerichtet hatte. Neben dem Schlafsofa und den Kleiderstangen mit meiner Wechselkleidung befand sich nun auch noch ein Schreibtisch mit einem Laptop darin. Der Arbeitsplatz war auf das große Fenster ausgerichtet, das einen wunderbaren Ausblick auf das Meer preisgab.

„Das hier wird dein Arbeitsplatz für die nächsten Monate. Hier habe ich einen besseren Blick auf dich und du kannst ungestört arbeiten."

„Bei Ihnen? Ich ... Das ist wirklich nicht nötig Sir."

„Hör endlich auf mit diesem lästigen Sir. Ich heiße Malcolm."

„Aber ... Sie sind doch der Chef. Ich kann Sie doch nicht beim Vornamen nennen."

„Wenn ich es dir gestatte, dann schon. Außerdem bist du nicht der Einzige. Also mach es einfach, wenn du mich nicht weiter nerven willst."

„Ist gut ... Si- ich meine ... Malcolm."

„Gut. Dann setz dich mal hinter den Schreibtisch und erzähl mir, weshalb du ein Praktikum bei mir machen wolltest." Ich beobachtete, wie er sich unsicher niederließ, und folgte ihm in den Raum, dabei zog ich mir einen eigenen Stuhl hinzu und nahm ein paar Schritte von ihm entfernt selber Platz.

„Eigentlich ... Ich bin eigentlich ... ziemlich unerfahren, wenn ich ehrlich sein darf." Röte stieg in seine Wangen, wobei er den Blick weiter gesenkt hielt.

„Wieso siehst du mich nicht an?", fragte ich ein wenig sanfter. Ich wollte ihn nicht noch mehr verunsichern.

„Das ... wäre nicht passend."

Typisch anerzogenes Verhalten Alphas gegenüber. Das nervte mich jetzt schon. „Wenn ich mit dir rede, erwarte ich, dass du mich ansiehst."

Er zögerte ein wenig, doch schließlich hob er langsam den Kopf und sah mich direkt an. Mir blieb die Luft weg, während ich in diesen Augen versank. Augen, in denen ein Feuer loderte. Der Kleine war sicher nicht so unterwürfig, wie er teilweise wirkte oder sein sollte. Mal sehen, ob ich dieses Feuer herauslocken konnte.

Obwohl ich darauf bestand, Blickkontakt zu halten, war es nicht unbedingt die beste Idee. Ihm in die Augen zu sehen, ließ ein Feuerwerk in meinem Bauch entstehen. Noa war einfach bezaubernd. Schön und niedlich zugleich. Ich räusperte mich. „So. Nun noch einmal. Was hat es mit diesem Praktikum auf sich? Willst du Grafik studieren?"

Seufzend ließ er die Schultern sinken und leckte sich über die Unterlippe. „Ich ... ich weiß es nicht."

Skeptisch hob ich eine Braue, dabei fiel mir auf, wie Noas Augen interessiert über meine tätowierten Hände glitten, die ich in meinem Schoß miteinander verschränkt hatte. Wie würde er reagieren, wenn er mich komplett ohne das weiße Hemd betrachten könnte und alle Kunstwerke auf meinen Armen und dem Oberkörper sehen würde? Würde es ihn abstoßen oder gefallen? Bisher lugten die Tattoos nur ein kleines Stück heraus und zogen sich bis zum Hals hinauf und selbst das schien ihn irgendwie zu faszinieren.

„Also willst du herausfinden, was du mit deinem Leben anfangen möchtest? Ist es das?"

„So in etwa. Ja. Wenn das okay ist." Noa betrachtete mich weiterhin ohne die geringste Zurückhaltung. Es war fast so, als ob er nur das Okay dafür gebraucht hätte, und tatsächlich gefiel es mir, wie er meinen Körper fasziniert mit den Augen berührte. Sofort fühlte ich eine Regung in meinem Schritt und hätte am liebsten geflucht. Stattdessen erhob ich mich prompt und brachte etwas Abstand zwischen uns.

„Meinetwegen. Dann gebe ich dir erstmal unsere Mappe, die du lesen solltest, um die wichtigsten Informationen zu erhalten. Danach erwarte ich, dass du dich mit unserem Grafikprogramm vertraut machst und eine Zeichnung erstellst." Ich verschwand in mein eigenes Büro und holte den Stapel Unterlagen vom Schreibtisch. Diese legte ich auf seinen Tisch.

„Ei- eine Zeichnung? Aber ich kann doch nicht ..."

Um ihn zu Stoppen hob ich die Hand und er schloss den Mund. Wieder schweifte sein Blick zu meinen Händen. „Das ist dein erster Auftrag und keine Widerrede."

„Aber was soll ich denn zeichnen?" Seine Stimme hörte sich schon fast wie ein Jammern an. Er wirkte überfordert.

„Lass dir etwas einfallen. Ich möchte mich von deiner Kreativität überraschen lassen. Was du tun könntest, wäre etwas zu zeichnen, das dich betrifft. Ich möchte einen Teil deiner Persönlichkeit darin erkennen können, verstehst du? Ganz egal was. Es sollte aber auf jeden Fall etwas mit dir zutun haben."

„Okay ..."

*****

Er spürte die Blicke, die ihm Silas bei jedem seiner Schritte zuwarf und hoffte, die Feier wäre bald vorbei, damit er dieser Situation entfliehen konnte. Warum sein Vater ihn immer wieder ins Haus des Leit-Alphas schickte, um auszuhelfen, konnte er nicht verstehen. Sie hatten auch auf dem Feld alle

Hände voll zu tun und tatsächlich, wäre er dieser Aufgabe viel lieber nachgegangen.

Unwillig bewegte er sich zwischen die Sitzreihen der Gäste, die allesamt bereits ordentlich getrunken hatten. Die Lautstärke war kaum zu ertragen. Er trug einen Bottich mit sich herum und sammelte die leeren Teller und Becher ein.

Plötzlich spürte er eine Hand an seiner Hüfte und wurde, ehe er sich dagegen wehren konnte, auf den Schoß eines Alphas gezogen. Erschrocken keuchte er auf, dabei verstärkte er seinen Griff um den Bottich. Er wollte keinen Ärger riskieren, indem er das Geschirr fallen ließ.

„Hab ich dich!“ Das war nicht Silas, aber auch nicht unbedingt besser. Marcus war sein Cousin und bald Leit-Alpha eines benachbarten Rudels und auch er stellte ihm immer öfter nach, wenn er in der Nähe war.

„Ey, lass ihn los.“, mischte sich Silas unvermittelt ein und torkelte ihnen entgegen. Natürlich dachte Marcus nicht daran, ihm diesen Gefallen zu tun, und fasste nach Skys Kinn.

Er drehte ihm sein Gesicht entgegen und strich ihm gleichzeitig die dunklen Locken aus der Stirn. „Was denn? Seit wann werden die Omegas nicht mehr geteilt?“, säuselte Marcus und lehnte sich vor, aber bevor er seine vollen Lippen auf Skys drücken konnte, zerrte ihn Silas von seinem Schoß. Grob landete der Omega zwischen den Bänken auf seinem Hintern. Die Schüssel mit den Tellern entglitt seinen Fingern. Mit einem lauten Scheppern zersprangen die Tonteller auf dem Steinboden in mehrere Einzelteile.

„Der wird nicht geteilt! Vergiss das nicht!“, zischte Silas.

„Ach komm schon. Bleib locker. Die vertragen das.“

„Er ist nicht für dich bestimmt!“

Derweil riss Sky geschockt die Augen auf, krabbelte über den mit Stroh ausgelegten Steinboden und versuchte, die Scherben so schnell wie möglich einzusammeln. Insgeheim hoffte er, zumindest ein paar heile Stücke darunter zu finden.

Jemand griff grob in seine Haare und zerrte ihn auf die Beine. „Du bist so ein Nichtsnutz! Was fällt dir überhaupt ein?“ Ein kräftiger Schlag auf seine Wange ließ Tränen in seinen Augen aufsteigen. Die betroffene Wange brannte, wie Feuer, seine Lippen bebten. Doch obwohl er gerade gescholten wurde, nahm keiner um sie herum wirklich Notiz davon. Selbst Silas schien seine Anwesenheit inzwischen auszublenden, saß neben Marcus und füllte sich seinen Kelch mit weiterem Wein.

„Es ... es ... tut mir leid Milo ...“
Der Beta und erster Küchenvorsteher des Hauses fixierte ihn verärgert, die Brauen zur Nase hin zusammengezogen und beide Arme in die Hüfte gestemmt. Sein dicker Bauch war hinter einer schmutzigen Schürze verborgen. „Das sollte es auch. Auch wenn du mit deinen fünfzehn Jahren etwas jung bist. Du trägst die Verantwortung für diese Sache und wirst dafür aufkommen. Jeder einzelne Schilling wird dir von deinem Lohn abgezogen.“

„Aber ... was ... soll ich Papa sagen?“ Die bloße Vorstellung, seinem Vater erklären zu müssen, dass er für seinen Dienst kein Geld nachhause brachte, brachte ihn zum Verzweifeln. Garantiert stünde die nächste Tracht Prügel an.

„Es ist mir ganz egal, was du ihm sagst. Du bleibst, bis die Gäste weg sind und räumst anschließend alles auf und morgen kommst du ebenfalls wieder her.“

„Ist gut Milo.“

Erst viele Stunden später und weit nach Mitternacht, machte Sky sich auf den Weg nach Hause. Obwohl sie zum Rudel von Silas Vater gehörten, befand sich sein Elternhaus ein

Stück weiter weg. Sie waren zu arm, um sich ein Haus im Dorf leisten zu können und bewohnten eine Hütte im Wald.

Erschöpft kämpfte sich der Omega durch den dunklen Wald. In dieser Nacht leistete ihm nicht einmal der Mond Gesellschaft. Trotzdem konnte er aufgrund seiner Wolfsseite, in der Dunkelheit sehen, wenn auch nicht so gut wie tagsüber. Es war genug, um sich zurechtzufinden, und so kam er recht schnell voran. Den Weg kannte er ohnehin, doch plötzlich blieb er stehen. Er hörte ein unterdrücktes Wimmern ganz in der Nähe. War das ein Wolf?

Noch einmal lauschte er und versuchte herauszufinden, aus welcher Richtung dieser Schmerzenslaut kam. Auch wenn er bereits ziemlich müde war, konnte er nicht einfach weiter gehen und wen auch immer in seinem Leid zurücklassen. Für einen Omega konnte so ein Ausflug gefährlich sein, aber er ließ sich nicht von Ängsten zurückhalten und so folgte er den Geräuschen mit laut klopfendem Herzen.

Als er einen moosbewachsenen Erdhügel umschritt, entdeckte er an dessen Fuß ein dunkles Fellknäuel, das sich auf dem Boden wälzte.

„Was ist mit dir passiert?“, wisperte er mehr sich selbst zu und näherte sich dem Tier, das in seiner Bewegung erstarrte.

„Scht ... keine Angst. Ich tue dir nichts.“ Sky hob beschwichtigend seine Hand und bewegte sich vorsichtig voran. Mit einem Mal kam Bewegung in das Tier. Es erhob sich ruckartig und begann warnend zu knurren, dabei leuchteten seine Augen rot auf. Doch das hielt nur kurz an, denn urplötzlich versagte ihm ein Hinterbein und er knickte heulend zur Seite. Er blieb liegen, hob dennoch seinen Schädel und knurrte warnend.

„Ist gut. Ich will dir nur helfen, ja? Keine Angst.“

Sky und den Wolf trennten nur noch wenige Schritte. Wenn der Wolf es auf ihn abgesehen hatte, würde er ihn sicher erreichen können, aber das tat er nicht. Wahrscheinlich hatte er einfach nur Schmerzen und wusste sich nicht anders zu helfen, daher überbrückte er auch noch die letzten Meter. Vor dem Wolf ging er in die Hocke.

„Du ... du bist ein Alpha ... hab ich recht?" Das war Sky in dem Moment klar geworden, als er die roten Augen entdeckt hatte. Eigentlich hätte er so schnell wie möglich fliehen müssen, man wusste nie, was einen allein und mitten im Wald, bei einem Alpha erwartete.

Sky streckte die Hand aus und dem Wolf entgegen. „Hab keine Angst. Bitte. Ich werde dir helfen, aber dafür muss ich dich anfassen. Ist das ... in Ordnung?"

Der Wolf und Sky blickten sich einen Moment lang an. Schließlich nickte der Alpha unmerklich, sodass Sky es wagte, über das weiche Fell zu streichen. Er tastete sich vorsichtig nach hinten bis zu den Hinterläufen des Wolfes. „Das muss höllisch wehtun."

Mitleidvoll blickte Sky auf die riesige Bärenfalle, in die der Wolf getreten war. Wäre er ein gewöhnlicher Wolf, hätte er seine Pfote mit Sicherheit verloren. Solche Fallen konnten einem den Fuß direkt amputieren, wenn sie zu stark gespannt waren. Das Gelenk des Alphas sah auch ziemlich mitgenommen aus. Der Knochen blickte an einer Stelle aus der Wunde heraus, während die Zähne der Falle tief in seinem blutenden Fleisch steckten. Sein Blut sickerte in das Laub unter ihm.

„Ich muss einen Ast suchen, mit dem ich dich hoffentlich daraus befreien kann. Warte hier." Sky erhob sich und nahm eine Art Schnauben von dem Wolf wahr.

Er musste lächeln. „Ups. Du hast recht. Wo solltest du auch hingehen."

Weit musste Sky nicht laufen, bis er einen abgebrochenen Ast fand, den er packte und hinter sich herzog. Es war gar nicht so einfach, einen Ast hinter sich herzuziehen, der einen von der Größe überragte. Erschwerend kam hinzu, dass die ausladenden Zweige sich immer wieder im Gestrüpp verfingen.

Schwitzend und erleichtert zugleich, erreichte er den verletzten Wolf, der ihn ruhig betrachtete. Seine Atmung ging flach. Sky machte sich Sorgen. Er hoffte, nicht zu lange gebraucht zu haben. Wenn er zu viel Blut verloren hatte, könnte selbst ein Alpha nicht mehr so leicht heilen.

Vor dem Alpha ging er in die Hocke und tastete nach seiner Stirn. „Hör zu. Ich weiß, es wird gleich noch mehr wehtun und ich gehöre nicht zu den stärksten Jungs, aber ich hoffe, es hinzukriegen. Also ... wenn ich es schaffen sollte, den Ast dazwischen einzuklemmen, werde ich mit meinem Gewicht dagegenhalten, damit sich die Klauen ein Stück auseinanderschieben. Wenn das klappt, musst du dein Bein ganz schnell herausziehen."

Der Wolf hob seinen Kopf, dann legte er ihn wieder ab. Er wirkte unentschlossen und das konnte Sky ihm nicht verübeln. Viel Hoffnung bestand nicht.

„Wir müssen es versuchen, ja?"

Erstaunt hörte Sky den Wolf seufzen, was schon ungewöhnlich war. Er beschloss, nicht länger zu warten. „Also. Eins, zwei und drei."

Wie er dem Alpha zuvor erklärt hatte, tat er nun auch und kämpfte verbissen darum, den Ast neben dem Bein des Wolfes hineinzudrücken. Nach einer gefühlten Ewigkeit und dem Heulen des Wolfes gelang ihm das Unmögliche. Der Alpha zog sein Bein heraus und die Falle schlug lautstark wieder zu. Diesmal drückte sie sich gewaltsam in den Ast.

Völlig geschafft ließ Sky sich rücklings ins Laub fallen und blickte zwischen den Kronen der Bäume in den Nachthimmel. Seine Atmung ging schnell, das Herz pochte wild, aber er selbst fühlte sich ungemein erleichtert.

Plötzlich erschien ein Schatten über ihm. Der riesige Wolf blickte auf ihn herab. Grüne Augen bohrten sich in hellbraune. Obwohl Sky sich fürchten sollte, tat er es nicht. Dieser Wolf war anders. Das konnte er spüren und während eben jener Wolf sich herunterbeugte und mit seiner langen, warmen Zunge über Skys Gesicht leckte, konnte er nicht anders. Er umarmte den Wolf ohne die geringste Spur von Scheu.

Kapitel 4

Noa

Den ganzen Vormittag über versuchte ich auszublenden, wer sich nur wenige Meter von mir entfernt im angrenzenden Raum befand. Nur gestaltete es sich mehr als bloß schwierig, den Mann aus dem Kopf zu bekommen, wenn die Tür die ganze Zeit über offen stand und seine Stimme oder gar sein starker Alphaduft zu mir herüberwehte.

Es war mir ein Rätsel, weshalb ich dieses drängende Gefühl verspürte, ihn ständig ansehen zu wollen. Immerhin war er bisher nicht unbedingt freundlich zu mir gewesen und schüchterte mich aufgrund seiner dominanten Aura ein. Trotzdem ließ sich mein Herz nicht beruhigen und trommelte die ganze Zeit über wild vor sich hin. Wahrscheinlich war es so laut, dass selbst er es hören konnte. Nur schlug es nicht, wie er womöglich annehmen würde, aus Furcht. Viel eher war es Aufregung, die mich nicht zur Ruhe kommen ließ.

Zum bestimmt sechsten Mal in Folge las ich den gleichen Absatz und versuchte, mir ein Bild von dem zu machen, was hier erzählt wurde, aber meine Konzentration ließ mich im Stich.

„Ist der Flug gebucht?“, hörte ich Malcolm mit seiner melodischen tiefen Stimme fragen. Das reichte aus, mich wieder aus dem Text zu bringen. Ich brach den Satz erneut ab.

Seine Stimme hatte etwas Vertrautes, wobei ich ihm noch nie begegnet war. Gänsehaut bildete sich auf meinem Körper. Es war mir nicht möglich, das Drängen in mir auszuschalten. Verstohlen warf ich einen Blick zu ihm hinüber und musste schlucken. Seine Präsenz füllte den gesamten Raum. Er war so anders, als ich ihn mir vorgestellt hatte. Nichts an ihm war wie erwartet, zudem wirkte er in einem Büro völlig fehl am Platz.

Trotz seines weißen Hemdes und der grauen Stoffhose sah er lässig und gleichermaßen roh oder ungezähmt aus. Vielleicht hatte das mit seinen unzähligen Tattoos zu tun oder aber, seiner scharfen Kieferpartie. Sein Kinn wies ein kleines Grübchen auf, die Wangenknochen waren ausgeprägt und recht hoch und die Nase, für einen solch markanten Mann, viel zu niedlich. Seine Brauen waren dunkelblond und gerade, dabei rahmten sie die wachen grünen Augen ein. Diese Augen, mit einem Blick, der mir das Gefühl vermittelte, bis in meine Seele schauen zu können.

Ich war nicht in der Lage, mich von seiner auffallenden Erscheinung loszureißen. Im Gegenteil. Unverwandt betrachtete ich ihn, speicherte jeden Zentimeter, den ich von meinem Platz aus sehen konnte, in meinem Gedächtnis. Alles an ihm wirkte irgendwie präsent, geschärft und selbstsicher. Selbst seine Frisur war irgendwie scharf. An den Seiten trug er die blonden Haare ganz kurz und oben ein wenig länger, aber akkurat zur Seite gestylt. Kein Härchen tanzte aus der Reihe.

Der Alpha tippte auf der Tastatur herum, daher folgte ich dieser Bewegung mit den Augen. Unter den Bemalungen auf den Händen traten deutliche Adern hervor. Dieser Anblick löste ein kleines Kribbeln in meinem Bauch aus. Zu gerne hätte ich jede einzelne Tätowierung mit den Fingern ertastet und die Bedeutung dahinter erfragt.

„Ja. Gut. Das Hotel ist das gleiche, nehme ich an?“, fragte er erneut in den Hörer. Sichtlich zufrieden nickte der

Mann. „Gut. Gut.“ Mit einem Mal lehnte er sich entspannt in seinem Chefsessel zurück und drehte sich mir entgegen, dabei ertappte er mich auf frischer Tat beim Starren.
Mir blieb vor Schreck die Luft weg, schaffte es jedoch nicht, die Augen von ihm abzuwenden. Er durchbohrte mich regelrecht mit seinen Augen und das trieb mir die Hitze in die Wangen.

„Und das fällt dir erst jetzt ein?“ Obwohl er mich mit seinem intensiven Blick gefangen hielt, wusste ich, er redete noch immer mit der Person am Telefon. Er stieß die Luft scharf aus und seufzte. „Ja. Verstehe.“ In seinen grünen Augen leuchtete etwas auf und ein kleines Grübchen erschien auf seiner Wange, obwohl er die Lippen nur zu einem halben Lächeln hochzog. „Kein Problem. Ich habe gerade eine bessere Idee. Lass die Buchung, wie sie ist. Die Lösung sitzt zufälligerweise direkt vor mir.“

Was er damit meinte, konnte ich mir nicht vorstellen, da ich ja eigentlich direkt vor ihm saß und mit Sicherheit niemandes Lösung war. Ich war ja allein schon überfordert, diese Unterlagen zu lesen.

„Ja. Ganz sicher.“, versicherte er seinem Gesprächspartner und legte schließlich auf. In einer fließenden Bewegung erhob er sich und bewegte sich auf mich zu.
Endlich gelang es mir, den Kopf abzuwenden, wobei ich die Papiere hob und meine Nase fast darin vergrub.
Im Türrahmen blieb er stehen und lehnte sich mit einer Schulter daran. „Kommst du gut voran?“

„Ich weiß nicht.“, gestand ich und schämte mich für meine Unfähigkeit, diesen kleinen Leseauftrag auszuführen.

„Hm ...“, meinte er gedehnt. Plötzlich stützte er seine Hände direkt neben mir auf dem Schreibtisch ab. Ich glaubte

mich einer Ohnmacht nahe und rutschte mit dem Stuhl ein Stück von ihm weg. „Ich habe einen neuen Auftrag für dich."
Endlich wagte ich es, aufzusehen, und musste schlucken. Dieser Mann war wirklich attraktiv, gleichzeitig brachte er all meine Warnknöpfe zum Schrillen. „Ich ... ich schaffe das schon. Es fällt mir nur schwer ... mich zu konzentrieren."

„Ganz egal. Das kannst du später noch machen. Ich habe etwas Wichtigeres, was erledigt werden muss." Er hielt mir eine DIN-A4-Seite hin, die ich ihm mit zitternder Hand abnahm und einen schnellen Blick darauf warf. *Anzüge aus der Reinigung holen, Blumen für Mariella bestellen, Carlos in der Pension anmelden usw.*

Fragend suchte ich seinen Blick und er grinste. „Ich denke, diese Aufgaben liegen dir besser." Nach einem überheblichen Augenaufschlag erhob er sich und ließ mich verdutzt zurück.

„Aber ... ich ..." Prompt stand ich auf und lief ihm hinterher, dabei stieß ich mit meinem Gesicht direkt gegen seine harte Brust, als er stehen blieb und sich unerwartet herumdrehte. „Autsch ...", stieß ich aus und taumelte aufgrund des Zusammenstoßes leicht nach hinten. Malcolm reagierte schnell, umfasste meinen Oberarm und half mir, das Gleichgewicht wieder zu finden.

„Wenn du dich mir an den Hals werfen willst, solltest du ein wenig eleganter vorgehen. Auf plumpe Annäherungsversuche gehe ich nicht ein."

Mir klappte die Kinnlade herunter. Ich war wie vom Donner gerührt und befreite mich aus seinem Griff. „Nein! Das war kein ... Ich meine ... Ich würde nie!" Verschämt verbarg ich kurzerhand mein Gesicht hinter einer Hand. Das war mir so peinlich.

„Nicht? Was wolltest du dann? Mich niederschlagen? Denn das ist dir ebenfalls nicht gelungen."

Das wurde nur noch unangenehmer. Ich stöhnte entsetzt. „Nein. Das auch nicht. Ich wollte nur fragen, warum ich diese Aufgaben machen soll. Ich meine ..." Kurz hielt ich inne, wurde unsicher, da er mich mit hochgezogener Augenbraue musterte und ich noch immer ziemlich nah bei ihm stand. Nervös richtete ich meine Brille, die ein wenig verrutscht war. „Sind das nicht Aufgaben eines Assistenten? Also ... ich meine ... ich bin ja kein ... ähm ... Assistent ... also ..." Als die Worte raus waren, verschloss ich den Mund sofort, denn Malcolm durchbohrte mich weiterhin mit seinem intensiven Blick, dem ich kaum Standhalten konnte.

„Du bist Mädchen für alles, Kleiner. Das solltest du dir ganz schnell einprägen. Bloß, weil dein Vater dich in Watte packen will, heißt das nicht, dass du hier irgendwelche Sonderbehandlungen erhältst. Du stehst zwar unter meinem Schutz, aber das war es auch. Ist das klar?"

„Ich wollte keine Sonderbehandlung.", murmelte ich, sah aber nicht auf.

„Dann solltest du tun, was von dir verlangt wird. Praktikanten sind in dieser Firma, nicht viel mehr, als meine Laufburschen. Und als Erstes holst du meine Anzüge aus der Reinigung."

Malcolm

Es blieb mir ein Rätsel, wie es mir gelungen war, den Tag zu überstehen, ohne den jungen Omega an mich zu reißen und mit meiner neu entflammten Zuneigung zu überschütten.

Nun saß ich nachdenklich auf meiner Dachterrasse, ein Glas Scotch in meiner Hand, während ich in den nächtlichen Himmel hinaufblickte und den sprudelnden Gedanken freien Lauf ließ.

Wie war es denn möglich, einem Menschen zu begegnen, der das genaue Abbild eines anderen war? Nicht nur das. Selbst der Duft, der ihm entströmte, war seiner. Hätte ich es nicht besser gewusst, wäre ich ihm sofort nahegekommen und niemand hätte uns je wieder trennen können. Leider wusste ich jedoch viel zu genau, schmerzhaft genau, dass er es nicht sein konnte. Nie würde ich meinen süßen Omega wieder in die Arme schließen können und daher musste ich alles dafür tun, Noa von mir fernzuhalten. Die Gefahr zu vergessen oder einfach auszublenden, dass er ein anderer war, lag viel zu nahe, war greifbar. Niemals würde ich es wagen, meinen Liebsten mit einer Kopie zu ersetzen, so sehr mein gebrochenes Herz sich auch danach sehnen mochte, endlich wieder Lieben zu dürfen.

Vielleicht musste ich nur genauer hinsehen, damit ich die Unterschiede zwischen den beiden besser sehen konnte. Denn niemand konnte ihn ersetzen, selbst wenn sie wie Zwillinge aussahen. Das, was meinen Liebsten ausgemacht hatte, war sein gutes Herz und der kleine Noa, konnte noch so nett sein. Es war nicht zu übersehen, dass er ein verwöhntes, reiches Prinzchen war. Selbst wenn er versuchte, meine Befehle auszuführen, ohne sich zu beschweren. Noa hatte sich mit Sicherheit noch nie einen Kaffee selber kochen müssen.

Mein Handy klingelte und befreite mich von den trüben Gedanken. Ein Blick auf das Display brachte mich zum Seufzen.

„Hallo Papa."

„Malcolm. Wie gut. Du bist noch wach."

Das wunderte mich ein wenig. „Es wird dich vielleicht überraschen, aber ich gehe schon seit einigen Jahren nicht mehr um sieben ins Bett.“

Mein Vater lachte kurz auf. „Ja. Schon gut. Ich habe von dir auf mich geschlossen, denn ich bin meist schon vor zehn Uhr im Bett.“

„Na so was. Zeigen sich deine dreihundert Jahre inzwischen auch körperlich?“

„Sehr witzig. Danke. Nein. Ich war gerade auf dem Weg ins Bett, da ist mir Noa wieder eingefallen.“

Natürlich. Was sollte es sonst sein? Es war untypisch für ihn, mich so oft zu kontaktieren. „Was ist mit ihm?“

„Ich weiß, ich habe dich damit ziemlich überfallen, zumal ich weiß, wie sehr du Omegas meidest, aber ich konnte nicht anders.“

„Das hast du bereits gesagt. Was ist also dein Anliegen?“

„Rowan, Noas Vater hat mir einst aus einer misslichen Lage geholfen, daher konnte ich ihm diese Bitte nicht abschlagen, verstehst du?“

Ich nahm einen Schluck von meinem Scotch und blickte, in die Ferne, dorthin wo ich den Anfang der Wälder sehen konnte. Jener Wälder. „Auch das hast du bereits erwähnt.“

Nervös lachte mein Vater. „Ja, ja. Ich weiß.“

„Also. Was willst du?“

„Ich wollte fragen, wie der erste Tag gelaufen ist. Hat er sich gut eingelebt? Wie findest du ihn? Er ist süß, nicht wahr?“

„Wenn du darauf anspielst, ob er mir gefällt, so muss ich dich leider enttäuschen. Er ist ein Omega, wie jeder andere auch.“, log ich. Davon war er weit entfernt. Es wunderte mich selbst, wie leicht mir diese Lüge überhaupt über die Lippen kam.

„Larus ist wahrhaftig von ihm verzaubert.“

„Larus ist von jedem Omega *verzaubert*. Wobei es wohl eher sein Genital ist, das verzaubert ist.“

„Malcolm!“, tadelte mein Vater, dabei hatte ich mit Absicht auf das Wort Schwanz verzichtet.

„Was denn? Ist doch so. Aber nur zu deiner Beruhigung. Noa geht es gut. Er ist, soweit ich das bisher einschätzen kann, nicht sonderlich motiviert. Es wirkt auf mich, als ob er in dieses Praktikum gedrängt worden wäre. Aber ansonsten, wird er die Zeit sicher gut hinter sich bringen.“

„Ja. Nun ja. Soweit ich es mitbekommen habe, ist Noa wirklich nicht aus freien Stücken da. Er ist Balletttänzer, was Rowan nicht passt, daher will er ihm neue Perspektiven aufzeigen.“

„Ballett?“ Meine Fantasie machte sich sofort auf die Reise. Ich konnte mir viel zu deutlich vorstellen, wie sich die engen Leggings an seinen schlanken Körper schmiegten. Sah den kleinen Hintern, der sich bei seinen Tanzeinlagen anspannte und mir entgegenstreckte. Prompt machte mein Schritt auf sich aufmerksam. Seit ich Noa heute Morgen das erste Mal gesehen hatte, passierte mir das ständig. Sonst war ich viel mehr Herr über meine Begierden, aber er schien da etwas längst Verborgenes wieder an die Oberfläche zu bringen.

„Ja. Er soll sogar recht gut darin sein. Rowan hat inzwischen aber die Nase voll und ich denke, er ist auch auf der Suche, nach einem passenden Alpha für ihn. Einen, der eine gute Partie abgeben würde.“

Meine Eingeweide zogen sich unangenehm zusammen. „Hat Noa denn dabei nichts zu sagen? Sind wir noch immer im Mittelalter?“

„Rowan ist ein knallharter Richter und wird sicher nicht zulassen, dass Noa sich an einen gewöhnlichen Mann verschenkt. So gut kenne ich ihn inzwischen. Noa wird dabei kein Mitspracherecht haben, denn ich glaube, Rowan ist auf einen Adelstitel aus."

„Unfassbar. Das wird ja immer besser. Wow."

„Ach Malcolm. Ich sage dir das nur, weil ich denke, du könntest endlich, nach so vielen Jahren, nach vorne schauen und ich weiß, dass nur ein Omega in der Lage wäre, dich aus deiner Trauer zu holen."

Bitterkeit stieg in mir auf. Ich schnaubte laut. „Darum geht es dir also? Du willst, dass ich ihn mir nehme? Ist das dein Ernst?" Der bloße Gedanke daran brachte mich unter Wasser. Schien mich ersticken zu wollen, gleichzeitig ersehnte mein verräterischer Körper genau das. Nur war mein Verstand wacher und davon würde ich mich lenken lassen.

„Es ist Jahre her. Du verlierst dich in Arbeit und unbedeutenden Affären. Deine Mutter und ich, wir sehen den Schmerz in deinen Augen. Die Einsamkeit, die dich treibt. Wir wollen, dass du das findest, was wir haben. Kannst du das nicht verstehen?"

Ein Kloß in meiner Kehle drohte mich zu ersticken. Es fiel mir schwer, Worte zu finden. „Das, was ihr beiden habt, hatte ich. Einen Ersatz brauche ich nicht. Gute Nacht, Vater." Ohne eine Antwort abzuwarten, beendete ich das Gespräch.

****

Die nächsten Tage stellten sich als regelrechte Tortur für mich heraus. Ich musste an mich halten, den Omega nicht ständig mit den Blicken auszuziehen oder mir vorzustellen, wie er in enger Ballettkleidung nur für mich tanzte. Zudem machten mich

Gedanken verrückt, in denen ich mir vor Augen führte, wie beweglich er durch seine Tanzfertigkeit sein musste. Das löste unzensierte Bilder in meinem Kopf aus und ich saß oftmals mit einer heftigen Erektion hinter meinem Schreibtisch und verfluchte Noa dafür.

Auf der anderen Seite verblüffte mich der junge Omega. Ich würde es wahrscheinlich nie zugeben, doch er führte die Aufträge allesamt verlässlich aus und trödelte nicht. Das hätte ich dem verwöhnten Sohn der Rowans nicht zugetraut. Wie es aussah, hatte ich ihn falsch eingeschätzt. Langsam aber sicher gingen mir die Laufburschenaufgaben aus, was nicht gut war. Ihn ständig in meiner Nähe zu haben, konnte ich kaum ertragen.

Seine Nähe, sie war mir so vertraut und fremd zugleich. Nie hätte ich für möglich gehalten, dass mein Schicksal mit dem eines Omegas dermaßen verwoben war. Bestimmt zum hundertsten Mal in den letzten Tagen fragte ich mich, wieso gerade mir sowas passierte? Was hatte ich verbrochen, um dermaßen in Versuchung geführt zu werden?

Dieses schöne Gesicht, der Körper, sein Duft. Ja sogar seine Art, sich zu bewegen. Alles an ihm war in meine Seele gebrannt, aber dabei würde es bleiben. Mehr würde ich niemals zulassen. So eine Schwäche konnte mich gänzlich zerstören. Ganz gleich, was mein Vater im Sinn hatte. Ich war nicht jene Person, die ihre große Liebe mit einer anderen ersetzte, nur weil sie das gleiche Gesicht besaß. Es war einfach Ironie des Schicksals. Anders konnte ich es mir nicht erklären, weshalb Noa gerade in mein Leben getreten war. Wie war es bloß möglich, dem Doppelgänger meiner großen Liebe über den Weg zu laufen? Das Schicksal musste es ganz schön auf mich abgesehen haben. Nie hätte ich für möglich gehalten, dieses Gesicht noch einmal vor Augen zu haben, und nun tänzelte das Ebenbild meines Liebsten, tagtäglich um mich herum und warf mich völlig aus der Bahn.

Ein leises Klopfen an der Tür ertönte, dann wurde sie ohne Aufforderung bereits geöffnet und ich rollte die Augen. Irgendwie hatte sich der Kleine in den letzten Tagen angewöhnt, den Raum einfach so zu betreten. Etwas genervt sah ich über meinen Bildschirm auf. Das scheue Reh, das mich stets aus großen Augen angestarrt hatte, war verschwunden, wenn auch nicht vollkommen. Er stand vor meinem Schreibtisch, die Hände hinter dem Rücken verschränkt und knabberte auf seiner Unterlippe herum. Diese Geste machte mich völlig verrückt, erinnerte sie so sehr an *ihn*. Am liebsten wäre ich aufgesprungen, um ihn an mich zu ziehen und diese Lippen in Besitz zu nehmen. Statt meinem Verlangen nachzugeben, krallte ich die Hände an die Tischplatte und bellte: „Was ist?“

Anscheinend war er mein unfreundliches Verhalten bereits gewöhnt, denn er zuckte nicht einmal zusammen. Stand aufrecht vor mir und betrachtete mich mit offenem Blick. Seit ich wusste, dass er ein Tänzer war, fielen mir Kleinigkeiten auf, die darauf hin deuteten. „Ich bin mit den Aufträgen fertig. Was liegt heute an?“

„Geh an deinen Schreibtisch und mach dich daran, dieses Bild von dir zu gestalten. Ach, und bevor ich es vergesse. Morgen wirst du mich als mein persönlicher Assistent auf einer Geschäftsreise begleiten.“

„Eine Geschäftsreise? Ich? Aber wohin?“

„Das tut hier nichts zur Sache. Pack dir Sachen für zwei Nächte ein. Das wird ausreichen.“

„Wir übernachten dort?“

Genervt hob ich den Blick und traf auf seine großen hellbraunen Augen, die mich voller Erstaunen musterten. Die große Brille hatte er gerade nicht aufgesetzt, daher fragte ich mich, ob er sie überhaupt brauchte.

„Ist das ein Problem?“, zischte ich, weil ich sonst aufgesprungen wäre um ihm die Kleider vom Leib zu reißen. Auch heute trug er eine schicke Chino in einem schönen Beige und die schmiegte sich viel zu gut, an seine schlanken Beine und den kleinen festen Hintern. Darüber trug er ein schlichtes weißes Shirt. Ein Jackett suchte man vergeblich. Mich störte es nicht. Zumindest wenn er bloß als Assistent an meiner Seite verbrachte. Als er nicht sofort antwortete, hakte ich noch einmal nach. „Und?“

„Oh ... Ich weiß nicht, ob mein Vater damit einverstanden ist.“

„Das sollte er lieber sein, wenn er wirklich will, dass du das Leben als Geschäftsmann kennenlernst. Deshalb bist du immerhin hier.“

„Schon ... nur ...“

„Was denn schon wieder?“

„Es wäre vielleicht einfacher gewesen, wenn ich davon ein paar Tage früher erfahren hätte. Nur mal so am Rande.“, kam es ein wenig bissig von ihm.

Ich verengte die Augen. „Ach ja? Der junge Mann will es also einfach? Ist dir das jetzt wieder zu viel? Ist es das? Wir können es ganz einfach beenden, wenn du keine Lust auf diese Reise hast. Gar kein Problem.“

Entsetzt riss er die Augen auf, schüttelte gleichzeitig energisch den Kopf. „Nein. Ich meinte das nicht so. Es wird ... es wird nur schwierig mit Vater.“

„Nun ist es wieder der Vater?“

„Nein. Oder ja. Doch. Also ... Vater lässt mich ungern aus seiner Reichweite.“

„Dann werde ich das mit ihm klären. Und jetzt geh an die Arbeit. Ich will sehen, was du drauf hast."

Er nickte schlicht und war auf dem Weg zum angrenzenden Zimmer, da hielt ich ihn auf. „Ach, noch etwas."

„Ja?"

„Hol mir vorher einen Espresso."

In seinen Augen loderte Widerwillen auf, aber zu meiner Überraschung ließ er meine Forderung unkommentiert und verließ nach einem unmerklichen Nicken das Büro. Erst als die Tür hinter ihm ins Schloss fiel, ließ ich mich entspannt im Sessel zurückfallen und stieß die Luft laut aus. Ich schloss die Augen und atmete ein paar Mal tief durch, meine Hand wanderte automatisch in meinen Schritt. Ich umklammerte die harte Erektion, die sich durch den feinen Stoff meiner Hose abzeichnete. „Das kann ja heiter werden." Seine bloße Anwesenheit machte mich verrückt. Meine Gefühle waren komplett durcheinander. Ich fühlte mich in die Vergangenheit zurückversetzt, sah den Jungen, den ich einst geliebt hatte, vor mir und doch war er es nicht. Konnte es nicht sein, dabei war die Versuchung die Augen zu schließen und dieser Vorstellung, diesem Wunschtraum, nachzugeben, viel zu verlockend.

Nur wenige Minuten später öffnete sich die Tür erneut. Diesmal ohne ein Klopfen. Das wurde immer besser! Bald würde er sich wahrscheinlich auch noch direkt auf meinen Schreibtisch hocken, um mir das Leben zur Hölle zu machen. Das sorgte für ein interessiertes Zucken in meiner pulsierenden Härte.

Da ich kein Interesse hatte, mich wieder von ihm verwirren zu lassen, blickte ich nicht auf, während er den Espresso auf den Tisch stellte. Ich tippte wahllos auf der Tastatur herum und sah dennoch nichts. Dann nahm ich einen Schluck von dem

Espresso und fluchte laut. „Verdammt Noa! Was ist denn das für ein Gebräu?“
Schuldbewusst blickte er zu mir herüber, stand allerdings nicht wie erwartet auf.

„Hast du deine Zunge verschluckt?“

Er schob die Lippen zusammen. „Nein. Habe ich nicht. Das ist ein neuer Kaffee. Fairtrade aus Kolumbien.“

„Ich wollte meinen ganz gewöhnlichen Espresso aus Kuba. Wo ist er? Und wieso haben wir plötzlich Fairtrade Kaffee?“

Stolz reckte er sein Kinn. „Den habe ich bestellt.“

Verärgert ließ ich die Faust auf den Tisch knallen, sodass die Tasse mit dem Espresso gefährlich ins Wanken geriet. „Wieso verdammt bestellst du hier den Kaffee?“

In seinen Zügen lag tiefe Entschlossenheit. Seine hellbraunen Augen schienen regelrecht Blitze abzufeuern. Das gefiel mir, selbst wenn er das nie erfahren würde. „Weil es auf deiner Liste stand. Die Kaffeebestellung. Da dachte ich mir, ich tue etwas Gutes für die Welt.“

„Du dachtest, du tust was Gutes? Und was ist mit mir? Ich wollte etwas Gutes genießen und du setzt mir diese Brühe vor die Nase? Hol mir sofort meinen Kaffee!“

„Das ist dein Kaffee. Einen anderen gibt es nicht mehr.“
Das wurde zur riesigen Prüfung. Ich stand kurz davor aufzuspringen, den Jungen zu packen und zu schütteln, nur damit er meine Geduld nicht weiter reizte. Dabei war mir der Kaffee gänzlich egal. Allein mit ihm zu Diskutieren und gleichzeitig seinen unwiderstehlichen Duft einzuatmen, machte mich wahnsinnig. Ungehalten stand ich auf und verließ brummend das Büro, dabei ließ ich die Tür laut zuknallen.

Erst eine halbe Stunde später schaffte ich es zurück, ohne einen weiteren Wutanfall zu riskieren, und setzte mich an den Schreibtisch. Noa blickte erst gar nicht zu mir. Stattdessen saß er einfach so da und starrte Löcher in die Luft. Der Drehstuhl wippte ständig unruhig hin und her, aber schließlich nahm er den Stift in die Hand und begann etwas auf den Bildschirm zu malen.

Bei dieser Arbeit hätte ich ihm ewig zusehen können, denn es war einfach nur niedlich, wie konzentriert er vorging. Die Zunge lugte zwischen den Lippen hervor, die Brauen waren leicht zusammengezogen.

Annika läutete durch, daher unterbrach ich meine Beobachtung und hob den Hörer ans Ohr. „Ja?“

„Maximilian ist hier und will dich sehen.“

Mein Kopf schoss sofort wieder zu Noa herüber. „Lass ihn herein.“ Vielleicht war er gerade die richtige Ablenkung in dieser Situation.

Kaum, dass ich das Okay dafür gegeben hatte, öffnete sich die Tür, und der hübsche Magier trat herein. Seine langen weiß-blonden Haare fielen ihm offen über den Rücken und während er sich mit schwingenden Hüften dem Schreibtisch näherte, blickte er mir mit deutlichem Hunger entgegen. Unser letztes Mal war ein paar Wochen her und ich hatte es noch gut in Erinnerung. Max war ein leidenschaftlicher Liebhaber und obgleich mir die Vorstellung, mit ihm Sex zu haben, bisher willkommen gewesen war, fühlte es sich in diesem Moment seltsam an.

Ich stand auf und lief um den Schreibtisch herum. Gleichzeitig breitete ich einladend die Arme für ihn aus und er ließ sich bereitwillig in eine innige Umarmung ziehen. Er schlang seine Hände in meinen Nacken und sah zu mir auf, die unzähligen Armreifen klimperten an seinen Handgelenken. „Mal. Du hast mich wieder warten lassen.“, warf er mir tadelnd vor und schürzte die von Lipgloss glänzenden Lippen.

Aus dem Nebenraum fiel mir eine Bewegung ins Auge. Noas Hals wurde so lang, dass ich mich fragte, ob er statt eines Wolfswandlers nicht eigentlich eine Giraffe hätte werden sollen. Er starrte uns sichtlich irritiert an. Wahrscheinlich spürte er sofort, dass es sich um keinen Wandler handelte, außerdem war Max ohnehin ein Blickfang in jeder Hinsicht. Der extrem extrovertierte Magier scherte sich um keine Normen und kleidete sich gerade so, wie es ihm passte. Auch jetzt trug er neben einer schwarzen Röhrenjeans mit vielen Rissen, ein Fischernetztop und darunter nichts außer sein hervorblitzendes Nippelpiercing. Diese Arglosigkeit mochte ich an ihm.

„Max, das tut mir leid. Ich habe dich aber nicht vergessen. Das weißt du sicher.“
Noch immer aufgesetzt schmollend schlug er mir leicht gegen die Brust und sah schließlich kokett unter den gesenkten Lidern zu mir auf. „Das sagst du bestimmt zu allen.“

„Nicht doch. Du bist speziell. Niemand kann mit dir mithalten.“ Um ihm das klar zu machen, fasste ich seine beiden Pobacken und knetete sie für Noa deutlich sichtbar. Max stieß ein erregtes Stöhnen aus und küsste mich willig.

Statt meine Augen zu schließen und diesen Kuss zu genießen, blickte ich Noa dabei direkt an. Seine Lippen waren leicht geöffnet, die Wangen zierte tiefe Röte und sein Blick war verhangen. Fast hätte man meinen können, es gefiel ihm, was er sah. Was Max bisher nicht geschafft hatte, brachte Noa mit nur einem Blick fertig. Er erregte mich und das ärgerte mich nur noch mehr, daher presste ich den Magier an meine Hüfte und rieb meine Erektion an seine eigene.

Ein lauter Knall folgte, was Max zusammenzucken ließ. Prompt löste er sich von mir und sah über seine Schulter hinweg zu Noa, der auf allen vieren unter den Schreibtisch kroch und die PC Maus zurückholte.

Max legte den Kopf schief und sah von Noa zu mir. „Wen haben wir denn da?"

„Ach, nur mein kleiner Assistent, für die nächsten Wochen. Beachte ihn gar nicht." Ich fasste nach Max Hand und wollte ihn zu meinem Sofa ziehen, er hatte allerdings eine andere Idee und entwand sich mir.

„Klingt interessant. Ich habe noch keinen Assistenten bei dir gesehen, der in deinem Ruheraum arbeiten durfte."

„Er ist ein Omega."

Erstaunt öffnete er den Mund und lief in den Nebenraum, gerade als Noa unter dem Tisch wieder hervorkam. Sein Gesicht war ganz gerötet. Max beugte sich zu ihm herunter. „Na hallo, du Hübscher."

„Hallo. Und ... entschuldigt die Störung. Ich ... Ich wollte euch nicht ... ehm ... unterbrechen." Schüchtern sah er von Max zu mir und wieder zu Max.

Dieser reichte ihm die Hand und zog ihn auf die Füße. „Kein Problem, du Süßer. Hier wäre sicher nicht der passende Ort dafür gewesen. Meinst du nicht?"

„Ich weiß nicht. Womöglich?"

„Du bist zu süß." Forsch wie eh und je, kniff Max ihm in die Wange und drehte sich mir halb zu. „Du bist unmöglich Mal. Wie konntest du mir verschweigen, dass du so einen Schnuckel bei dir hast?"

Typisch Max. Statt eifersüchtig zu werden, wie die meisten anderen es sicher werden würden, ließ er sich von Noa verzaubern. „Weil es nicht wichtig ist.“, meinte ich gelangweilt und ließ mich auf das Sofa fallen.

Max rollte mit den Augen und machte eine wegwerfende Handbewegung. „Mach dir keine Gedanken, du süßer. Malcolm braucht ein wenig, bis er mit einem warm wird. Selbst bei mir hat es Wochen gedauert, bis er zugeben konnte, wie toll er mich fand.“

„Hey, das kannst du nicht vergleichen. Noa ist nur ein Praktikant. Du dagegen ein ganz besonderer Freund.“
Süffisant blickte Max über die Schulter zu mir. „Ein besonderer Freund also? Ist das so? Bin ich das für dich?“

Mit einem Blick, der deutlich ausdrücken sollte, was ich für einen Freund in ihm sah, klopfte ich auf die Sitzfläche neben mir. „Na komm her. Dann kann ich es dir genauer zeigen.“

„Da kann ich leider nicht nein sagen.“ Er blickte Noa entschuldigend an. „Ich hoffe, dich hier noch öfter zu sehen, süßer Noa. Und lass dich nicht von diesem Brummbären verjagen. Er ist eigentlich ganz zahm und tut nur so.“

„Ganz bestimmt.“, murmelte Noa mehr zu sich selbst, wie ich vermutete, da er es für gewöhnliche Ohren viel zu leise sagte, und wandte uns abrupt den Rücken zu. Er begann an seiner Tasche zu nesteln, gleichzeitig schlenderte Max zurück an meine Seite und setzte sich dicht neben mich, legte seine Hand auf meinen Oberschenkel und lehnte sich vor zu mir.

„Einen Süßen hast du dir an die Seite geholt.“ Sein warmer Atem streifte meine Lippen. Ich konnte kaum widerstehen ihn nicht sofort zu küssen, doch etwas anderes lenkte mich ab. Noa betrat mit der Tasche in der Hand den Raum und blieb nur wenige Schritte vor uns stehen. Sein Blick war auf den Boden gerichtet. Die Ohren bis in die Spitzen glühend rot.

„Was hast du vor?“, fragte ich betont kühl, sodass selbst Max mich überrascht anblickte.

„Ich ... ich dachte ... ich könnte die ... ähm ... die Zeichnung auch daheim machen.“

„So? Du dachtest.“ Ohne auf Max zu achten, stand ich auf und ging auf den Omega zu, der sichtlich schlucken musste, sich jedoch nicht wegbewegte.

„Ja. Da bin ich nicht im Weg.“, setzte er schnell hinzu. Ohne mich zurückhalten zu können, überbrückte ich die letzten Schritte zwischen uns und baute mich direkt vor ihm auf. Ich überragte ihn um mehr als einen Kopf, er reichte mir gerade bis zu den Schlüsselbeinen, was für einen Omega nicht ungewöhnlich war und doch machte es mir noch einmal bewusster, wie zerbrechlich dieses Leben war. Sein Leben. Das Leben eines Omegas. Umso wichtiger war es, ihn und alle anderen seiner Art auf Abstand zu halten.

„Habe ich dir etwas in der Art befohlen?“

„Nein ... aber ... Ich möchte nicht ... stören. Das wäre nicht richtig.“

„Malcolm. Noa hat doch recht. Lass ihn gehen.“, mischte sich nun auch Max hinter uns ein.

Abwehrend hob ich eine Hand, um ihn zu stoppen. „Ich sehe das anders. Jetzt geh an deinen Schreibtisch und erledige deine Aufgaben.“

Unerwartet hob Noa den Kopf in den Nacken und funkelte mich an. „Nein. Nicht, wenn ihr zwei euch hier vergnügen wollt. So kann ich mich nicht konzentrieren.“ Trotzig wie ich ihn noch nicht erlebt hatte, reckte er sein Kinn und hielt meinem Blick stand. An seiner Kehle nahm ich das schnelle Pulsieren wahr und wusste, wie viel es ihn kostete, nicht vor mir zurückzuweichen. Zu gerne hätte ich den Omega gepackt und mir über die Schulter geworfen, stattdessen seufzte ich hörbar.

„Na schön. Max, lass uns was essen gehen."

Ich brachte Abstand zwischen Noa und mich und sofort hakte sich Max bei mir ein. „Also essen war nicht unbedingt das, worauf ich es abgesehen hatte.", flüsterte er mir zu, während wir den Raum hinter uns ließen. Noas Blick in meinem Rücken war mir dabei mehr als bewusst.

Kaum dass wir das Büro und somit Noa hinter uns gelassen hatten, platzte Max mit seiner Frage heraus. „Was läuft da?"

Lässig hob ich eine Braue. „Nichts. Wieso sollte da was laufen?"

Er stellte sich mir in den Weg, wobei er die Hände auf meine Brust legte. „Ich kenne dich genau. Wie viele Jahre sind es inzwischen? Zehn? Ich weiß es selbst nicht mehr genau, aber du kannst mir nicht weismachen, dass du dich nicht seltsam benommen hast."

„Wenn du meinst."

„Ich weiß es sogar. Also raus damit. Was ist da los? Wieso ist der Kleine in deinem Nebenraum untergebracht und weshalb bist du so unfreundlich zu ihm?"

„Das sind einige Fragen."

„Und? Wenn wir eh nur essen gehen, hast du genug Zeit sie mir zu beantworten."

Kaum einer wusste genau, was mir damals widerfahren war, und so wollte ich es belassen. Selbst Max hatte keine Ahnung und von dem neusten Fall, der für mich wie ein Schlag in die Magengrube war, hatte ich niemandem erzählt. Niemand ahnte, dass ich durch Noas bloße Anwesenheit mit meiner Vergangenheit konfrontiert wurde.

Dass Max selbst ein Teil dieser unglücklichen Vergangenheit war, ahnte er nicht einmal. Bisher hatte ich alles, was damit in Verbindung gestanden hatte, wie die Pest gemieden, nur manchmal spielte das Leben einem weitere Bälle zu. Welche, mit denen man nicht einmal gerechnet hätte.

Vielleicht war es an der Zeit, einen Teil davon mit jemandem zu teilen und Max könnte die Person dafür sein. Ihm vertraute ich, aber die Sache ging so viel tiefer. War ich überhaupt soweit, es wirklich in Worte zu fassen?

„Also schön. Du lässt ohnehin nicht locker."

Zufrieden grinste er und gab mir einen Kuss auf die Lippen.

Kapitel 5

Noa

Warum mich der Gedanke an Max in den Armen von Malcolm so sehr störte, konnte ich mir nicht so recht erklären. Dennoch war es so. Mein Magen fühlte sich seltsam an. Ein Gefühl, als läge ein schwerer Stein darin. Es ging mir dabei einfach nur schlecht, wobei mir diese Sache völlig egal sein sollte. Mit wem der Alpha etwas hatte oder auch nicht, ging mich nichts an.

Malcolm war ein erfolgreicher Alpha, der sicher nichts mit einem neunzehnjährigen Omega zu tun haben wollte. Zudem hatte er mir stets das Gefühl gegeben, ein richtiger Störfaktor für ihn zu sein. Auf mich stand er garantiert nicht. Im Vergleich zu Max, dessen gesamte Ausstrahlung Erotik pur war, konnte ich nicht punkten. Ich war wahrscheinlich genau das Gegenteil und nichts, was Malcolm anmachte.

Auch hier in der Firma war ich völlig fehl am Platz. Arbeiten am PC mit irgendwelchen Grafiken, bedeutete eine fremde Welt für mich. Ich konnte zwar einigermaßen gut zeichnen, doch nicht gut genug, um für irgendwelche Produkte Werbung zu erstellen. Noch immer verstand ich nicht, weshalb mein Vater mir dieses Praktikum auferlegt hatte. Immerhin wusste er genau, es würde nichts an meiner Vorliebe ändern.

Seufzend ließ ich mich im Stuhl zurücksinken und legte den Stift ab. Meine Zeichnung war zwar fertig, aber nicht wirklich Ausdruck meines Selbst. Besser würde es jedoch nicht werden.

Da Malcolm sicher noch eine Weile beschäftigt wäre, mit was auch immer ... beschloss ich, ein paar Unterlagen von seiner Ablage abzuheften. Diese Aufgabe hatte ich an meinem zweiten Tag bereits gemacht und nun war ich beinahe eine Woche hier und der Papierstapel wuchs wieder. Wenn er im Büro war, konnte ich mich nicht dazu überwinden, in seine Nähe zu gehen. Ich hatte das Gefühl, dass er mich nicht mochte und wie es aussah, war es wohl auch so. Soweit ich das mitbekommen hatte, redete er nur mit mir so harsch. Leider wollte mir nicht in den Kopf gehen, weshalb er unbedingt mich auf diese blöde Geschäftsreise mitnehmen wollte. War es nur, weil er bei meinem Vater gut dastehen wollte? Dieses Praktikum hatte ich ohnehin bloß den guten Verbindungen zu verdanken. Allein die Vorstellung, zwei Tage mit ihm unterwegs zu sein, in seiner unmittelbaren Nähe, ließ meinen ganzen Körper vibrieren. Ich wurde ganz kribbelig, was ich schleunigst unterlassen sollte, denn ganz gleich, was die Absichten hinter der Reise waren, es ging ihm nicht um diese Art von Aktivitäten, wie ich sie mir gerade bildlich vorgestellt hatte. Malcolm würde ganz sicher nicht ohne Hemd herumlaufen und mich auf einen Cocktail einladen. Ganz sicher nicht.

Ich begann gedankenverloren die Unterlagen durchzugehen und sortierte sie zu kleinen Stapeln. Als alle Papiere einen Platz auf einem der Stapel gefunden hatten, griff ich mir den Ersten und lief damit zur großen Schrankwand, die sich an der linken Seite des Büros entlangzog. Dort fand ich die passende Mappe und heftete die Papiere ab.

So lief es eine Weile weiter, bis ich beinahe alles abgeheftet hatte. Den letzten Stapel hob ich mir mit Absicht bis zum Schluss auf, denn die Mappe befand sich ganz oben im Regal und ich war zu klein, um diese ohne Hilfsmittel zu erreichen. Vorsichtshalber schlüpfte ich aus meinen Sneakers, zog den Chefsessel heran und stellte mich aufrecht auf die Sitzfläche. Es war gar nicht so einfach, den Stuhl am Rotieren oder Wegrutschen zu hindern, doch meine geübte Körperspannung half mir dabei. Ich streckte mich, so weit es ging, und stellte mich sogar auf die Zehenspitzen. Nur so gelang es mir, den Ordner zu erreichen und die Unterlagen abzuheften.

Gerade als ich mich abwenden und herunterklettern wollte, fiel mein Blick auf eine Kreidezeichnung. Sie befand sich eingefasst in einem alt aussehenden Rahmen, der mit inzwischen vergilbten weißen Rosen verziert war, auf dem obersten Regalbrett.

Etwas daran weckte mein Interesse. Die Zeichnung zeigte eine alte Holzhütte inmitten eines dicht bewachsenen Waldes. Insgesamt fühlte ich mich in die Vergangenheit zurückversetzt, denn so sah die Hütte aus. Ein Steinbrunnen befand sich an einer Seite des Hauses. Vor dem Haus stand eine kleine hölzerne Bank.

Zwischen den dicht stehenden Bäumen entdeckte ich einen Wolf, der sich der Hütte näherte, aber nicht achtsam, sondern so, als würde er dorthin gehören. Was er wahrscheinlich auch tat. Es war ein recht kleiner und zierlicher Wolf und das Fell hatte der Zeichner des Bildes nicht ausgemalt. Es blieb hell. Ganz in der Nähe des kleinen Wolfes und kaum sichtbar, trat ein dunkler und viel größerer Wolf aus den Schatten hervor. Sein Blick war auf den Kleinen gerichtet. Ohne es genau benennen zu können, löste dieses Bild etwas Seltsames in mir aus. Ein Gefühl von Wehmut. Denn eines wusste ich mit Sicherheit, diese beiden Wölfe gehörten unmissverständlich zusammen.

„Na? Spionierst du?“

Ich erschrak so fürchterlich, dass ich den Halt verlor, der Sessel ins Rollen geriet und ich mit den Armen schwenkend zur Seite fiel. Weit kam ich jedoch nicht. Mein Fall wurde sofort von den Armen eines Mannes gebremst.

„Larus ...“, keuchte ich atemlos und blickte den Alpha der mich weiter in seinen Armen hielt an.

„Der einzig Wahre.“

„Danke ... du ... du kannst mich jetzt runterlassen.“

Statt das zu tun, trug er mich zu dem Sofa und setzte sich mit mir auf seinem Schoß dorthin.

„Ach, wer wird denn da gleich wieder verschwinden wollen? Ich habe dich die letzten Tage kaum zu Gesicht bekommen, da muss ich die Gelegenheit beim Schopfe packen, meinst du nicht?“

„Ich bin wirklich dankbar, dass du mich aufgefangen hast, a-aber ich möchte jetzt a-aufstehen.“ Da er keine Anstalten machte, mich loszulassen, legte ich meine Hände an seine Brust und stieß mich von ihm ab. Ein wenig unsanft befreite ich mich aus seinem Griff und stolperte ein paar Schritte rückwärts.

„Immer auf der Flucht vor mir.“ Er lehnte sich vor und stützte die Ellenbogen auf den Oberschenkeln ab. „Habe ich etwas getan, um dein Misstrauen zu erlangen?“

„Ich ...“

Fragend legte er den Kopf schief. „Ja? Was habe ich getan? Das wüsste ich gerne, damit ich es besser machen kann.“

„Es ist nicht nötig. Alles gut. Nur ... Ich wahre gerne Abstand und ... du übergehst ihn gerne.“

Mit einem Mal erhob sich Larus und kam mir gemächlich entgegen. Die Hände steckte er lässig in die Taschen seiner

Jeans. „Dann hast du nichts gegen mich und gibst mir die Gelegenheit, damit wir uns besser kennenlernen?“

„Wie-wieso sollten wir das tun? Wir ... wir haben nichts gemeinsam oder miteinander zu tun.“ Ich verstand nicht, was er damit bezwecken wollte.

Unerwartet zuckte er zusammen und schlug sich auf das Herz. „Du brichst mir das Herz Noa. Ich dachte, meine Absichten wären offensichtlich.“

Ehe er mir wieder zu nah kommen konnte, umrundete ich den Schreibtisch und zog Malcolms Stuhl als weitere Barriere vor mich. „Wenn ... wenn du dich anfreunden möchtest, muss ich dir sagen, mei-mein Vater wird das nicht gestatten und i-ich kann mich nicht darüber hinwegsetzen.“ Dass ich für jemanden, der mir etwas bedeutete, dennoch mit Vater gestritten hätte, ließ ich aus. Es ging ihn nichts an, zudem hatte ich bei ihm nach wie vor ein ungutes und seltsames Gefühl. Warum auch immer. Ob es die aufgezwungene Nähe oder die aufgesetzte Freundlichkeit waren, keine Ahnung. Mein Instinkt riet mir bei ihm zur Vorsicht.

„Dann werde ich wohl mit deinem Vater sprechen müssen, auch weil ich weit mehr, als bloße Freundschaft von dir ersehne.“ Der Alpha leckte sich über die Lippen und ließ den Blick über meinen Körper gleiten.

„Was meinst du damit?“ Mein Herzschlag beschleunigte sich. Er konnte nicht hoffen, mit mir auszugehen. Das wäre lächerlich. Ich wollte ihn nicht kennenlernen.

Mir blieb die Luft im Halse stecken, als er ganz überraschend eine Hand auf dem Schreibtisch abstützte und lässig über ihn sprang, sodass er mir direkt gegenüber stand. Ehe ich vor ihm zurückweichen konnte, schob er den Sessel unsanft von mir und ergriff mich im gleichen Atemzug an der Taille. Sofort zog er mich fest an sich heran, sodass ich seinen muskulösen Körper deutlich an meinem spüren konnte. Automatisch drückte ich meine Hände an seine Brust, aber er ließ sich nicht von mir wegschieben.

„Ich will, dass du mir gehörst Noa. Ganz und gar."

Er lehnte sich vor und war im Begriff mir einen Kuss mitten auf den Mund zu geben, doch ich durchschaute ihn und drehte mein Gesicht flink zur Seite. So erwischte er nur meine Wange, aber selbst das ekelte mich an.

„Lass mich los Larus."

Prompt fasste er nach meinem Kinn, das er seinem Gesicht entgegen drehte. „Nicht bevor ich einen Kuss von dir bekommen habe."

Ich schüttelte den Kopf. „Nein. La- lass mich los. Ich ... ich will das nicht."

„Nur ein kleiner Kuss. Komm schon. Es ist nichts dabei." Langsam kam er mir mit seinen Lippen näher. Ich wehrte mich und drückte gegen seine Brust, zugleich raste mein Herz ungewöhnlich schnell in meiner Brust. Nun war ich die Maus in der Falle.

Lars, Steve. Ich brauche euch.

Noch ehe die Nachricht über unseren Link gänzlich ausgesprochen war, flog die Tür auf und die beiden Betas stürmten herein. Ihre Fäuste waren geballt. Larus ließ direkt von mir ab. Es erinnerte an jemanden, der gerade etwas viel zu Heißes angefasst hatte.

„Was ist hier los?", brummte Steve angespannt. Larus hob abwehrend die Hände. „Keine Panik Leute. Nur ein Missverständnis."

„Ach ja?“, hakte Lars skeptisch nach und war sofort an meiner Seite. Prüfend glitt sein Blick über mich. „Geht es dir gut?“

„Ja.“, sagte ich mit leicht bebender Stimme. Diese Situation war mir ziemlich nahe gegangen. Noch nie hatte sich mir ein Alpha derart aufgedrängt, wobei es kein Wunder war. Immerhin war ich bis vor wenigen Tagen ständig unter Beobachtung gewesen.

„Ich wollte gerade gehen.“, sagte Larus, der sogleich zur Tür lief. Steve stellte sich ihm in den Weg. „Es ist mir ganz egal, was du machst, solange es weit weg von Noa ist. Lass deine Pfoten einfach bei dir, dann bekommen wir keine Probleme miteinander.“

Überheblich hob Larus den Kopf. „Pass du mal lieber auf, wen du hier so unverschämt zurechtweisen willst. Wenn der alte Rowan meinem Angebot zustimmt, und glaub mir, das wird er mit Sicherheit tun, wirst du der Erste sein, der fliegt.“

Malcolm

Gerade als ich um die Ecke kam, bemerkte ich Larus, der mein Büro verließ. Er blickte sichtlich verärgert drein. An seiner Schläfe pulsierte eine Ader. Sofort ging mir auf, wer sich hinter dieser Tür verbarg. „Hey Larus. Was wolltest du von mir?“

Irritiert blieb er stehen, dabei entdeckte er mich erst jetzt. „Oh. Hier bist du. Ja ... Ich ... Es hat sich erledigt.“

Er wollte an mir vorbei, daher hob ich den Arm vor ihn und hielt ihn auf. Seine Antwort kaufte ich ihm nicht ab. „Ich hoffe für dich, dass du Noa in Frieden gelassen hast.“

Gelangweilt sah er mir direkt in die Augen. „Und wenn nicht? Läufst du dann zu Papi und erzählst es ihm?“

„Was soll der Mist?“, zischte ich.

„Hör zu Malcolm. Halt dich einfach aus meiner Sache raus. Der Omega mag zwar für dich arbeiten, aber ich bin derjenige, der ihn bekommen wird.“

Das saß. Mit vielem hatte ich gerechnet, aber nicht damit. Ich glaubte, mich verhört zu haben. „Was redest du für einen Schwachsinn? Hat Noa etwa Interesse an dir gezeigt?“ Allein die Vorstellung, es könnte so sein, verursachte mir Übelkeit. Er in den Armen meines Bruders, der nebenbei auch noch ein Faible für harte Sexspiele hatte, war kaum zu ertragen.

Larus schnaubte. „Was weiß ich? Alles, was wichtig ist, kläre ich mit Rowan. Ich hab ihm schon bei unserem ersten Treffen, mein Interesse bekundet. Er war zwar noch nicht sicher, aber ich denke, der richtige Preis wird es schon richten.“

Ohne es zu merken, ballte ich die Hände zu Fäusten. „Wir sind nicht mehr im Mittelalter Larus. Wie kannst du über den Kopf eines anderen hinweg entscheiden?“

„Ach komm! Du bist nur angepisst, weil du ihn selbst willst, gleichzeitig hängst du aber noch immer in der Vergangenheit fest. Das ist es doch. Und es wurmt dich, da ich die Chance ergreife, während du weiterhin allein bleiben wirst.“

Mit einer Sache lag er nicht einmal falsch. Ich lebte nach wie vor in der Vergangenheit, nur dass diese mich seit ein paar Tagen eingeholt hatte und ich mich davor fürchtete, sie wieder einzulassen.

Betont ruhig, versuchte ich ihn zu überzeugen. „Noa ist erst neunzehn. Viel zu jung und unerfahren, für jemanden wie dich oder ... mich. Wie könnten wir uns wieder ins Gesicht sehen, wenn wir das einfach so vergessen würden? Kannst du das? Kannst du ihm wirklich seinen Frieden, die Unschuld nehmen?“

Plötzlich erschien ein schelmisches Grinsen auf seinem Gesicht. „Oh ja. Seine Unschuld zu nehmen, kann ich mir sogar sehr gut vorstellen.“

Das verschlug mir die Sprache. Larus nutzte diesen Moment und ließ mich einfach stehen. Es kostete mich mehr Willenskraft, als ich gedacht hätte, ihm nicht hinterherzustürmen und eine Szene zu machen. Doch das musste warten.

Ein paar Mal atmete ich tief durch und betrat mit einem mulmigen Gefühl mein Büro. An Noas Seite entdeckte ich die beiden Betas. Einer von ihnen hielt seine Tasche in der Hand, während Noa die Arme vor der Brust verschränkt hatte. „Ihr übertreibt.“

„Es reicht für heute. Ganz ehrlich. Du gehst jetzt mit und wir reden mit deinem Vater.“

„Und was dann? Meint ihr etwa, damit ist es für ihn erledigt? Er wird etwas Neues finden, um mir meinen Traum zu nehmen. Das macht er immer.“

Der jüngere Beta nahm Noas Gesicht in seine Hände und hob es an, damit er ihm in die Augen sehen konnte. Selbst diese Berührung löste ein merkwürdiges Gefühl in mir aus. Ich hätte den Beta am liebsten aus dem Raum geworfen. „Hör zu Noa. Wir klären das mit deinem Vater und du solltest ihm deutlich klar machen, was dieser klebrige Schleimbolzen getan hat.“

Da mich die drei nicht bemerkt hatten, machte ich auf mich aufmerksam und räusperte mich. „Ich hoffe mal, mit Schleimbolzen bin nicht ich gemeint.“

Alle drei wandten sich mir zu. „Malcolm ...“, hörte ich Noa leise sagen. Mehr nicht.

„Nicht ganz, wobei wir für dich sicher auch einen passenden Ausdruck finden können.“, kam es wieder von dem blonden. Lars, wenn ich mich recht erinnerte.

„Was ist geschehen? War etwas mit Larus? Hat er dich angefasst?“
Noa schluckte sichtlich. In seinen Augen lag etwas, das ich nicht deuten konnte, denn er wandte den Blick sofort ab. Er wirkte so zerbrechlich, dass ich an mich halten musste, ihn nicht an mich zu ziehen.

Der zweite Beta übernahm die Antwort. „Er hätte ihn beinahe geküsst, und zwar gegen Noas Willen. Das sollte hier ganz klargestellt werden. Noa hat nach uns gerufen!“

Hörte ich Vorwurf heraus? Zu meiner Schande fühlte ich mich sogar schuldig. Statt auf Noa ein Auge zu werfen, hatte ich ihn allein gelassen und war mit meiner Sexaffäre essen gegangen. Plötzlich machten sich meine Füße selbständig. Ich vergaß alle Vorsicht und ging zu Noa. Zwei Schritte vor ihm blieb ich stehen. Weiter hätten mich die Betas eh nicht gehen lassen. „Geht es dir gut?“

„Ja. Alles gut. Es ... es ist halb so wild. Wirklich.“

Lars stieß die Luft laut aus. „Halb so wild? Du warst den Tränen nah! Und du? Wo warst du? Wir dachten zumindest hier, wäre er gut aufgehoben!“

„Moment mal. Seid ihr nicht diejenigen, die diese Aufgabe haben?“

„Tja. Wenn wir mit in den Raum dürften, wäre es etwas einfacher, meinst du nicht?“

„Wahrscheinlich. Von jetzt an gebe ich euch Bescheid, wenn ich wegmuss. Ach ja. Ehe ich es vergesse. Morgen wird Noa mich auf eine Geschäftsreise begleiten. Euch brauchen wir dabei nicht. Ich bleibe an seiner Seite.“

Der dunkelhaarige Beta lachte. „Als ob Rowan da zustimmen würde.“

„Ich kläre das mit ihm. Keine Sorge.“

Kapitel 6

Seitdem der Omega ihn aus der Falle befreit hatte, waren einige Tage ins Land gezogen. Seine Verletzung war verheilt, wobei eine gezackte Narbe ihn für immer an diesen Tag erinnern würde. Doch nicht nur das. Diesen Jungen bekam er nicht mehr aus dem Kopf, dabei kannte er nicht einmal seinen Namen. Sein Herz dafür umso mehr. Er besaß eine reine Seele, die ihn in jener Nacht direkt angesprochen hatte. Fast wie ein Flüstern oder gar eine Berührung, war das Strahlen dieser Seele an ihn herangetreten. Solch reine Seelen waren in dieser Welt rar. Dem Jungen war anzusehen, aus welch schwierigen Verhältnissen er stammte und doch war er nicht daran zerbrochen. Nein. Voller Mitgefühl war er zu seinem Retter in jener Nacht geworden und das würde er nie vergessen. Er war ihm für immer dankbar und wollte alles tun, ihm das zu vergelten.

Nacht für Nacht, Tag um Tag, suchte der junge Alpha den gleichen Ort auf. Er wartete manchmal stundenlang, in der Hoffnung den Omega wieder zu sehen. Ein heftiger Sturm hatte auch die letzten Spuren seines Duftes mit sich genommen und somit nur eine geringe Chance auf ein Wiedersehen gelassen.

Während die Tage zu Wochen wurden, in denen er erfolglos blieb, hielt er es nicht mehr aus lediglich zu warten und beschloss, die Umgebung nach einer Spur von ihm abzusuchen. Seinen Duft hatte er in seinem Gedächtnis verwahrt. Beinahe archiviert.

Er war sich beinahe sicher, der schöne Omega musste in der Nähe leben und vielleicht, konnte er seine Spur wittern, denn an Aufgeben war nicht zu denken. Dafür hatte er ihn zu tief berührt.

Einige Tage lang durchforstete er die nähere Umgebung und machte auch vor fremden Rudeln keinen Halt.

Als er nach solch einer Suche auf dem Heimweg war und den Weg durch einen Teil des Waldes nahm, den er bisher ausgelassen hatte, blieb er unvermittelt stehen. Etwas war anders. Ein Duft, der ihn beflügelte stieg ihm in die Nase und die dominante Seite seines Wolfes wurde unruhig. Zwar war es nur der Hauch einer Spur und doch konnte er das beschleunigte Schlagen seines Herzens laut in seinen eigenen Ohren hören. Ohne zu Verharren folgte er dieser feinen Spur und gelangte nach einer Weile an eine alte Waldhütte. Sie hatte schon bessere Tage hinter sich, wirkte von den Witterungen mitgenommen. Nichtsdestotrotz durchströmte ihn pure Erleichterung. Der Duft, den er seit Wochen nicht mehr hatte vergessen können, stieg ihm intensiv in die Nase und erfüllte seinen Körper mit Freude. Er näherte sich der Hütte, angezogen von dem Duft des Omegas und dessen starker lockenden Aura. Mit einem Mal war er froh, dass er gerade in Gestalt des Wolfes unterwegs war. So konnte er sich besser vor Blicken verbergen. Immerhin wusste er nicht, was oder wen, er hier vorfinden würde.

Neugierig sah er sich um und hörte aus dem hausinneren Stimmen. Als er einen Blick durch das Fenster wagte, überkam ihn pure Freude. Vor Glück hätte er einen Satz machen können, hielt sich jedoch zurück. Dieses Gefühl war ihm fremd und verwirrte ihn.

Der Raum vor ihm war spärlich und einfach eingerichtet. Es handelte sich um den Wohn- und Kochbereich der Hütte. In der offenen Feuerstelle köchelte in einem großen Topf eine Brühe.

Sein Omega saß auf einem Hocker, unweit des Fensters, den Blick hielt er gesenkt und schälte Kartoffeln. Seine dunklen Locken fielen ihm in die Stirn. Erneut fiel ihm auf, wie klein und zart er war. Nicht zum ersten Mal fragte er sich, wie es ihm überhaupt gelungen war, ihn aus dieser Falle zu befreien.
Ein Beta und wahrscheinlich sein Vater, baute sich vor ihm auf. Seine Kleidung war zerschlissen und an mehreren Stellen bereits geflickt worden. Der Blick müde.

„Deine erste Hitze wird sicher nicht mehr lange auf sich warten lassen, deshalb wird es auch für dich Zeit, einen Gefährten zu finden."

Der junge Omega blickte von seiner Arbeit auf, die Augen weit aufgerissen. „Aber Vater. Bitte nicht ... Ich kann mich einsperren und mache sicher keine Probleme. Bitte. Ich ... Ich könnte bei euch bleiben und weiterhin die Familie unterstützen.", sagte er flehentlich. Seine Stimme klang ganz dünn.

Ungehalten hob der Vater die Hand. „Nichts da! Du wirst dich fügen. Immerhin bist du der schönste von all meinen Söhnen. Was denkst du dir überhaupt?"

„Ich möchte mich nicht an jemanden binden, den ich nicht liebe."

Bitter lachte der Mann auf. „Liebe? Du bist ein Omega und wirst deiner Familie mit deiner Bindung gute Dienste leisten. Ich habe schon einige Interessenten, die mich angesprochen haben. Manche wollen deine Hitze bloß kaufen, andere wollen dich mit sich nehmen."

Der junge Alpha glaubte, sich verhört zu haben. Er wollte seinen eigenen Sohn verkaufen? Das konnte nicht stimmen! Nicht ihn!

„Vater ... bitte ... ich möchte hierbleiben. Bei euch."

Ohne es kommen zu sehen, schlug der Beta dem Omega ins Gesicht. Der Junge verlor das Gleichgewicht und stürzte mitsamt den Kartoffeln in seinem Schoß zu Boden. Dort hielt er sich die rot glühende Wange und wagte, nicht einmal aufzusehen.

Am liebsten wäre der Alpha in die Hütte gestürmt, aber was hätte er schon tun können? Den Omega mit sich nehmen? Seine Eltern wären nicht gerade begeistert. Stattdessen musste er an sich halten und dabei zusehen, wie der Kleine sich tapfer auf die Knie zog und die Hand an die schmerzende Wange legte.

„Entschuldige Vater. Natürlich ... ich tue alles, was du willst.“ Stumme Tränen liefen dem Jungen über die Wangen.

„Das wollte ich hören. Also. Hör zu. Es wird nicht so übel. Silas hat ernsthaftes Interesse an dir gezeigt. Ich glaube, er will dich als seinen eigenen Omega halten und nicht mit den anderen teilen. Wäre das nicht gut? Nur ein einziger Alpha, statt rumgereicht zu werden. Zudem besteht die echte Chance, dass eure Nachkommen Alphas werden.“

„Silas?“, flüsterte der Omega und ein sichtliches Schaudern zog sich durch seinen Körper.

„Ich werde die Einzelheiten klären und dich bis zu deiner Hitze hierbehalten. So kannst du uns noch von Nutzen sein.“

„Aber Silas ... er macht mir Angst ...“

„Dir macht doch jeder Alpha Angst. Du wirst dich schon daran gewöhnen.“

„Aber Silas ... er ist doch auch Magier oder nicht?“

„Und? Umso besser würde ich meinen. Er ist mächtig und wird ordentlich für dich bezahlen. Somit hättest du deiner Familie gute Dienste erwiesen. Das willst du doch auch.“

„Ja Vater.“

„Gut, gut." Der Beta schien sichtlich zufrieden und rieb die Hände aneinander. Mit einem Apfel in der Hand verließ er das Haus und es kehrte Ruhe ein. Nur das leise Schluchzen des Omegas war zu hören und das fühlte sich für den jungen Alpha nicht richtig an. Sein Herz brannte vor Mitgefühl, das er für den weinenden Jungen empfand. Wieso war die Welt so dermaßen grausam, dass sie zuließ, einen Omega wie ein Stück Vieh zu verkaufen? Es war falsch. Durch und durch. Außerdem war der Junge noch viel zu jung für eine Bindung.

Noch einmal drückte er seine Schnauze an die Scheibe um einen Blick auf ihn zu erhaschen und blickte erstaunt in die braunen Augen, die direkt in seine sahen. „Du?", wisperte der Junge und stand sofort auf.

Sein Herz schlug ganz schnell. Sollte er bleiben oder fliehen? Die Frage wurde ihm vom Omega beantwortet, der aus dem Haus stürmte und die Hand nach ihm ausstreckte. „Lauf bitte nicht weg, ja?"

Wie hätte er dieser Bitte entsagen können? Er war dem Jungen komplett verfallen.

„Du bist der Alpha aus dem Wald, stimmts?"

Langsam näherte sich der Omega und setzte sich neben ihn auf den Boden, dabei lehnte er sich gegen die Holzwand der Hütte. Er wandte sich dem Wolf mit offenem Blick zu. Der junge Alpha konnte ihn nur anstarren. Dieses schöne Gesicht, sein unwiderstehlicher Duft. Es war ganz offensichtlich, dass dieser Junge sich zu einer außergewöhnlichen Schönheit entwickeln würde. Jetzt hatte er noch viel Kindliches an sich, doch bald würde sich das verändern. Das, erkannten andere Alphas ebenfalls und waren bereits hinter ihm her. Für den Omega bedeutete es Gefahr.

„Ich habe oft an dich gedacht und gehofft, dass es dir gutgeht." Kurz machte er eine Pause und blickte ihn prüfend an. „Die Wunde ist verheilt, wie ich sehe."

Der Alpha wippte als Antwort mit dem Kopf.

„Ich bin übrigens Sky. Also ... falls du das überhaupt wissen willst, meine ich."

Sky. Sky. Was für ein passender Name für einen Omega, dessen Herz groß wie der Himmel selbst war.

„Wenn du willst, kannst du mir auch deinen Namen sagen. Ich meine ..." Nervös stieß Sky einen kleinen Stein mit dem Fuß weg. „Entschuldige. Ich weiß ja, ich habe eigentlich kein Recht mit einem Alpha zu reden oder dir auch noch Vorschläge zu machen. Ich glaube ... Ich sollte gehen." Sky war im Begriff sich zu erheben und das wollte er nicht zulassen. Nicht, nachdem er so lange gebraucht hatte und ihn endlich wiedergefunden hatte. Entschlossen stellte er sich auf die Beine und wechselte binnen weniger Atemzüge und völlig schmerzlos seine Gestalt.

Angekleidet wie vor seiner Verwandlung stand nun ein neunzehnjähriger junger Mann mit blonden, schulterlangen Haaren und grünen Augen vor dem Omega. Seiner Kleidung war anzusehen, dass er aus wohlhabenden Kreisen stammte, außerdem bewegte er sich mit einer Anmut, die nicht jeder Alpha besaß.

Die beiden starrten sich schweigend an. Sky betrachtete den attraktiven Alpha eingehend, schien sich jede Einzelheit von ihm einprägen zu wollen.

„Hallo Sky. Ich bin Mal."

Skys Atem bebte, in seinen Augen lag Bewunderung. „Du ... du bist groß."

Mal musste lachen und setzte sich vor Sky auf den laubbedeckten Boden. „So besser?“

Nun war es an Sky sanft zu schmunzeln. „Vielleicht? Ähm ...“ Ein wenig unsicher zog Sky die Knie an seine Brust und biss sich seitlich auf die Unterlippe, dabei wagte er es immer nur für Sekunden, dem Blick des Alphas vor sich zu begegnen. „Warum bist du hier?“

„Ich habe dich gesucht.“, gestand Mal ohne die geringste Zurückhaltung und streckte seine Hand nach der des Omegas aus. Sky zuckte leicht zusammen, als ihre Finger sich berührten, und sah Mal verwundert an.

„Du hast mich gesucht? Aber wieso?“

„Ich wollte mich bedanken. Du hast mir das Leben gerettet.“ Behutsam drückte er Skys Hand und verschränkte ihre Finger miteinander. Es fühlte sich so natürlich an, gleichzeitig war es unglaublich aufregend und das Beste daran, Sky ließ es ohne Scheu geschehen.

„Das ... du musst dich nicht bedanken. Ich habe dir gerne geholfen.“

Aus der Ferne drangen die Geräusche von sich nähernden Schritten an Mals feine Ohren. Er war sich sicher, es war nicht der Beta von vorhin, sondern ein Alpha. Besorgt zog er Sky mit sich auf die Beine.

Dieser sah ihn ein wenig irritiert an. „Was ist los?“

„Komm mit.“

„Was? Wieso?“

„Da kommt jemand.“, flüsterte Mal angespannt. Statt sich gegen den Alpha zu wehren, ließ er sich trotz seiner Verwirrung vertrauensvoll mit sich hinter die Hütte führen und noch ein Stück weiter weg, bis sie beide hinter einem dicken Baumstamm verborgen waren.

Mal schob Sky mit dem Rücken gegen den Baum und bedeckte seinen viel kleineren Körper mit seinem. Schützend presste er seine Hände zu beiden Seiten von Skys Kopf und lauschte auf die entfernten Schritte. Dann erklang ein Klopfen an der Hütte, was nun auch Sky zu hören schien.

„Sky! Mach auf!“

Der Omega erstarrte und hielt den Atem spürbar an. Dennoch konnte Mal den schnellen Schlag seines Herzens hören. Er hatte ganz offensichtlich angst. Zumindest würde ihn sein Geruch vor dem anderen Alpha verbergen.

„Was ist los? Kennst du den Alpha?“, fragte Mal besorgt und blickte zu Sky hinunter. Der Junge reichte ihm gerade mit der Stirn bis zu der Brust, doch als er zu ihm aufblickte, war sich der Alpha sicher, dass er die Macht dazu besaß, ihn in die Knie zu zwingen. In diesen hellbraunen Augen hätte er ertrinken können und das Erschreckende daran war, es hätte ihm nicht einmal etwas ausgemacht.

„Das ist ... der künftige Alpha. Wir gehören zu seinem Rudel.“

Kapitel 7

Noa

Erst als die Luft mir gänzlich ausging, durchbrach ich die Wasseroberfläche und nahm einen tiefen lebenserhaltenden Atemzug. Zu meiner Verwunderung entdeckte ich meinen Vater am Beckenrand. Er hielt mein Badehandtuch in der Hand.

„Wir müssen uns unterhalten Noa. Komm her."

Ob es etwas mit der Geschäftsreise zu tun hatte? Oder war es wegen Larus?

Selbst wenn ich gerne noch ein paar Runden geschwommen wäre, musste ich dem Wunsch meines Vaters nachgehen und glitt mit Leichtigkeit durch das Wasser. Binnen weniger Augenblicke erreichte ich die Leiter, zog mich geschickt die Stufen hinauf und nahm das Handtuch dankbar entgegen. Ich wischte mir erst das Gesicht trocken und wickelte mich in das große Badetuch. Wassertropfen liefen aus meinen Haaren über mein Gesicht, sodass ich sie mit einer Hand zu einem kleinen Zopf zusammenfasste und ausdrückte.

„Was ist los Papa?"

Er deutete mit einer Hand zu den Liegen und setzte sich selbst ebenfalls auf eine. Ich folgte seiner Aufforderung und blickte ihn schließlich fragend an.

„Es gibt mehrere Dinge, über die ich mit dir reden müsste, aber ich fange wohl am besten mit der Drängenderen an."

„Was ist los?"

„Malcolm hat mir von einer Geschäftsreise erzählt. Anscheinend will er dich morgen mitnehmen, um dir die positiven Seiten dieses Jobs zu zeigen."

„Ich ... ich sagte ihm bereits, dass es nicht geht. Wirklich."

Mein Vater hob die Hand und stoppte meinen Redefluss. „Nicht doch. Wenn du alle Seiten dieses Berufs kennenlernen willst oder sollst, ist es nur richtig, dich fahren zu lassen. Immerhin gehört diese Seite ebenso dazu, wie die Arbeit im Büro und ich denke, ein wenig Abwechslung wird dir guttun. Zudem ist Malcolm vertrauenswürdig, wobei ich anfangs etwas skeptisch war, denn er will Lars und Steve nicht dabei haben."

„Anfangs?", hakte ich unsicher nach. Es hörte sich so an, als wäre es ihm gleichgültig. Was war denn plötzlich mit Vater los? Bisher hatte ich keinen Schritt alleine machen dürfen und schon gar nicht in die Nähe von ungebundenen Alphas kommen. Und auf einmal, war es egal?

„Nun ja. Malcolm hat natürlich recht, dass du nicht das wahre Geschäftsleben erleben kannst, wenn deine Bodyguards ständig in deiner Nähe sind. Das sehe ich ein und da seine Eltern mir versichert haben, dass er anständig ist und nur zu deinem Wohl handelt, habe ich mich dazu entschlossen, dir diese Reise zu gestatten. Zumal ich von seinem Ruf weiß, und er verhält sich nie unschicklich. Außerdem habe ich gehört, dass er an Omegas kein Interesse hegt. Er wurde noch nie mit welchen gesehen oder in Verbindung gebracht."

„Aber Papa ... Du vertraust darauf?"

„Noa! Zweifelst du meine Entscheidungen etwa an?" Kurz huschte etwas wie Ärger über seine Züge.

„Nein. Natürlich nicht. Entschuldige."

„Gut.“ Er ergriff meine Hand. „Malcolm hat einen ausgesprochen guten Ruf und ist, wie es aussieht, einer der wenigen Alphas, die absolut kein Interesse an Omegas hat. Er soll sogar mit einem Magier mehr oder weniger liiert sein.“

Bei diesen Worten durchfuhr mich ein kleiner Stich mitten durchs Herz, dabei hatte ich doch gar keinen Grund dazu. Auch wenn er mir optisch ziemlich gut gefiel, mehr war da nicht oder sollte ich nicht fühlen. Vater hatte es immerhin gerade selbst gesagt. Malcolm stand nicht auf Omegas. Deshalb war er zu mir wahrscheinlich meistens so kühl und unfreundlich.

Dass ich nun wirklich mit ihm alleine verreisen sollte, konnte ich kaum glauben und verspürte unglaubliche Aufregung.

„Hörst du mir zu?“, hakte mein Vater harsch nach und riss mich aus den aufwühlenden Gedanken.

„Entschuldige Papa. Ja. Ich höre dir zu.“

„Gut, denn das ist wichtig. Es geht nämlich weiterhin um die Familie Hillthorne.“

„Okay ...“ Ob es nun um den Vorfall mit Larus ging?

„Malcolms Bruder, der charmante Larus hat mich kontaktiert.“

Damit hatte ich nicht gerechnet, aber vielleicht hatte er sich für sein Verhalten entschuldigt. Wäre zumindest angebracht. Gerade wenn man aus solch feinen Kreisen stammte, wie er und seine Familie.

„Haben dir Steve und Lars von ihm erzählt?“

„Ja. Aber Larus selbst, hat mich wie gesagt, ebenfalls kontaktiert und ich muss sagen, es tut sich alles ganz ausgezeichnet.“ Zufrieden drückte er meine Hand. Seine Augen leuchteten erfreut.

„Was meinst du?“ Mich beschlich ein ganz ungutes Gefühl.

Nun erstrahlte sein Gesicht mit einem breiten Lächeln. „Es sieht so aus, als ob der gute Larus, ein ernsthaftes Interesse an dir hegt. Er spricht in den höchsten Tönen von dir und möchte dich demnächst ausführen, auf ein richtiges Date."

Vor mir ging gerade die Welt zu Bruch. Ich konnte nicht glauben, was ich hörte und vor allem, passte diese Freude im Gesicht meines Vaters nicht zu meinen Vorstellungen. „Was?", flüsterte ich. Sofort schüttelte ich den Kopf und entriss ihm meine Hand. „Nein! Auf keinen Fall. Ich gehe nicht mit ihm aus!"

Die Augen meines Vaters verengten sich. „Wie bitte?"

Geschockt schüttelte ich den Kopf. „Du ... du hast sicher abgelehnt ... stimmts?"

„Abgelehnt? Wieso sollte ich denn eine so nette Einladung ablehnen? Er ist wohlerzogen und fragt direkt den Vater um sein Einverständnis. Das kommt einem offiziellen Hofmachen doch ganz nah."

Ich war fassungslos. „Hof ... Hofmachen? Das ... das kannst du nicht wirklich meinen Papa ..."

„Stell dich nicht so dämlich an Noa. Es ist das, was ich durch dieses Praktikum erstrebt habe. Dich an den richtigen Mann zu bringen und womöglich den Adelstitel in die Familie zu holen. Das große Ansehen. Noch mehr Macht in der Gesellschaft. Und du verhilfst uns dazu."

Prompt sprang ich auf und brachte Abstand zwischen uns. „Nein! Das will ich nicht! Ich werde ganz sicher nicht mit ihm ausgehen und erst recht nicht, seine Avancen akzeptieren. Ich bin keine Kuh auf dem Viehmarkt!"

Auch mein Vater erhob sich und blickte mir drohend entgegen. „Wie bitte? Du wagst es, dich gegen meine Wünsche zu stellen?"

„Bitte Papa. Ich kann ihn nicht ertragen. Er ... er macht mir angst. Ich ... ich will nicht einmal in seiner Nähe sein. Er ist so ... so aufdringlich und ... Bitte Papa. Tu das nicht. Verlang das nicht von mir.“ Ich hasste mich dafür, dass ich so weinerlich klang und die aufsteigenden Tränen machten es mir ebenfalls nicht leichter.

„Genug!“ Er hob die Hand und ich verschloss den Mund. „Du wirst tun, was von dir verlangt wird und ich erwarte, dass du dich freundlich und zuvorkommend Larus gegenüber verhältst. Noch habe ich ihm nur zu einem Date zugestimmt. Wenn alles andere so läuft, wie ich es mir erhoffe und das Geschäftliche stimmt, werden wir weiter sehen. Außer, wir bekommen ein noch besseres Angebot. Was ich kaum für wahrscheinlich halte, da die Hillthornes die einflussreichste Familie weit und breit ist.“

„Papa ... Ich will nicht mit ihm ausgehen. Bitte verlang das nicht von mir.“

Bevor ich es überhaupt kommen sah, schnellte er vor und packte mich an meinem Hals. Schockiert keuchte ich auf und starrte meinen Vater an, dessen Augen zu kleinen Schlitzen verengt waren. Er drückte nicht fest zu, dennoch war der Druck schmerzhaft und ängstigte mich. So grob war er lange nicht mehr zu mir gewesen. „Ich sagte genug! Was glaubst du eigentlich, weshalb du noch immer nicht gebunden bist? Hast du dir darüber jemals Gedanken gemacht? Weißt du überhaupt, weshalb du dieses Praktikum machen solltest?“

Tränen traten nun gänzlich aus meinen Augen. Es war nicht der Schmerz an meiner Kehle, der sie heraustrieb. Viel eher die Qual, die durch seine kalte Handlung mein Herz brach. Da ich nicht fähig war zu antworten, übernahm er es.

„Du bist in dieser Firma lediglich mit dem Hintergrund, einen passenden Alpha zu finden und da Larus so schnell bereits Interesse gezeigt hat, sieht es für uns richtig gut aus. Nimm es also nicht so tragisch, Noa. Du warst immer schon für einen mächtigen Alpha bestimmt. Die ganzen anderen Angebote waren es niemals wert. Aber jetzt geht es aufwärts.“

Das war es also. Nur deswegen der ganze Aufwand. Was sollte dann die Geschäftsreise noch bringen?

Statt zu versuchen, etwas zu sagen, nickte ich nur schwach und wurde aus seinem Griff entlassen. Sofort sog ich einen tiefen Atemzug ein und ließ mich auf eine Liege sinken.

„Sei dankbar Noa. Nicht jeder Omega bekommt so eine Chance.“

„Warum dann noch die Geschäftsreise? Dein Ziel hast du doch schon so gut wie erreicht.“, wisperte ich, ohne ihn noch einmal anzusehen. Mein Herz war gerade in tausend Stücke zerbrochen. All meine Träume mit einem Mal zerplatzt. Larus hatte deutlich gemacht, worauf er es abgesehen hatte. Ich war mir sicher, dass er mich nicht so einfach gehen lassen würde.

„Oh jetzt stell dich nicht so theatralisch an. Du solltest dankbar sein. Und die Geschäftsreise machst du, weil wir bislang nur von einem Date sprechen. Mehr nicht, auch wenn ich dahinter viel mehr erahne. Solange ich keinen Vertrag vorliegen habe, sind die Optionen noch alle offen. Larus muss uns einiges bieten, wenn er dich wirklich will.“

Mein Vater ergriff mein Kinn und schob meinen Kopf in den Nacken, damit ich ihn ansehen musste. „Und zieh nicht so ein langes Gesicht. Jeder hat eine Aufgabe, im Leben zu erfüllen, selbst du.“

„Ich wollte immer nur tanzen.“, flüsterte ich erstickt unter Tränen. „Das würde er mir sicher nicht gestatten ...“

„Die Welt ist eben kein Wunschkonzert. Und jetzt geh, und pack deinen Koffer. Du wirst morgen um sieben Uhr abgeholt.“

Es fiel kein weiteres Wort. Gerade fühlte sich mein Leben nicht mehr wie in einem goldenen Käfig an. Viel eher befand ich mich auf einem Viehmarkt, bei dem der beste Preis die Kuh begatten durfte. Leider war diese Vorstellung noch viel schlimmer, als der Vogel in seinem Käfig, denn dort war er zumindest vor fremden Fingern sicher gewesen. Mir aber würde selbst das vergönnt bleiben.

Zutiefst getroffen sank ich auf den Boden und vergrub mein Gesicht in den Händen. Endlich konnte ich den Tränen freien Lauf lassen und mich meinem Schmerz hingeben. Wie war es möglich, binnen weniger Augenblicke, all seine Träume verschwimmen zu sehen? Gut, es war bisher nur die Rede von einem Date, doch mir vorzustellen, ihn einen ganzen Abend lang ertragen zu müssen, während er sich einschmeichelt und versucht sich mir zu nähern, war ebenfalls nicht angenehm. Larus war kein Mann, der sich zurückhielt und sein Übergriff im Büro hatte mir eines deutlich vor Augen geführt. Er wollte mich und würde sich nicht so leicht davon abhalten lassen, das was er wollte, zu bekommen.

Sollte das wirklich zur Realität werden, würde ich es nicht überstehen. Nicht an seiner Seite! Er machte mir angst, ich konnte seine Nähe nicht ertragen. Vom ersten Moment an, war er mir unsympathisch gewesen und nun sollte ich mein Leben mit ihm verbringen? Nach seinen Regeln und Wünschen? Lieber würde ich sterben.

Schluchzend schlang ich die Arme um mich selbst und versuchte, mich über den Schmerz hinwegzutrösten.

Eine sanfte Berührung an meiner Schulter ließ mich zusammenzucken. „Noa? Was ist los?“

Mit tränenverschleierter Sicht blickte ich zu Lars auf, der mich mitfühlend betrachtete und neben mir in die Hocke ging. „Was ist passiert?“

Ich war nicht fähig etwas zu sagen und schüttelte nur den Kopf.

Der Beta legte den Arm um meine Schulter und zog mich sachte an sich. Sofort vergrub ich mein Gesicht an seiner Halskuhle und ließ den Schmerz raus, während er mir über den Rücken strich. „Ich bin für dich da. Ganz gleich, was es ist, das weißt du hoffentlich.“

„Lars ... Ich ... Ich weiß nicht ... was ich tun soll.“

„Es gibt sicher für alles eine Lösung. Willst du mir sagen, was los ist?“

Kurz sah ich auf und wischte mir die Tränen von den Wangen. „Nein. Für mich nicht. Niemand kann etwas tun.“

„Hey, so schlimm kann es doch nicht sein. Was ist passiert?“

„Ich ... ich kann nicht ...“ Das würde es nur noch realer machen. Damit musste ich erst einmal selbst klar kommen.

„Du musst es mir nicht sagen. Vergiss aber nicht, ich bin immer auf deiner Seite, selbst wenn es manchmal nicht so aussieht.“

Zu meiner Erleichterung schaffte ich es sogar, ihm ein schwaches Lächeln zu schenken. Ich wollte nicht, dass er sich um mich sorgen musste. „Das weiß ich. Danke Lars.“

„Dann komm, ich bring dich auf dein Zimmer. Du musst noch packen.“

Malcolm

Zum bestimmt hundertsten Mal seit gestern Abend fragte ich mich, weshalb ich mir das eigentlich selbst antat. Wer war überhaupt auf diese dumme Idee gekommen, Noa mit mir zu nehmen? Natürlich lautete die Antwort: ganz klar ich. Trotzdem ergab das überhaupt keinen Sinn, denn es sprach alles gegen mein eigentliches Vorhaben, ihn auf Abstand zu halten oder zu vergraulen.

So sehr ich den Gedanken ihn bei mir zu haben hasste, auf der anderen Seite, konnte ich meine Euphorie über eben diese Tatsache kaum zügeln.

Nachdem ich mich ausgewiesen hatte, öffnete der Pförtner das große schmiedeeiserne Tor und ließ mich mit dem schwarzen SUV passieren. Das Haus, welches viel eher eine Villa war und mindestens zwanzig Menschen Platz geboten hätte, kam nach einer langen Auffahrt in Sicht. Mehrere Laternen beleuchteten den Platz, der einen riesigen Vorgarten mit Springbrunnen zu bieten hatte. Es war früh am Morgen, draußen noch relativ dunkel, doch drang aus mehreren Fenstern Licht heraus, was auf das wache Personal deutete.

Direkt vor dem Eingang hielt ich mit dem Auto an und stieg die wenigen Stufen empor. Noch bevor ich die Klingel des herrschaftlichen Hauses betätigte, wurde die Tür bereits geöffnet. Statt einem Butler gegenüber zu stehen, empfing mich Lars mit einem grimmigen Gesichtsausdruck. Er wirkte übernächtigt.

„Nur damit das klar ist, ich bin mit diesem Arrangement nicht einverstanden.“, meinte er brummig mit erhobenem Zeigefinger.

„Dein Chef schien da anderer Meinung, also nehme ich an, es ist in Ordnung.“

„Und wenn schon. Mir ist Noa nicht egal und wenn ich erfahren sollte, dass du ihm zu auf irgendeine Weise wehtust, solltest du-“

Weiter kam er nicht. Ich hob die Hand und stoppte seinen Redefluss. „Ist gut jetzt. Keine Panik. Ich habe nicht vor, ihn zu verletzen. Das, ist ganz sicher nicht meine Art. Noa droht bei mir keine Gefahr.“

Mit einem Brummen quittierte er mein Versprechen. Hinter ihm nahm ich eine Bewegung wahr und entdeckte Noa, der uns entgegenkam. Sein Outfit verblüffte mich gänzlich. Er trug durchweg Schwarz, aber nicht das machte mich sprachlos. Viel eher die Kombination aus einer schwarzen Leggings, einem plissierten Rock, der ihm bis unter die Knie reichte, ein legeres Jackett und darunter ein ebenfalls schwarzes Shirt, das mit einer silbernen Kette ergänzt wurde. Kurz vor uns schlüpfte er in schwarze Bikerboots und schnappte sich seinen Rollkoffer. Eine Brille suchte man heute vergebens.

„Na, auf dem Weg zu einer Beerdigung?“, konnte ich mir nicht verkneifen zu fragen und kassierte einen warnenden Blick von Lars.

Noa sah zu mir auf. „Sowas in der Art.“ Mir fiel auf, dass unter seinen Augen dunkle Schatten lagen, und fragte mich, ob es ihm so sehr gegen den Strich ging, mit mir auf diese Reise zu gehen.

„Dann sollten wir zusehen und uns auf den Weg machen.“

Lars trat zur Seite und wandte sich Noa zu. Er zog ihn in eine innige Umarmung, die der Omega erwiderte. Sofort fragte ich mich, ob da mehr zwischen den beiden lief, selbst wenn der Beta mit Sicherheit mehr als zehn Jahre älter war.

„Und wenn was ist, melde dich. Ganz gleich zu welcher Zeit. Verstanden? Ich mache mich dann sofort auf den Weg." Obwohl Lars es ihm zuflüsterte, entging das meinen Ohren nicht.

„Ich weiß. Das wird sicher nicht nötig sein."

„Trotzdem. Und wenn du wegen gestern Abend doch noch reden möchtest, bin ich ebenfalls da. Du musst das nicht allein durchmachen."

Obwohl ich es nicht wollte, machten mich Lars Worte etwas neugierig. Unwillkürlich musterte ich Noa intensiver und stellte fest, dass er tatsächlich blasser als sonst war und auch recht bedrückt wirkte. Das hatte ich vorher auf mich und diese Reise bezogen, nur hörte sich das gerade nicht so an. Noa löste sich von ihm und schluckte sichtlich. Anschließend nickte er und zog den Koffer hinter sich her. Ich griff danach und nahm ihm diesen ab.

„Das musst du nicht tun.", sagte er leise.

„Ist mir klar. Ich möchte es aber. Und jetzt komm. Wir müssen zum Flughafen."

„Okay."

Seinen Koffer verstaute ich im Kofferraum. Ungefragt setzte sich Noa auf den Beifahrersitz. In meinem Bauch begann es zu Kribbeln. Ihn so nah bei mir zu haben, war eine ganz schlechte Idee. Ganz ganz schlecht, nur blieb mir nun nichts anderes übrig.

Während ich um das Auto herumlief, bemerkte ich Lars, der mir einen warnenden Blick zuwarf, sodass ich nur die Augen rollte. Für was hielt mich denn dieser Typ? Ich war nicht mein Bruder.

Bereits als ich die Fahrertür meines schwarzen Autos öffnete, schlug mir sein Duft entgegen. Viel zu gerne hätte ich meine Nase an seiner Halsbeuge vergraben, um seinen Geruch noch

intensiver zu inhalieren. Statt genau das zu tun, schlug ich die Tür etwas zu fest zu und merkte, wie Noa zusammenzuckte. Seine Hände vergrub er unter seinen Oberschenkeln.
Ich öffnete sofort das Fenster, damit ich einen klaren Kopf bekam, und fuhr schließlich los.

„Kannst du Musik anmachen?“, fragte Noa unerwartet in die Stille. Genau genommen hatte ich das Radio so gut wie immer aus. Diese ganzen Nebengeräusche nervten mich meistens.

„Such dir aus, was du hören willst.“, bot ich ihm an, da es mir ohnehin egal war.

„Wirklich?“ Sein Ton klang so ungläubig, dass ich nicht widerstehen konnte und ihn ansah. Sofort beschleunigte sich mein Herzschlag. Diese Augen zogen mich in ihren Bann.

„Wirklich. Also, solange es kein Techno oder Heavy metal ist, habe ich nichts dagegen.“

Ein kleines Lächeln huschte über sein Gesicht. „Gut. Dann bin ich ja erleichtert.“ Noa machte sich an den Tasten der Anlage zu schaffen und fand einen Musiksender, der ihm wohl gefiel. Mich überraschte dieser Musikgeschmack ziemlich.
Mit hochgezogener Braue fragte ich: „Du stehst auf Schlager? Ernsthaft?“

Betont unschuldig klimperte er mit den Lidern. „Ja. Ich liebe Schlager über alles.“ Kurz hielt er inne. „Oder hast du etwas gegen Schlager?“

„Na ja. Nicht unbedingt mein Geschmack.“

„Du hast es aber nicht auf deine no Go Liste gesetzt.“

„Nein. Hätte ich vielleicht machen sollen.“, murmelte ich mehr mir selbst zu.

„Also willst du eigentlich, dass ich den Sender wechsle?“

Irrte ich mich, oder klang er auf einmal traurig? Das wollte ich nicht. Besonders nicht, wenn es nur um das lästige Thema Musik ging.

„Nein, nein. Alles gut. Klingt ... klingt ja gar nicht so schlecht. Hör es ruhig."

Plötzlich entschlüpfte Noas Kehle ein Geräusch und er fing an zu kichern. Nicht laut, aber irgendwie total niedlich. Ich sah ihn irritiert an. „Was ist los?"

Breit grinsend schüttelte er den Kopf. „Du hast dich leicht veräppeln lassen und bist gar nicht so gemein, wie du meistens tust."

„Was meinst du damit?" Es fiel mir schwer, den Blick auf die Straße zu richten und nicht in seinem strahlenden Anblick zu versinken. So breit lächelnd hatte ich ihn noch nicht gesehen. Es gefiel mir viel zu gut.

„Na du glaubst doch nicht ernsthaft, dass ich der Schlagertyp bin. Gibt bestimmt ganz nette Lieder, aber ich bin mehr bei Indiepop zuhause oder bei Klassik. Aber du warst so lieb, mir trotz deines Widerwillens, diese Freude zu lassen. Das ist so lieb."

„Ich bin nicht *lieb*." Das letzte Wort betonte ich, als wäre es irgendwie unschön.

„Und ob du das bist. Zumindest manchmal." Noa entspannte sich sichtlich neben mir und suchte einen anderen Sender, der zugegeben, ganz nette Musik hatte.

„Und ich bin nicht lieb. Ich wollte dir die Abreise nur ein wenig leichter machen."

„Du glaubst, es fällt mir schwer, mit dir zu gehen?"
Ich zuckte mit der Schulter. „Na ja. Du siehst ein wenig mitgenommen aus, da habe ich vermutet, es liegt an der Reise."

„Das hast du falsch interpretiert. Ich freue mich, endlich einmal, ohne Aufpasser die Welt bereisen zu dürfen. Selbst wenn es nur für wenige Tage und dazu noch eine Geschäftsreise ist. Sowas habe ich noch nie gemacht.“

Kapitel 8

Noa

Allzu lange dauerte die Fahrt zum Flughafen nicht. Das machte die Zeit in dem Fahrzeug, so nah an Malcolms Seite allerdings nicht einfacher. Sein maskuliner Geruch betörte mich. Ich kannte dieses Gefühl, das in mir herrschte nicht. Noch nie hatte ich in der Nähe eines Mannes so gefühlt und das verunsicherte mich. Immerhin sah es nicht danach aus, dass er diese Gefühle erwiderte, zudem hatte sein Bruder bereits seinen ersten Schritt gemacht.

Der Gedanke an Larus schnürte mir die Kehle zu. Leider entschlüpfte mir sogleich ein kleines Geräusch, das an ein verletztes Tier erinnerte, was Malcolm nicht entging. Er warf mir einen prüfenden Blick zu.

„Alles in Ordnung?"

Nur kurz wagte ich es, ihm in die Augen zu sehen, sonst wäre ich wohl weggeschmolzen. Heute trug er legere Kleidung, bestehend aus einer schlichten blauen Jeans, einem viel zu eng sitzendem grauen T-Shirt und einer Sweatjacke darüber. Ich konnte die Tattoos an seinem Hals sehen, die sich bis hin zu seinen Schlüsselbeinen zogen.

„Ähm ... ja ... alles gut. Ich war nur in Gedanken."

„Das müssen ja unangenehme Gedanken gewesen sein. Ich hoffe doch, es hat nichts mit mir zu tun."

„Keine Sorge. Du hast damit nichts zu tun."

Sofort blickte ich wieder aus dem Fenster, nur damit ich meine Augen nicht weiter auf die Reise schickte, denn ich war kurz davor gewesen, ihn ganz genau zu betrachten. Irgendwie konnte ich diesem Drang kaum widerstehen.

Mit einem Mal kam das Auto zu einem abrupten Stopp mitten auf der Straße. Mein Herz setzte einen Moment aus. Erschrocken blickte ich ihn an. „Was ist los?"

Malcolm krallte seine Hände an das Lenkrad, seine Augen leicht verengt auf mich gerichtet, oder viel eher, auf meinen Hals. „Wer war das?", presste er dunkel hervor. Ich verstand die Welt nicht mehr. Was hatte er denn?

Unsicher hob ich die Hand an meine Kehle. „Was meinst du denn?"

„Wer hat dich grob angefasst?"

„Wie? Nie- niemand." Perplex grübelte ich und erstarrte, als er meine Hand mit seiner bedeckte und sie sanft aber bestimmt vom Hals entfernte.

„Du hast dunkelrote Spuren an der Seite, die eindeutig Fingerabdrücke sind. Wer war das?"

Als er seine Fingerspitzen unerwartet an meine Haut legte und behutsam darüber strich, erschauderte ich. Das Herz schlug mir bis in die Ohren. Ich konnte kaum atmen und spürte, wie die Atmung immer schneller wurde. Was tat er hier mit mir? Wieso reagierte ich so dermaßen ungewöhnlich? Um diesen Reaktionen ein Stopp abzuverlangen, schob ich seine Hand von mir und blickte ihn entschlossen an. „Das war niemand. Alles gut."

Hinter uns erklang eine Hupe, dicht gefolgt von einer weiteren. Malcolm blickte in den Mittelspiegel. „Ist ja gut Alter. Beruhige dich mal."

Schließlich startete er den Motor erneut und ich atmete erleichtert aus.

„Die Sache ist noch nicht vorbei Noa. Ich will wissen, wer das war."

„Was geht es denn dich an? Du bist nicht mein Vater."
Ein Muskel in seinem Mundwinkel zuckte auffällig. „Da bin ich ehrlich gesagt erleichtert."

„Wenn das so ist, lass es einfach."

„So einfach ist die Sache aber nicht Noa. Du bist mit mir unterwegs und wenn daraus noch blaue Flecken werden, wird dein Vater mir vorwerfen, dich verletzt zu haben." Er lenkte das Auto direkt auf den Parkplatz eines kleinen Privatflugplatzes und parkte es am Seitenrand. Schließlich wandte er sich mit dem gesamten Oberkörper mir zu und der Raum war plötzlich viel zu klein für uns beide.

„Keine bange. Das wird er sicher nicht.", murmelte ich mehr für mich, aber natürlich hörte er es.

„Was soll das bedeuten?"
Ich schluckte und tastete nach dem Türgriff. „Nur, dass du dir keine Gedanken darüber machen musst. Es war ein Unfall. Ganz einfach. Ich ... Meine Haut ist empfindlich."

Als ich die Tür öffnete und aussteigen wollte, griff er nach meinem Oberarm, allerdings ohne Druck. Ich hätte mich ganz leicht von ihm losmachen können, stattdessen verharrte ich kurz.

„Du willst damit sagen, es war dein Vater?"

Unsicher versuchte ich mich an einem kleinen Lächeln, das ihm zeigen sollte, dass es wirklich nicht der Rede Wert war. „Ich bekomme schnell blaue Flecken, das ist wirklich nichts, worüber wir uns unterhalten müssten. Es geht mir gut. Aber ... danke ..."

„Danke?"

„Für ... ähm ... für deine aufrichtige Sorge. Das ... ist sehr nett von dir."

„Pft. Schon wieder dieses Wort."

Diesmal lächelte ich aufrichtig. „Du bist wirklich nett. Also ... zumindest wenn wir nicht gerade im Büro sind wohlgemerkt."

„Wieso hat dein Vater dich am Hals gepackt? Das alles ergibt noch immer keinen Sinn Noa."

Ein wenig frustriert seufzte ich und machte mich von ihm los. „Das ist privat. Lass uns ..." Ich deutete auf den Privatjet, dessen Tür offen stand und mit der davorgeschobenen Treppe auf unsere Ankunft wartete. „Lass uns einsteigen. Die warten schon."

„In Ordnung."

Endlich ließ er von dieser dämlichen Sache ab. Ich ärgerte mich ein wenig, da mir die roten Flecken heute Morgen nicht aufgefallen waren. Diese Fragerei hätte ich mir ersparen können und auch diesen Blick, der deutlich machte, was er von einer groben Behandlung hielt. Es war zwar nett von ihm und bewies einmal mehr, dass er wirklich nicht schlecht war, allerdings ließ mich das in einem Licht dastehen, in dem ich mich nicht wohl fühlte. Ich wollte nicht das arme Opfer sein, der Omega, der gerettet werden musste, und so wirkte ich wahrscheinlich gerade in seinen Augen. Das nervte.

Unversehens ging ich um das Auto herum zum Kofferraum. Malcolm hatte bereits beide Trolleys herausgehoben, da griff ich nach meinem und lief ein Stück voraus.

Recht schnell holte er mich ein und grinste. „Du weißt, ich hätte ihn für dich getragen."

„Der kann gerollt werden Malcolm."

Grinsend rollte er die Augen. „Ein Alpha darf doch wohl ab und zu ein Gentleman sein."

„Das schon, aber ein Omega darf wohl auch zeigen, dass er fähig ist, sein Gepäck selbst zu manövrieren."

Ein wenig belustigt, wie mir schien, grinste er und schüttelte den Kopf.

„Guten Morgen Herr Hillthorne. Darf ich Ihnen das Gepäck abnehmen?" Ein junger Beta stellte sich uns in den Weg, ehe wir die Treppe erreichten, die in den Flieger führte.

„Guten Morgen Karl. Ja. Tun Sie das und nehmen Sie auch das Gepäck meines Begleiters."

„Ja Sir." Karl deutete eine kleine Verbeugung an und nahm das Gepäck entgegen. Ich behielt lediglich meinen Rucksack bei mir und folgte Malcolm die Stufen hinauf. Der Motor surrte bereits leicht und die Crew machte sich startklar.
Oben im Flieger begrüßte uns eine hübsche junge Frau.

„Schön Sie zu sehen Sir. Möchten Sie einen Kaffee?"
Malcolm setzte sich ans Fenster eines geräumigen Zweisitzers in einem schönen Cremeweiß und klappte einen Tisch vor sich auf.

„Solange es kein Fairtrade ist, gerne."
Natürlich verstand ich den kleinen Seitenhieb und sah zu Malcolm, der seinerseits ein verdächtiges Glitzern in den Augen hatte.

„Oh nein Sir, wir haben Ihren Lieblingskaffee hier. Keine Sorge.", sagte die Frau schnell.

„Und bringen Sie meiner Begleitung auch einen." Damit deutete er auf mich und die Frau schien mich erstmals wirklich wahrzunehmen. „Oh ja. Natürlich Sir."

„Für mich bitte keinen Kaffee. Aber einen Tee würde ich nehmen." Ich stand noch immer mitten im Flur, unsicher wohin ich mich setzen sollte. Natürlich war außer Malcolms Platz, kein einziger belegt und der Flieger bot Raum für mindestens zehn Personen.

„Sehr gerne Sir. Was darf es für ein Tee sein?“

„Grüner Tee in Bio-Qualität bitte.“

„Sehr wohl.“ Die Stewardess machte sich auf den Weg in den Gastronomiebereich des Fliegers, der verborgen hinter einem Vorhang war.

Malcolm hob eine Hand und deutete auf den Sitz ihm gegenüber. „Setz dich endlich. Oder willst du den ganzen Flug über stehen?“

„Sorry. Ich wusste nur nicht, wo ich sitzen soll.“

„Hier finde ich ganz gut. So können wir das kleine Meeting das uns erwartet besprechen.“

Malcolm

Während ich mich auf das geschäftliche Treffen vorbereitete, döste Noa vor sich hin. Bereits seit einer halben Stunde hatte er begonnen mit der Müdigkeit zu kämpfen. Immer wieder waren ihm die Lider schwer geworden, wobei er sichtlich gekämpft hatte, wach zu bleiben. Irgendwann war es dann doch ein verlorenes Unterfangen geworden und tatsächlich genoss ich es, ihn so friedlich zu sehen. Seine hellen Lider wirkten durchscheinend. Die ganze Erscheinung zerbrechlich. Geradezu fragil. Nur zu gut wusste ich, wie leicht ein solches Leben ausgelöscht werden konnte.

Noch immer konnte ich kaum fassen, wie sehr die beiden Omegas sich glichen. Ohne es verhindern zu können, griff ich nach meinem iPhone und schoss ein Bild von ihm. Sein Kussmund war leicht geöffnet und verführerisch, sodass ich an mich halten musste, mich nicht vorzulehnen, um seinen Geschmack zu kosten.

Genervt über diesen kurzen Gedanken schüttelte ich den Kopf, meine Augen weiterhin auf Noa gerichtet. Selbst wie er die Beine angewinkelt und direkt neben sich auf die Sitzfläche gezogen hatte, gefiel mir, zumal es mit dem langen schwarzen Rock extrem gut aussah. Eine schlafende Schönheit und ich war der seltsame Freak, der ihn dabei auch noch fotografierte.

Diese Handlung überraschte mich selbst sogar. Ich überlegte bereits, das Bild zu löschen. Immerhin war das nicht in Ordnung. Mein Finger verharrte an der Taste. Unschlüssig. Am Ende schaffte ich es nicht, dieses Bild des Friedens zu löschen, und packte das Handy wieder weg. Wer wusste schon, ob ich ihn nach dieser Reise je wieder sehen würde und er war das Einzige, was mir ein Stück Vergangenheit zurückgeben konnte. Was war denn schon an einem kleinen unschuldigen Bild verkehrt?

„Sir, Sie sollten sich wieder anschnallen. Wir beginnen gleich mit dem Landeanflug.“, machte die Stewardess mich aufmerksam und legte mir die Hand sanft auf die Schulter. Etwas überrascht von ihrer Forschheit hob ich eine Braue und deutete ihr damit an, die Hand zu entfernen.

„Ist gut.“

Sie entfernte sich von mir und ging zu Noa. Ehe sie ihn wecken konnte, was sie anscheinend vorhatte, sprang ich auf die Füße. „Nicht. Lassen Sie ihn schlafen. Ich schnalle ihn an.“

Die Frau bedachte mich mit einem seltsamen Blick, den ich ignorierte und zu Noa ging. Ich lehnte mich zu ihm herunter, griff seitlich nach den Gurten, sorgsam darauf bedacht ihn nicht versehentlich zu berühren. Mein Gesicht war seinem ganz nah. Sein Duft stieg mir in die Nase, betörte mich und warf mich mit einem Mal zurück in die Vergangenheit.

Seitdem er Sky wiedergefunden hatte, konnte er nicht anders und besuchte ihn täglich. Oftmals blieb er in den Schatten ver-

borgen, damit niemand von seiner Anwesenheit etwas mitbekam. Aufgrund seines Familienstammbaums war es ihm möglich, im Verborgenen zu bleiben, und er wurde nicht einmal gewittert. Das war noch so eine Gabe, die nur die wenigsten Wandler besaßen, ebenso wie das Verwandeln und Anbehalten seiner Kleidung. Beinahe jeder andere Wandler, hätte seine Kleidung nach der Verwandlung verloren und stünde nackt da, nicht so aber Mal und seine Familie. Das war es, was sie speziell und zu Außenseitern machte. Niemand durfte von ihren Fähigkeiten erfahren und doch hatte er sich Sky offen gezeigt, ohne die geringste Spur von Misstrauen.

Auch heute saß er am Waldesrand zwischen den Bäumen und blickte auf das Dorf in dem der junge Omega täglich beschäftigt war. Immer öfter fiel ihm dabei auf, wie er die Aufmerksamkeit mehrerer Alphas und Betas auf sich zog. Wenn er, wie in gerade jenem Moment, bepackt mit dem schwer aussehenden Zuber über den Dorfplatz lief, blieben die Männer teilweise stehen und starrten ihm fast schon sabbernd hinterher. Andere wiederum stießen sich gegenseitig an, um auf den schönen Omega aufmerksam zu machen.

Sky war noch jung. Nicht einmal seine erste Hitze hatte er erlebt und doch konnte man sich seiner Schönheit nicht entziehen. In wenigen Jahren wäre er eine wirkliche Augenweide und von Männern umworben. Dieser Gedanke allein verursachte Mal ein seltsames Gefühl. Er wollte sich das nicht vorstellen, denn er wusste viel zu gut, wen er an der Seite von Sky sah und das war allein er. Sie gehörten zusammen, das spürte er einfach. Zwar war Mal nur wenige Jahre älter als er, aber dass sie Gefährten waren, konnte er nicht übersehen. Jede Zelle seines Körpers, jedes Heulen und Drängen seines Wolfes, sprach davon. Das war der Grund, weshalb er Sky nicht mehr vergessen konnte. Er musste in seiner Nähe sein und so folgte er ihm auch an diesem Tag, während er sich vom Dorfplatz entfernte und zwischen den Bäumen in den Wald verschwand. Mit einigem Abstand folgte er ihm und fühlte sich schlecht, weil er nicht einschreiten und ihm den sichtlich schweren Zuber abnehmen konnte.

Hinter sich vernahm er eilige Schritte und sprang in das Dickicht, wo er verborgen vor fremden Blicken blieb. Nur mit Mühe hielt er sich zurück, als er den jungen Alpha entdeckte, der zu Sky aufholte. Seine schwarzen Haare fielen dem Alpha glatt über den Rücken, dennoch wirkte er keinesfalls feminin. Er hatte breite Schultern und ausgeprägte Muskeln, zudem überragte er Sky um mehr als einen Kopf.

„Warte!“, rief er dem Omega zu, der wie erstarrt stehen blieb, sich nicht einmal rührte, dabei bebte sein zierlicher Körper unter der Last der Wäsche in dem Zuber.

Der Alpha holte auf und stellte sich vor ihn. „Dich alleine sprechen zu können, ist schwerer, als es sein sollte. Gehst du mir etwa aus dem Weg?“ Er besaß tatsächlich die Frechheit, nach einer Strähne von Skys gelockten Haaren zu greifen und sie hinter dessen Ohr zu streichen.

„Si-Silas ... n-nein ... ich ... ich habe ... nur viel zu tun...“

„Das sehe ich, doch das erklärt noch immer nicht, wieso du dabei mein Zimmer meidest. Ich hatte doch verlangt, dass du da aufräumen sollst.“

Mals Magen drehte sich unangenehm. Übelkeit stieg in ihn auf. Was erwartete dieser Silas denn von Sky?

„D- Die Wäsche ... ich ... ich muss ... sie waschen ...“

Wieder schien der Alpha seine Grenze völlig außer Acht zu lassen und griff nach Skys Kinn. Er hob sein Gesicht nach oben und halb in den Nacken. Mit dem Daumen strich er über dessen weiche Lippen, die leicht geöffnet waren. In Skys Augen leuchtete Furcht, was der andere einfach überging. „Du bist so fleißig und arbeitest hart." Er beugte sich zu ihm herunter und dicht an sein Ohr. „Nicht mehr lange, dann wird deine Aufgabe eine ganz andere sein. Dann können andere die Drecksarbeit übernehmen, denn dafür wirst du keine Zeit mehr haben."

„A-aber ..." Der Zuber in Skys Armen bebte immer mehr. Die Kraft schien ihm langsam auszugehen. Selbst bis in sein Versteck konnte Mal die Angst des kleinen Omegas riechen und wäre am liebsten auf den Alpha losgegangen. Was glaubte dieser, denn damit zu bezwecken? Sky gehörte ihm nicht und das würde er auch nie. Das würde Mal niemals zulassen. Er musste ihn von hier wegholen, da war er sich mit plötzlicher Gewissheit klar geworden. Hier in diesem Rudel durfte er nicht mehr bleiben. Nicht mehr lange jedenfalls. Die Absichten von Silas waren deutlich.

„Kein aber, Sky. Du weißt sicher, was ich damit meine."

Zu Mals Überraschung wich Sky von dessen Berührung zurück, geriet ins Straucheln und ließ den Zuber fallen, dessen Inhalt sich über den Waldboden verstreute. Gleichzeitig landete das schwere Holzgefäß auf dem Fuß von Silas, der ungehalten fluchte und einem Reflex folgend, Sky mit der Rückhand eine schallende Ohrfeige verpasste. „Verdammter Mist! Pass doch auf!"

Sky strauchelte unter diesem heftigen Schlag und unterdrückte ein Wimmern. „Es ... es tut mit leid, Silas ... bitte verzeih mir." Es brach Mal das Herz den süßen Omega so ängstlich zu sehen. Am ganzen Leib zitternd ging Sky vor dem Alpha in die Hocke und begann die Kleidungsstücke eilig einzusammeln.

„Fang bloß nicht an zu heulen und erledige deine Aufgaben." Statt ihm zu helfen, tat der Alpha nichts dergleichen

und ließ Sky einfach zurück. „Typisch Omega. Nichts im Kopf.“, schimpfte er auf dem Weg zum Dorf vor sich hin.

Mal bebte am ganzen Körper. Er kämpfte mit sich selbst, um die Fassung zu bewahren. Am liebsten wäre er dem Alpha an die Kehle gesprungen, doch bevor er die Sache nicht mit seiner Familie besprochen hatte, musste er sich zurückhalten und vorsichtig sein.

Schneller als angenommen, erhob sich Sky und nahm seinen Weg wieder auf. Nur wenige Meter entfernt tauchte ein breiter Bach zwischen den Bäumen auf. Am Ufer des Baches kniete er sich hin und begann damit, die Wäsche in das klare Wasser zu tauchen. Ein hölzernes Waschbrett nahm er ebenfalls zur Hand.

Nachdem er sich sicher war, keine weiteren Besucher zu empfangen, trat auch Mal zwischen den Büschen hervor und verwandelte sich in seine menschliche Gestalt. Leise näherte er sich der knienden Gestalt, deren Schultern weiterhin bebten. Neben ihm setzte sich Mal auf einen Felsen. Als ob er ihn erwartet hätte, wandte sich Sky ihm zu. Seine Wangen waren tränenüberströmt, die linke sogar stark gerötet. Deutliche Fingerabdrücke hoben sich von der ansonsten unbefleckten Haut ab.

„Ich wünschte, du hättest das nicht gesehen.“, wisperte Sky, dabei wischte er sich die Tränen von den Wangen.

„Wer ist dieser Silas? Der Typ von neulich an deiner Haustür?“ Der Geruch sprach dafür, aber er wollte es von Sky genauer wissen.

Der Omega nickte und hob eine Leinenbluse aus dem kalten Wasser. Mit einem Stück Seife rieb er sie ein und begann das Kleidungsstück über das Waschbrett zu reiben. Es war klar, dass es keine unbekannte Aufgabe für ihn war, denn er ging schnell und geschickt dabei vor. „Ja. Der künftige Alpha. Mein Alpha.", setzte er bedrückt hinzu.

„Dein Alpha? Wie meinst du das?" In seiner Kehle bildete sich ein dicker Knoten, der ihn zu ersticken drohte. Auch Sky schien es schwer zu fallen, die nächsten Worte auszusprechen, denn er schluckte sichtlich einige Male. Schließlich wandte er ihm sein Gesicht entgegen und verharrte in seiner Arbeit. „Ich soll ihm übergeben werden, wenn ich meine erste Hitze bekomme."

Ungewollt ballte Mal seine Hände zu Fäusten, sodass selbst seine Nägel unangenehm in die Handinnenflächen drückten. „Und du willst das?" Geschockt weiteten sich Skys wunderschöne braune Augen. „Natürlich nicht! Nur ... bleibt mir keine Wahl. Ich ... ich bin ein Omega."

Ungläubig schüttelte er den Kopf. „Und? Das bedeutet doch nicht, dass du tun musst, was jemand von dir verlangt. Du kannst selbst entscheiden."

Ein mattes Lächeln erschien auf seinen Zügen. „Das ... das kann nur von einem Alpha kommen." Sofort schlug er sich die Hand über die Lippen, geschockt von seinen unverschämten Worten. „Es tut mir leid Mal. Das hätte ich nicht sagen dürfen." Flehentlich sah er ihn an.

Ohne darüber nachzudenken griff Mal nach Skys kalten Händen. „Du darfst alles zu mir sagen, was in deinem Kopf vor sich geht. Ich will immer wissen, was du denkst. Hab also keine Angst davor, ehrlich zu sein."

Kurz huschten Skys Augen über ihre miteinander verschränkten Finger. Röte stieg in seine Wangen, seine Atmung veränderte sich, beschleunigte sich ein wenig. „Aber ... du bist ... und ich bin nur ..."

Entschlossen schüttelte Mal den Kopf, spürte dabei wie seine eigenen blonden Haare leicht mitwippten. „Sag das nicht so abwertend. Du bist ein Omega, ja, und zudem genau soviel Wert, wie ich oder jeder andere. Wir sind gleich. Wir sind Wandler. Warum solltest du nicht ehrlich sein dürfen?“

„Die Welt sieht das anders.“, wisperte Sky voller Unsicherheit in den großen Augen.

„Die Welt ist mir sowas von egal. Ich will bloß, dass du keine Angst haben musst, mir deine Gedanken zu sagen und vor allem, sollst du dich nicht in ein Schicksal ergeben, das du nicht haben möchtest. Du willst das doch nicht, oder? Also, Silas, meine ich.“ Selbst er konnte die eigene Unsicherheit in seinen letzten Worten hören, was völlig untypisch für den Blonden war.

Komplett aus dem Nichts lehnte Sky sich vor, überwand den noch fehlenden Abstand zwischen ihnen und drückte Mal einen Kuss auf die Lippen. Verdutzt verharrte der Alpha bewegungslos. Das war das Letzte, womit er gerechnet hatte. Während er versuchte, diese Wendung zu realisieren, entfernte sich Sky sofort wieder und blickte völlig erschüttert auf seinen Schoß.

„Es ... es tut mir leid ...“, brachte er atemlos heraus, seine Wangen glühten.

„Sky ...“, flüsterte Mal heiser, sein eigenes Herz viel zu laut in seinen Ohren. Hunderte Schmetterlinge tanzten vor Glück in seinem Bauch und hätten mit Sicherheit die Macht dazu besessen, ihn in die Lüfte zu tragen, wenn er es zugelassen hätte. Statt das zu tun, beugte er sich zu Sky und stoppte mit dem Gesicht nur wenige Zentimeter vor seinem. Behutsam hob er dessen Kinn mit einem Finger. „Sieh mich an Sky, bitte ...“

Sky verharrte nur kurz, ehe er den Blick hob und ihre Augen sich auf gleicher Höhe begegneten.

„Ich werde dich nun küssen. Ist das in Ordnung?“, hauchte Mal, der sich kaum zurückhalten konnte, Skys Lippen erneut auf den eigenen zu spüren und ihn zu schmecken. Zu seiner Freude nickte Sky und das war ausreichend. Mal legte seine Lippen auf Skys und küsste ihn sanft. Ihre Lippen bewegten sich zärtlich gegeneinander, dabei übte Mal immer ein klein wenig mehr Druck aus und schwebte auf einer Woge des Glücks. So hatte er sich noch nie gefühlt. Solche Empfindungen nie erlebt und glaubte, vor Freude platzen zu müssen.

Verlangen nach mehr erwachte, er spürte es im sehnlichen Ziehen seines Unterleibs und ließ seine Zunge hervorblitzen. Er neckte die Lippen seines Gegenübers und drängte sie ein wenig auseinander. Sky verstand und öffnete sich seinem Drängen. Sofort schob Mal seine Zunge in seinen Mund und umspielte die warme Zunge von Sky. Jeden noch so kleinen Winkel erforschte er und fühlte sich benebelt. Er zog Sky fester an sich, spürte den zarten Körper, der sich an seinen schmiegte und wusste mit einer Gewissheit, dass nichts, kein Kuss der Welt, diesem jemals gleichkommen würde. Es würde immer nur Sky sein, der diese Gefühle in ihm auslösen konnte.

„Sie müssen sich hinsetzen, Sir.“ Die Stimme der Stewardess holte ihn aus der Erinnerung zurück. Eine Erinnerung, die er wie einen Schatz in seinem Herzen trug. Er riss seine Augen von Noa los und setzte sich wieder auf seinen Platz.

Kapitel 9

Noa

Noch immer ein wenig müde, folgte ich Malcolm durch die Räumlichkeiten der riesigen Hotelsuite. Er öffnete eine Tür, die aus dem Wohnraum in ein großzügiges Schlafzimmer führte und wandte sich mir zu. „Das hier ist dein Zimmer. Es sollte ein eigenes Bad haben."

„Okay. Und wo ist dein Zimmer? Also, du schläfst doch nicht im Wohnzimmer auf dem Sofa oder so.", stammelte ich mehr oder weniger. Ich hatte absolut nicht damit gerechnet, in einer Suite mit ihm zu landen, noch dazu einer, mit einer ausladenden Dachterrasse, die sogar einen Whirlpool besaß.

Ein überhebliches Lächeln stahl sich auf sein Gesicht. „Deine Sorge rührt mich, aber nein. Ich muss nicht auf dem Sofa schlafen. Diese Suite hat zwei weitere Schlafzimmer, daher wird es kein Problem sein, ein Bett zu finden."

„Ich habe mich nicht gesorgt.", murmelte ich und lief an ihm vorbei in das Zimmer, deren Tür er noch immer für mich offen hielt. Neben einem großen Doppelbett mit weißer Bettwäsche, einem Kleiderschrank, einem Schreibtisch mit Sessel besaß das Zimmer eine integrierte Dusche mit Ausblick auf die Hochhäuser der Stadt. Die Duschkabine war vollkommen verglast, sodass ein weiterer Gast des Zimmers ein höchst freizügiges Erlebnis genießen konnte, wenn er es wollte. Ein Glück befand sich die Toilette in einem weiteren kleinen Raum mit einer Tür.

„Du kannst dich umziehen und ein wenig ausruhen. Ich habe ein paar Sandwiches bestellt und um siebzehn Uhr solltest du dann fertig sein.“, kam es sachlich von Malcolm, der im Begriff war, die Tür zu schließen. Ich hielt ihn kurz auf, indem ich die Tür ergriff.

„Muss ich dafür etwas Bestimmtes wissen? Oder irgendwas dazu beitragen?“

Malcolm sah mich einen Moment nachdenklich an. „Nein. Sei nur freundlich und hör einfach zu. Das ist für dich lediglich ein neuer Erfahrungsbereich, der dein Praktikum bereichern soll.“

„Okay. Dann bis später.“

Obwohl ich heute Morgen bereits geduscht hatte, wollte ich mir den Staub und die Müdigkeit durch eine warme Dusche wegwaschen und so schälte ich mich aus meinen Klamotten und betrat die gläserne Duschkabine. Sie war ebenerdig und mit großen schwarzen Granitplatten gefliest. Das warme Wasser war eine Wohltat und entspannte mich bis zu einem bestimmten Punkt, denn plötzlich schweiften meine Gedanken zu Malcolm und seinen intensiven grünen Augen. Nicht nur das. Ich fragte mich, wie sein Körper ohne seine einengenden Kleidungsstücke aussehen mochte. War jeder Zentimeter seines Körpers mit Tattoos übersät oder nur Arme und Brust? Bisher war dies kein Punkt gewesen, der mich angezogen hatte, aber bei Malcolm sah die Sache anders aus. Ich stellte mir vor, wie ich mit den Fingern über seinen ausgeprägten Waschbrettbauch rieb und jede Unebenheit nachzeichnete und mich schließlich vor ihn kniete und den Gürtel seiner Hose öffnete.

Mein Glied füllte sich mit Blut und richtete sich unvermittelt auf. Mit einer Hand stützte ich mich an der Wand ab und umschloss mit der anderen meine pulsierende Länge. Ich bewegte die Hand sachte auf und ab, umkreiste die Eichel und rieb sie fester in meiner Handinnenfläche. Meine Knie wurden weich, als ich mir vorstellte, wie mir die harte Erektion von Malcolm entgegensprang, nachdem ich ihm Hose und Unterhose heruntergezogen hatte. Ich leckte mir über die Lippen, sah deutlich vor mir, wie ich mit der Zunge über sein Glied leckte und es in meinen Mund nahm, dabei konnte ich es nicht einmal ganz in mir aufnehmen, da es so groß und dick war.

Der Wasserstrahl der Dusche benetzte weiterhin meinen Körper. Mit ein wenig Duschgel, das ich in der Hand verteilte, rieb ich immer schneller über meine eigene Erektion, die Augen hielt ich geschlossen, meine Atmung wurde schneller und immer kürzer, bis die Knie beinahe nachgaben und ich mich stöhnend in meine eigene Hand ergoss. Die Gedanken dabei ständig bei der stattlichen Länge eines gewissen Alphas.

Außer Atem öffnete ich die Augen und schämte mich beinahe sofort für diese Gedanken, die ich über meinen Chef gehabt hatte. Nicht nur das. Ich hatte mir mit den Gedanken an seine Erektion einen runtergeholt. Das war viel zu peinlich. Wie sollte ich ihm denn wieder in die Augen sehen, ohne mir vorzustellen, was ich gerade getan hatte?

Durcheinander verließ ich die Dusche und wickelte mich in ein weiches weißes und übergroßes Handtuch. „Das kann ja heiter werden Noa. Ganz ehrlich.“, murmelte ich und schlüpfte in eine schlichte Jogginghose und einem Tanktop. Mein Magen knurrte und bevor ich mich für den Abend fertig machen würde, wollte ich doch noch ein Sandwich essen und einen kleinen Abstecher auf die Dachterrasse machen.

So verließ ich das Zimmer, spürte die Nachwehen des Orgasmus, der mich entspannt hatte noch immer und auch die glühenden Wangen. Auf dem Tisch im Wohnzimmer fand ich eine Platte mit Obst und mehreren Sandwiches. Ich griff nach einem mit ordentlich viel Mozzarella und erwartete beinahe, Malcolm anzutreffen. Das geschah jedoch nicht. In der Nähe hörte ich das Rauschen einer Dusche und errötete noch mehr, denn ich stellte mir vor, wie er genau das gleiche tat, wie ich ein paar Minuten früher.

Kopfschüttelnd und mich innerlich tadelnd, öffnete ich die Schiebetür und betrat die Dachterrasse. Ein paar riesige Pflanzen in angelegten Beeten vermittelten das Gefühl, beinahe in einem richtigen Garten zu sein. Sie waren allesamt für den Sommer geeignet. Darunter ein Zitronenbaum und mehrere mittelgroße Palmen verschiedenster Arten. Ich konnte sogar Vögel zwitschern hören, während ich umher spazierte und mein Sandwich verspeiste.

Gerade als ich mich hinsetzen wollte, drang ein Vogelschrei, der mehr einem hilflosen Piepsen glich, an meine Ohren. Sofort machte ich mich auf die Suche nach dem Ursprung und schob einige Zweige von Büschen zur Seite, um selbst in das großflächige Beet zu steigen. Auf den Knien krabbelte ich vorwärts, bis ich unter einer Palme einen kleinen Vogel fand, der noch beinahe nackt war und verzweifelt nach seiner Mutter schrie. Leider lag diese nicht weit davon entfernt. Allerdings bewegte sie sich nicht mehr, nur konnte ich mir nicht erklären, was mit ihr geschehen war. Hier oben fand man sicher keine Katze.

„Och du armes kleines Vögelchen.“, flüsterte ich, wie um das Kleine nicht zu erschrecken, doch es schrie weiterhin und nur noch lauter. Ich warf einen Blick nach oben, um das Nest ausfindig zu machen, denn es musste dort herausgefallen sein, aber das war eigentlich auch sinnlos, wenn die Mutter tot war. Ohne weiter darüber nachzudenken, zog ich mir das Top über den Kopf, denn ich wollte das Kleine wärmen, und bettete es in mein zusammengeknülltes Top. „Keine Sorge Hope, ich pass auf dich auf." Rückwärts kroch ich aus dem Beet heraus.

„Was machst du denn da?"

Ich erstarrte auf der Stelle. Mein Herz schlug schneller, doch ich fing mich wieder und krabbelte gänzlich aus dem Beet heraus, das Vögelchen an meine Brust gedrückt. „Musst du dich so anschleichen? Ich habe beinahe einen Herzinfarkt bekommen."

Vor Malcolm richtete ich mich auf und hätte mich beinahe an meiner eigenen Spucke verschluckt, als ich ihn lediglich in einer Badehose vor mir stehen sah, die Arme hatte er vor der Brust verschränkt und musterte mich skeptisch.

„Ich habe mich nicht angeschlichen, aber ich stampfe beim Laufen auch nicht wie ein Pferd. Also. Was tust du in den Beeten?"

Ich wagte es kaum, meine Augen von seinem Gesicht zu nehmen, da ich nicht wusste, was ich dann tun würde. Dennoch schaffte ich, es nicht lange durchzuhalten, und bekam ganz weiche Knie, denn der Mann hatte einen Oberkörper, der gemeißelt hätte sein können. Er bestand aus definierten Muskeln, die allerdings nicht aufgepumpt wirkten. Arme, Hände, Hals und ein Teil seiner Brust, waren tättowiert. Unzählige kleinere und größere Kunstwerke zierten seinen wundervoll maskulinen Körper. Wahrscheinlich hätte ich stundenlang damit zubringen können, jedes einzelne Bild zu betrachten und die Geschichte dahinter zu erfragen.

Um ihn von meinem offensichtlichen Starren abzulenken, hielt ich ihm das kleine Bündel unter die Nase und wurde mir bewusst, dass auch ich oberkörperfrei vor ihm stand und das merkte ich eigentlich eher daran, da Malcolm statt das Bündel, mich musterte. In seinen Augen lag etwas Dunkles, Verborgenes und ich fragte mich, was er sah, wenn er mich anblickte.

„Ich habe ein Vogelbaby gefunden.“, sagte ich und räusperte mich, weil meine Stimme sich ganz belegt anhörte.

„Ein Vogelbaby? Und was willst du damit?“ Er blickte noch immer nicht das Tier an, sondern streichelte meinen schmalen Oberkörper mit seinen Augen. Ich war nicht so definiert wie er, doch besaß ich durch mein Tanzen, ein wenig Muskulatur, die sich leicht unter der Haut abzeichnete.

„Na ich will es versorgen. Ich kann es nicht da liegen lassen.“ Da er es ohnehin kaum beachtete, zog ich es wieder an meine Brust heran.

„Leg es doch wieder ins Nest zurück. Seine Mutter wird es schon suchen.“

Ich schüttelte den Kopf. „Sie ist tot. Wir sind die Einzigen, die Hope noch helfen können.“

Er zog eine Braue hoch. „Hope? Es hat schon einen Namen?“

„Natürlich. Ich kann es doch nicht einfach Vogel nennen. Das wäre traurig.“

Malcolm rollte die Augen. „Natürlich. Und was hast du jetzt damit vor? Du willst wohl sicher nicht auf Wurmsuche gehen.“

„Erstmal bringe ich es in mein Zimmer, dann frage ich das Internet, was wir tun können.“

„Wir?“

„Naja, ich dachte ... wir könnten uns abwechseln. Immerhin muss es alle paar Stunden gefüttert werden, wenn ich das richtig im Gedächtnis habe.“

„Ich sage das nur ungern, aber der, also ich meine, Hope, wird es sicher nicht überleben.“

„Das ist nicht sehr feinfühlig von dir. Es besteht immer eine kleine Hoffnung und es ist besser, es zumindest zu versuchen."

Malcolm griff nach seinem Handy, das auf einem kleinen Tisch neben einer Liege lag und tippte etwas ein.

„Was machst du?", fragte ich und wandte mich bereits zum Gehen, da ich für Hope ein kleines warmes Nest in meinem Zimmer bauen wollte.

Der Alpha hielt mir sein iPhone unter die Nase. „Wenn ich mich nicht gänzlich irre, handelt es sich um einen Spatz. Was meinst du?"

Sofort nickte ich. „Ja. Die Mama ist jedenfalls einer gewesen." In meiner Brust stieg Wärme auf und breitete sich in meinem Körper aus. Es war so nett von Malcolm, sich mit meinem Problem herumzuschlagen, dabei hatte ich bis eben angenommen, dass er noch nicht einmal ein Auge auf den Vogel geworfen hatte.

Der attraktive Alpha las laut vor. „Wenn das Vogelbaby bereits einige Federn hat, kann das Überleben etwas wahrscheinlicher sein, allerdings sollte es jede halbe Stunde bis Stunde gefüttert werden. Am besten eignen sich tote Fliegen und Insekten, die mit einer Pinzette verfüttert werden. Allerdings sollte diese nicht scharfkantig sein, um das Vögelchen nicht zu verletzen."

Freudig drückte ich das kleine Bündel an meine Brust, sorgsam darauf bedacht, es nicht zu erdrücken, aber genug Wärme zu spenden. „Na siehst du? Es kann überleben."

Malcolm wirkte noch immer skeptisch und runzelte die Stirn. „Und wie willst du an Insekten kommen? Hier sieht es nicht unbedingt nach einem Paradies für sie aus."

„Warte kurz. Ich bin gleich zurück.“ Mit Hope in den Armen eilte ich in die Suite zurück und in mein Zimmer. Zwischen Kissen und Decke legte ich das Vogelkind in meinem Tanktop ab. Warm genug müsste er es haben. Schließlich ging ich zurück ins Wohnzimmer, schnappte mir ein Brötchen mit Schinken und eines mit Salami. Beide nahm ich mit nach draußen und legte sie ohne die Brotscheiben auf einen Teller neben Malcolms Handy ab.

Malcolm

„Und was soll das werden?“, richtete ich die Frage an den schönen Omega, der meiner etwas harschen Worte leicht zusammenzuckte. Hatte er etwa nicht bemerkt, dass ich im Whirlpool saß?

Unsicher hob er den Blick und sah mich an. Die Wangen waren gerötet. Er versuchte, seine Scheu zu überspielen, und zuckte mit einer schmalen Schulter. „Na ja. Ich gehe auf die Jagd.“

Es fiel mir gar nicht so leicht, ernst zu bleiben und nicht zu schmunzeln. „Auf die Jagd also. Verstehe.“

Noa nickte, dabei saugte er seine Lippen in den Mund. Ich konnte meine Augen kaum von ihm lösen. Er war unglaublich sexy in dieser einfachen weißen Jogginghose, die ziemlich tief auf der Hüfte saß und die Beckenknochen preisgab. Auch sein nackter Oberkörper war ein Anblick der mich in andere Gefilde trieb. Meine Erektion war kaum zu verbergen gewesen, daher war ich schnell in den Pool gestiegen, während er den Vogel weggebracht hatte. Ich brauchte nicht einmal nachzufragen, wo er ihn hingelegt hatte. Garantiert irgendwo in seinem Zimmer. Seine Sorge um das Vogelkind versetzte mit in Erstaunen. So mitfühlend hätte ich ihn nicht eingeschätzt, gerade als verwöhntes Söhnchen eines Richters, aber vielleicht war ich auch viel zu sehr auf der Suche nach negativen Seiten gewesen. So war es immerhin leichter, den Jungen gehen zu lassen und keine Annäherungsversuche zu wagen, denn das wäre fatal. Ich konnte nichts mit ihm anfangen, ganz gleich, wie sehr mein Körper oder meine Alphaseite dies ersehnte. Nur der Erinnerung an eine längst verlorene Liebe sorgte für meine verwirrten Gefühle. Ich meine, Noa war nicht Sky. Würde niemals er sein. Das war nicht möglich und mein Herz würde nie einem anderen gehören.

„Willst du auch in den Pool kommen?“, fragte ich aus unerfindlichen Gründen und hätte mir am liebsten auf die Zunge gebissen. Wieso fragte ich denn sowas Dummes? Ich wollte seine Nähe vermeiden und nicht herausfordern.

Dies schien selbst Noa etwas zu weit zu gehen, denn einen kurzen Moment weiteten sich seine Augen, während er den Blick über meinen Oberkörper gleiten ließ. Noch roter konnte sein Gesicht kaum werden, ging mir durch den Kopf. Es war ihm deutlich anzusehen, dass er wenig Erfahrung mit anderen Männern hatte. Das machte schon allein seine Reaktion auf meine halbnackte Erscheinung klar.

Ungewollt wanderte mein Blick zu seinen zarten rosa Nippeln, deren kleine Perlen leicht aufgerichtet waren und in mir Gedanken und Wünsche weckten, die ich nicht hegen sollte.

„Ähm ... nein ... ich ... ich muss doch auf die Jagd gehen.“ Noa griff nach einer Zeitschrift, die auf einem weiteren Tischchen lag und rollte sie zusammen. Damit stellte er sich neben den Sandwiches auf die Lauer.

Obwohl ich erleichtert hätte sein sollen, kam ich nicht gegen das enttäuschte Ziehen in meinem Körper an. „Oh ja. Stimmt. Das hatte ich bereits vergessen.“ Ich stieß die Luft hörbar aus und schloss die Augen, damit ich ihn nicht weiter mit den Blicken vernaschen konnte, denn das war es, was ich gerade am liebsten getan hätte. Was war nur aus dem Vorsatz geworden, ihn auf dieser Reise dazu zu bringen, das Praktikum hinzuschmeißen? Aber vielleicht war es genau das, was es brauchte. Wenn ich ihm zu nahe käme, würde er dann die Flucht ergreifen?

Bitter verkniff ich mir ein hartes Lachen. Das war genau das, was ich nie tun würde. Ich würde mich niemals einem Omega nähern oder gar aufdrängen. Nicht einmal, um ihn zu verschrecken und loszuwerden. Zudem war mir beinahe klar, dass ich mir damit selbst eine Falle stellen würde, denn ich war mir nicht sicher, ob ich von ihm lassen konnte, wenn ich einmal seine süßen Lippen gekostet hatte.

Ein lautes Klatschen, was wohl von der Jagd des Omegas stammt, ließ mich die Augen lässig öffnen. Zufrieden lehnte Noa über den Tisch und schob sich ein Insekt mit der Spitze eines Fingers zur Seite. „Ja! Das ist leichter als gedacht.“, kam es freudig von ihm.

„Nur so eine Frage, aber hast du eine Pinzette?“
Noa blieb weiterhin konzentriert und wartete auf weitere Opfer. „Natürlich habe ich eine Pinzette. Du etwa nicht?“

„Daheim bestimmt, aber die schleppe ich nicht überall hin mit.“

„Ich schon. Selbst wenn ich die Augenbrauen nicht zupfen muss. Man muss auf alles vorbereitet sein.“

Kapitel 10

Malcolm

„Sicher, dass ich passend angezogen bin? Ich will dich nicht in Verlegenheit bringen." Bestimmt zum fünften Mal in der letzten halben Stunde, stellte Noa mir die gleiche Frage. Der Fahrer der Limousine blickte uns durch den Innenspiegel entgegen, sein Blick haftete dabei viel eher an dem Omega, der mehr als passend angezogen war. Er sah zum Anbeißen aus in den weißen Chinos, die er an den Knöcheln ein Stück nach oben gerollt hatte, und dem schlichten hellblauen Hemd, dessen oberste Knöpfe offengelassen waren. Passend dazu, hatte er ein hellbraunes Lederarmband und einen Gürtel in der gleichen Farbe gewählt.

„Ganz sicher. Es ist zwar ein Geschäftsessen, doch es geht eher um das Anstoßen und Feiern des Geschäftsabschlusses, also nicht so steif.

Noa warf mir einen skeptischen Blick zu, hob dabei einen Mundwinkel an. „Du bist aber viel schicker, mit dem Jackett. Du hättest es mir sagen müssen."

Ich selbst hätte mein Outfit nicht unbedingt zu den schicken Sachen meiner Garderobe gezählt. Zwar trug ich eine grob karierte Stoffhose in Blautönen, ein weißes Hemd und dazu ein dunkelblaues Jackett, aber ich fühlte mich nicht overdressed, wie Noa es wohl gerade empfand. „Hätte es einen Grund gegeben, hätte ich es dir mitgeteilt und jetzt entspann dich. So neu kann das alles doch gar nicht für dich sein."

„Doch. Das ist es."

„Hat dein Vater dich nie zu irgendwelchen öffentlichen Essen mitgenommen? Er ist immerhin ein Star-Richter mit hoher Bekanntheit."

Er schüttelte leicht beklommen den Kopf. „Eigentlich nicht. Ich ... ich durfte nicht viel aus dem Haus." Seine letzte Aussage hinterließ einen bitteren Nachgeschmack.

„Keine Geschäftsessen also."

„Nein, aber ... um ehrlich zu sein, konnte ich damit ganz gut leben. Das ist wirklich nicht meine Welt." Noa griff nach der kleinen Bauchtasche, die zwischen uns auf dem Sitz lag und platzierte sie auf seinen Schoß. Er schob ein Stück Stoff zur Seite und offenbarte den kleinen Vogel, der gerade die Augen geschlossen hatte. Kein Wunder, bei den Mengen, die er vor keiner halben Stunde zu sich genommen hatte. Ich würde es nicht zugeben, doch Noa bei der sorgsamen Fütterung des kleinen Vogels zu beobachten, hatte etwas. Es war faszinierend gewesen. Tatsächlich konnte ich mir gut vorstellen, wie er mit eigenen Kindern umgehen würde und diese Vorstellung löste ein ungekanntes Sehnen in mir aus. Etwas, womit ich lange schon abgeschlossen hatte.

„Deine Welt ist eine andere, was?"

Behutsam strich er dem gefiederten Wesen über den kleinen Kopf, seine Gedanken schienen dabei weit weg zu sein. „Um ehrlich zu sein, ja. Vater will eigentlich, dass ich mich demnächst binde ... aus heiterem Himmel ... aber ..."

Sofort fiel ich ihm ins Wort. „Gibt es da jemanden, den du liebst?" Mein Herz schlug ganz schnell, dabei sollte mir das alles gleichgültig sein.

Ein trauriges Lächeln erschien auf seinem Gesicht. „Nein."

„Und was erwartet er dann? Dass du dir schnell einen Kerl suchst oder was?“ Leider erinnerten mich seine Worte viel zu sehr an die Vergangenheit. An das unbestimmte Leben eines Anderen und das tat weh. Mehr, als es nach so vielen Jahren eigentlich sollte.

Noa schüttelte bedauernd den Kopf. „Das ist nicht wichtig. Wirklich nicht. Mich macht es eher traurig, dass ich dann meinen eigenen Traum begraben muss.“

„Du meinst, das Tanzen.“

Er hob den Kopf und unsere Blicke trafen sich. Dies war ein Moment, der mir bewusst machte, wie tief ich mich bereits in seinen unwiderstehlichen Fängen befand. Wenn ich nicht schleunigst etwas dagegen unternahm, würde ich ihm verfallen, ob ich es wollte oder nicht und ich wollte es auf keinen Fall. Ich wollte keinen Ersatz für meine große Liebe. Niemand konnte diesen Platz einnehmen.

„Wir sind da, Sir.“, verkündete der Fahrer und hielt direkt vor dem Eingang des Restaurants an.

„Gut. Warten Sie in der Lobby für die Rückfahrt.“

„Ja, Sir.“ Der Fahrer stieg aus dem Auto und öffnete mir die Tür.

Nachdem ich ausgestiegen war, lehnte ich mich ein Stück vor und hielt Noa die Hand hin. Er überraschte mich, indem er sie lediglich betrachtete, jedoch nicht zur Stütze nahm und alleine ausstieg. Ich verkniff mir ein kleines Lachen. Es gefiel mir ausgesprochen gut, dass er versuchte, selbständig zu sein und nicht auf einen Alpha angewiesen sein wollte.

Die Bauchtasche um die Schulter gegurtet, lief er neben mir her in das Sternerestaurant. Tische mit weißen Tischdecken, Kristallgläser, Vasen mit weißen Rosen und je eine einzelne schmale Kerze, schmückten jeden einzelnen Tisch. Ein großer Kristalllüster strahlte von der Decke auf uns herab. Klassische Musik auf dem Klavier ertönte und sorgte für eine entspannte Stimmung.

Beinahe jeder einzelne Tisch war belegt und nicht wenige Köpfe drehten sich nach uns um, während ein Kellner in Livre uns zu einem Sechser-Tisch führte, der noch völlig unbesetzt war.

„Ich denke, du hättest den Vogel im Zimmer lassen sollen, oder zumindest im Auto.“, merkte ich an, wobei mir klar war, dass diese Aussage unnötig war. Er hätte sich eher gegen das Essen ausgesprochen, statt den Vogel zurückzulassen.

„Hope muss gefüttert werden.“ Die Bauchtasche ließ er die ganze Zeit über umgehängt, statt wie angenommen, einfach zur Seite zu legen.

„Aber du kannst sie doch nicht mitten unter den Gästen füttern.“

Noa legte den Kopf schief und betrachtete mich, als ob ich Tomaten auf den Augen hätte. „Wozu gibt es ein Badezimmer? Oder hat dieses fancy Restaurant, sowas nicht zu bieten?“

„Ja, ja. Schon gut.“ Ich verstand selbst nicht, wie dieser offensichtliche Rollentausch zustande gekommen war, denn es war so. Noa schien sich absolut nicht mehr in meiner Gegenwart zurückzuhalten. Gut, das hatte bereits Mitte der letzten Woche begonnen, aber nun war seine Zurückhaltung gänzlich verschwunden. Auch wenn ich es nicht ansprechen würde, es erfüllte mich mit Freude, dass er sich nicht vor mir fürchtete.

„Malcolm, mein Guter. Wie gut, dich zu sehen.“, sagte der Alpha Christian Monroe, der in Begleitung seines Bruders Paul, eines Betas war und mir die Hand zur Begrüßung hinhielt. Ich stand auf und schüttelte sie.

„Das kann ich nur zurückgeben. Es ist höchste Zeit gewesen.“, meinte ich und wandte mich nun auch Paul zu.

„Bei solch wunderbaren Ergebnissen, ist es das Mindeste, dies hiermit abzuschließen, meinst du nicht?“

„Aber natürlich. Auch wenn ich nicht so ganz der Partytyp bin.“

Christian klopfte mir freundschaftlich auf den Rücken. „Das ist mir bewusst. Aber was nicht ist, kann ja noch werden. Du bist zu jung, um nur zu arbeiten.“

„Und wen hast du uns hier mitgebracht?“, kam es von Paul, der sich Noa zugewandt hatte und ihm die Hand auffordernd hinhielt. Noa schluckte sichtlich, erhob sich jedoch, dabei lugte der kleine Kopf des Vogels aus der Bauchtasche hervor.

„Ich bin Noa. Malcolms Praktikant und momentan wohl eher Assistent.“

Paul schüttelte lächelnd seine Hand. „Nun werden Praktikanten auch noch als Assistenten ausgenutzt. Ai, ai, ai, Malcolm.“

„Oh komm schon Paul. Bei solch einem schönen Praktikanten, hätte selbst ich, eine Ausnahme gemacht.“, mischte sich nun Christian ein, der seinen Bruder gekonnt zur Seite schob und Noas Hand ergriff. „Ich bin Christian Monroe und äußerst entzückt, Noa.“

„Freut mich ebenfalls.“

„Wie ich sehe, bist du ebenfalls in Begleitung, kleiner Noa.“ Christian deutete auf Hope und Noa errötete sofort, was bezaubernd aussah.

„Das ist Hope, unser kleines Pflegekind.“

Verwundert und mit hochgezogener Braue drehte sich der rothaarige Alpha in den Vierzigern zu mir um. „Na so was. Euer Pflegekind. Ist da doch mehr, als du uns weiszumachen versuchst?“

„Nicht dass ich wüsste. Du weißt sehr gut, dass Omegas und ich nicht zueinander passen.“

Er lehnte sich vertraulich zu mir. „Bei solch einem Omega, würde selbst ich eine Ausnahme machen.“

„Du bist verheiratet Christian. Wo wir gerade dabei sind. Wo ist sie denn?“

„Sie fühlt sich nicht gut, lässt dir jedoch liebe Grüße ausrichten.“

„Oh. Da kommen die letzten beiden Gäste.“, merkte ich an und musste bereits lächeln, als ich von Max angestrahlt wurde, der mit seinem Vater an unseren Tisch geleitet wurde. Für seine Verhältnisse war der überaus extrovertierte Magier, relativ züchtig gekleidet. Kein bisschen Haut lugte unter seinem pinken Hemd hervor, was ich schon recht bedauerlich fand. Dennoch kam ich nicht umhin, festzustellen, wie gut die schwarze Stoffhose saß und seinen Körper an den richtigen Stellen betonte.

Neben mir entschlüpfte Noa ein kleines und äußerst überraschtes „Oh“, das ich nicht so ganz interpretieren konnte, gerade auch nicht die Zeit hatte, da sich Max freundschaftlich in meine Arme warf. Sein Vater, Sir Maxwell Carters der Dritte, wusste nichts von unserer Affäre. Von Verbindungen zwischen Wandlern und Magiern hielt er wenig. Er war Magier durch und durch und wollte das in seiner Familie auch so behalten.

„Dein Kleiner sieht ganz schön überrascht aus, mich zu sehen. Sag bloß, du hast es ihm nicht gesagt.“, flüsterte Max an meinem Ohr und grinste schließlich spöttisch.

Ich warf Noa einen kurzen Seitenblick zu und musste Max zustimmen. Noa sah tatsächlich etwas angefressen aus, warum das allerdings so war, konnte ich mir nicht erklären. Max hatte ihm nichts getan und war nur nett gewesen.

„Na, na. Wer wird denn die feinen Sitten vergessen Max. So, begrüßt man sich doch nicht in einem Restaurant.“, tadelte sein Vater, dessen Gesicht runzlig wie eine Rosine war. Seine grauen Haare waren sorgsam nach hinten gekämmt und offenbarten die tiefen Geheimratsecken, während seine dunklen Augen tief eingefallen waren und beinahe schwarz wirkten.

„Herr Carters, wir sind gute Freunde, da wird sich sicher keiner an einer Umarmung stören.“, sagte ich und hielt nun auch ihm die Hand zur Begrüßung hin.

„Hallo süßer Noa. Schön dich zu sehen.“, hörte ich Max, der nun auch Noa in eine kleine Umarmung zog und ihn somit sicherlich völlig verunsicherte. Als ich die beiden betrachtete, musste ich mir ein Lachen unterdrücken, denn Noa wirkte tatsächlich völlig perplex.

„Hallo ...“

Allesamt nahmen wieder Platz, wobei Max es sich nicht nehmen ließ, direkt neben mir zu sitzen, und somit war ich zwischen Noa und ihm eingekeilt. Maxwell musterte Noa mit einem Mal ziemlich skeptisch. „Seit wann ist es gesellschaftsfähig, Omegas zu solchen Terminen mitzubringen?“

„Vater!“, stieß Max sichtlich entsetzt aus, doch ich legte beschwichtigend die Hand auf seine. Noa neben mir zuckte aufgrund der harschen Worte leicht zusammen und senkte sofort den Blick.

„Ich denke, wir sind inzwischen einige Generationen weiter gekommen und hängen nicht mehr im Mittelalter, oder was denkst du Maxwell?“

„Dennoch. Sie sind nicht für solche Geschäfte geschaffen, das weiß selbst einer aus meinen Kreisen.“

„Also ich sehe das nicht so. Ich finde, Omegas sollten alles tun können, was andere auch dürfen. Nur weil sie zart sind, zerbrechen sie nicht gleich.“, kam es von Christian, der Noa aufmunternd anlächelte, allerdings bekam dieser es wohl nicht wirklich mit, denn er hielt das Gesicht weiterhin gesenkt.

„Das mag schon stimmen, dennoch konnte ich bisher immer beobachten, wie sie mit ihrer bloßen Anwesenheit für Unruhe gesorgt haben. Dabei mag die Schuld nicht von ihnen ausgehen, doch Alphas sind triebgesteuert und können sich schwerlich zurückhalten. Nichts gegen euch beide. Das sind meine Erfahrungen.“ Maxwell hielt meinem Blick eisern stand, gleichzeitig kämpfte ich mit meinem Wunsch, für die Omegas und vor allem, für Noa einzustehen. Leider war das nicht so einfach, denn auf der einen Seite hatte der Mann sogar recht. Die meisten Alphas gerieten völlig aus der Bahn, wenn sie einem Omega gegenüberstanden. Womöglich lag es inzwischen daran, dass es nur noch wenige in unserer Gesellschaft gab, oder aber auch an ihrem teils unwiderstehlichen Duft.

„Die Männer sind ihren Trieben doch nicht komplett ausgeliefert Papa. Ein Mann wird sich doch wohl zurückhalten können und nicht zum Tier werden, bloß weil ein schöner junger Mann in der Nähe ist.“

Zustimmend nickte Christian und hob sein Weinglas. „Da kann ich dir nur Recht geben, mein Lieber. Auf dich und Noa. Und natürlich, auf den erfolgreichen Geschäftsabschluss, den wir einzig unserem guten Malcolm zu verdanken haben.“

Alle Anwesenden hoben ihre Gläser. Selbst Noa prostete mir zu.

So verlief das Gespräch eine ganze Weile bis wir uns auf die eigentlichen Themen konzentrierten und über den erfolgreichen Geschäftsabschluss und die Schritte, die dazu geführt hatten, redeten. Derweil lauschte Noa offensichtlich nur mit einem Ohr, er war viel mehr auf Hope konzentriert. Immer

wieder strich er ihm gedankenverloren über den Rücken, versuchte jedoch, das Tier vor den Augen der anderen zu verbergen. Mir war klar, sollte Maxwell auch das mitbekommen, hätte er erneut etwas auszusetzen.
Immer wieder fielen mir einige Alphas unangenehm auf, die die Köpfe zusammensteckten und Noa anzügliche Blicke zuwarfen. Manche Augenpaare leuchteten sogar für wenige Augenblicke rot auf.

„Was haltet ihr davon?", fragte Paul abwartend.

„Was? Ich war kurz abgelenkt.", gestand ich und spürte sofort die Hand von Max auf meinem Oberschenkel. Irgendwie fühlte sich das jedoch nicht wie immer an. Etwas war anders und nicht so verlockend wie bisher, den Grund dafür verstand ich allerdings nicht. Selbst als er die Hand weiter nach oben und meinem Glied entgegenwandern ließ, regte sich nicht viel in meiner Hose. Ich ergriff seine Hand und hielt ihn auf, ehe er mein Glied erreichen konnte. Max lehnte sich ein Stück zu mir herüber und flüsterte. „So uninteressiert?"
Statt auf ihn einzugehen, rollte ich mit den Augen und konzentrierte mich auf Paul, der bis über beide Ohren grinste und so wirkte, als ob er genau wüsste, was gerade unter dem Tisch geschah. „Ich fragte, ob wir morgen zum Abschluss in einen Club gehen wollen. Das wäre doch perfekt und Noa hätte gewiss Spaß daran."

„Ich glaube kaum, dass dort Ballett getanzt wird.", sagte ich spöttisch und bereute es sofort, als ich Noas Blick auffing.

„Keine Bange, ich werde euch nicht begleiten und somit keine Pirouetten um dich herum tanzen.", schoss Noa schnippisch zurück. Warum ich diesen blöden Spruch überhaupt abgelassen hatte, konnte ich mir nicht erklären.

„Ach nein. Du musst uns begleiten. Ich will doch nicht mit irgendwelchen Alphas tanzen, Noa. Mit dir wäre ich der Star des Abends.“, beharrte Paul weiterhin und sein penetrantes Verhalten missfiel mir gerade ziemlich. Was erwartete er denn von Noa? Er war nicht zu haben.

Noa

Ich war das Letzte. Die Gedanken, die ich gerade für Max hegte, waren nicht gerade freundlich und das machte mir zu schaffen, immerhin war er bisher nur nett zu mir gewesen. Der Dolch der in meinem Magen steckte und darin rumorte, war dennoch schwer zu ignorieren. Wieso hatte Malcolm es nicht für nötig gehalten, mir von Max Teilnahme am Essen zu erzählen? War ich so wenig Wert?
Beruhige dich doch Noa, versuchte ich mir immer wieder einzureden. Wieso sollte er mir denn von Max erzählen? Er war mir nichts schuldig. Absolut nichts. Ich war nur sein Praktikant. Sein Assistent und ein nichtsnutziger Omega dazu. Leider war es viel zu leicht sich einzureden, es wäre in Ordnung, die Wahrheit sah anders aus. Es tat mir weh, zu sehen, wie Max seine Hand ganz selbstverständlich in den Schritt von Malcolm schob. Das sollte mir eigentlich nichts ausmachen und doch tat es das.
Obwohl Malcolm Max Hand ergriff und schließlich wegschob, wagte der Magier einen erneuten Versuch und legte die Hand frech direkt auf seinen Schritt, wo er seine Länge packte und die Hand fordernd auf und ab bewegte. Malcolm sog die Luft scharf ein und ließ es plötzlich einfach geschehen. Das hielt ich nicht länger aus, selbst wenn es mich nicht interessieren sollte, wer ihn wo berührte.

Als ich es nicht länger aushielt, die beiden bei ihren kleinen Spielchen zu beobachten, schob ich den Stuhl abrupt zurück und sprang förmlich auf die Füße, sodass mein Weinglas ins Schwanken geriet. Alle Augen richteten sich prompt auf mich. Auch Malcolms Aufmerksamkeit war nun bei mir, allerdings wagte ich es nicht, ihn anzusehen, und lächelte Paul stattdessen entschuldigend an. „Ich ... ich muss kurz das Bad aufsuchen. Entschuldigt bitte."

Sofort schob nun auch Malcolm seinen Stuhl zurück und stellte sich neben mich. „Ich begleite dich."

Ich brachte etwas Abstand zwischen uns, konnte seinem Blick weiterhin nicht begegnen. „Nicht nötig. Das bekomme ich schon hin und das sogar ganz, ohne Ballett zu tanzen."

Er legte den Kopf schief und grinste. „Du nimmst mir das übel."

„Wieso sollte ich? Ist ja nicht so, als ob ich was auf deine Meinung geben würde. Ich bin nur hier, weil ich es muss. Andernfalls wüsste ich wirklich etwas Besseres mit meiner zeit anzufangen." Genervt über meine eigene Zickerei ließ ich ihn stehen und lief an einigen Tischen vorbei. Der deutliche Duft von Testosteron begleitete mich dabei, allerdings ignorierte ich ihn, so gut es ging.

An der Tür zum Bad wurde ich an meinem Unterarm ergriffen und umgedreht. Malcolm stand vor mir. „Ich habe nicht um deine Erlaubnis gebeten, dich zu begleiten."

„Ich bin kein Kleinkind."

Er stieß ein bitteres Lachen aus. „Glaub mir Noa, das ist mir mehr als bewusst." Irgendwie schafften es diese wenigen Worte, mir eine Gänsehaut zu verursachen.

„Warum ... wenn du das weißt ... wieso kannst du mich nicht alleine lassen?"

Malcolm näherte sich einen weiteren Schritt, sodass ich automatisch vor ihm zurückwich und mit dem Rücken gegen die Tür stieß.

„Weil ich Lars versprochen habe, auf dich aufzupassen." Ein wenig enttäuschten mich seine Worte, aber was hatte ich denn auch erwartet? Dass er mir beteuerte, wie sehr er mich begehrte? Denn ich tat es. Ich begehrte ihn, wie noch nie einen Mann vor ihm und das bereits nach so kurzer Zeit. Es war zum verrückt werden.

Mit einem Mal öffnete sich die Tür in meinem Rücken und ich fiel rücklings und einen leisen Laut ausstoßend, in die Arme eines Alphas, was ich an seinem Geruch ausmachte. „Na sowas. Wer wird denn da so stürmisch sein?", fragte dieser mit deutlicher Wärme in der Stimme.

Ehe ich mich selbst aus den Armen winden konnte, wurde ich mit einem Ruck daraus befreit und dicht an Malcolms Seite gezogen. Er nahm sich sogar die Freiheit heraus und legte mir die Hand an die Taille, und ich spürte sie mehr als deutlich. Fast so als ob sie direkt auf meiner Haut läge und mich mit ihrer Wärme versengen würde. Mein Herzschlag wurde immer schneller, unkontrolliert. Diese Nähe fühlte sich unglaublich gut an.

„Wenn das nicht der gute Malcolm ist.", richtete der Alpha das Wort an meinen Chef, der sich deutlich versteifte und nur noch mehr Druck an meiner Taille ausübte.

„Liass.", presste Malcolm angespannt hervor. Es hörte sich fast so an, als ob er den Mund dabei nicht einmal aufgemacht hätte. Neugierig blickte ich ihn und schließlich sein Gegenüber an, der sich bisher nicht dazu herabgelassen hatte, mich anzusehen, dies nun aber nachholte. Seine Augen weiteten sich einen Moment.

„Das ... ist nicht ... möglich ...“

„Nicht!“ Grob stieß Malcolm den Mann zur Seite und schob mich durch die Tür ins Badezimmer. „Ich warte hier. Beeil dich.“ Damit zog er die Tür hinter sich und dem Fremden zu und ich stand nur wie verdattert inmitten des Raumes.

Was war denn das? Wieso benahm er sich so seltsam und unfreundlich noch dazu? Gerade dem anderen Mann gegenüber. Die beiden kannten sich, wie es aussah. Vielleicht war das mitunter der Grund, weshalb er so unfreundlich gewesen war.

Plötzlich fröstelte es mich. Wie der Mann ... Liass mich für einen kurzen Atemzug angesehen hatte, war merkwürdig gewesen. Fast so als ob er gerade einem Geist begegnet wäre, was natürlich lächerlich war. Wir kannten uns nicht, waren uns noch nie zuvor begegnet.

Während ich mich im schick eingerichteten Badezimmer umsah, begann Hope sich in der Bauchtasche zu rühren. Wie es aussah, war es tatsächlich Zeit für die nächste Mahlzeit. In diesem schicken Badezimmer befand sich neben den Waschtischen auch noch ein Tisch mit einem Stuhl. Weshalb war mir nicht ganz klar, allerdings war ich dankbar dafür. Ich nahm sofort Platz, fischte das kleine Döschen mit den Insekten hervor, die mir Malcolm überraschend gegeben hatte, und kramte nach der Pinzette.

„So mein Kleiner. Zeit fürs Essen.“ Behutsam legte ich die Bauchtasche vor mir auf den Tisch und öffnete sie ein wenig mehr, damit ich besseren Zugang zu Hope fand. Plötzlich öffnete sich eine Tür aus dem angrenzenden Toilettenbereich und ein Mann in meinem Alter kam an die Waschtische heran. Neugierig musterte er mich und den Vogel vor mir. Sachte packte ich eine tote Fliege mit der Pinzette und schob sie, in den weit geöffnete Schnabel des kleinen Vogels, sorgsam darauf bedacht, ihn nicht zu verletzen.

„Hi.“, sagte der Fremde und trat an mich heran.

Ich blickte kurz zu ihm auf. Er lächelte freundlich und entblößte ein paar scharfe Vampirzähne.

„Hi.“, gab ich ebenfalls freundlich zurück und widmete mich wieder der Fütterung.

„Wusste gar nicht, dass hier eine Vogelstation ist, sonst wäre ich viel früher aufgetaucht um meine Hilfe anzubieten.“

„Ich muss dich leider enttäuschen. Der Dienst beläuft sich nur auf einen einzigen Vogel.“, ging ich auf sein Spiel ein.

Der weißblonde Vampir war, wie so gut wie alle Vampire, unglaublich gut aussehend, mit einer Aura und einer Blässe, der man sich kaum entziehen konnte. Seine dunkelgrauen Augen waren faszinierend mit einem lilafarbenen Ring umrandet.

„Das ist aber schade. Und wo könnte ich deine Dienste selbst in Anspruch nehmen?“, fragte er und stützte sich mit einem Arm auf dem Tisch ab.

Mit einem Mal ging die Eingangstür auf und ein ziemlich genervt aussehender Malcolm kam herein, wobei er sich zwischen mich und den Vampir stellte, diesen allerdings völlig ignorierte. „Bist du soweit? Die Gäste werden schon unruhig und fragen sich sicher, was wir hier so treiben.“

„Du meinst wohl Max damit.“

„Und wenn schon. Das geht dich nichts an.“

„Sag mal Malcolm, wie heißt der Club, den wir morgen besuchen werden?“, fragte ich mit einem kleinen Hintergedanken.

„Ihr besucht morgen einen Club? Das hört sich gut an. Ich bin übrigens Sven.“, stellte sich der Vampir weiterhin freundlich vor und hielt mir die Hand hin.

Komplett untypisch für Malcolm, schlug dieser Sven die Hand weg, die er mir entgegenhielt. „Wir sind hier nicht auf der Suche nach neuen Bekannten und du solltest uns lieber in Ruhe lassen, *Sven.*“

„Seid ihr zusammen? Falls ja, dann sorry, für mein aufdringliches Verhalten. Das wusste ich nicht.“
Sofort schüttelte ich den Kopf, packte das Futter wieder weg und hängte mir die Tasche mit Hope erneut um die Schulter. „Nein. Alles gut. Wir sind nichts davon.“ Freundlich streckte ich ihm die Hand entgegen. „Ich bin Noa.“

Wie eine Mauer baute sich Malcolm schließlich erneut zwischen uns auf. „Ich denke, es reicht jetzt Noa. Wir gehen.“

„Aber ...“

„Kein aber.“ Er packte mich an der Hand und zog mich aus dem Badezimmer heraus.
Ich warf einen entschuldigenden Blick über die Schulter und zurück zu Sven, der uns mit hochgezogenen Brauen hinterherblickte.

„Das ist sehr unfreundlich gewesen Malcolm.“, sagte ich auf dem Weg zurück zum Tisch und erntete einen bösen Blick von ihm.

„Tzk. Du solltest lernen, nicht einfach so mit fremden Vampiren oder Wandlern zu sprechen. Das ist nicht sicher.“

„Sicher für wen?“

Prompt blieb er stehen. „Du kannst tun und lassen, was du willst, wenn du daheim bist. Solange du in meiner Obhut bist, wirst du auf mich hören und zu meinen Regeln gehört es, dass du nicht mit Fremden redest. Verstanden?“

Mir klappte die Kinnlade herunter. „Ich bin kein Kleinkind.“

„Und wenn schon. Ich trage die Verantwortung für dich und gerade muss ich feststellen, dass ich dich nicht einmal fünf Minuten unbeobachtet lassen kann, ohne dass du mit irgendwelchen Kerlen anbändelst.“

Verärgert legte ich den Kopf in den Nacken, dabei spürte ich einige neugierige Blicke, die uns von den nächststehenden Tischen zugeworfen wurden. Von unserem eigenen waren wir noch ein Stück entfernt. „Anbändelst? Bitte was? Ich habe mich nur nett mit Sven unterhalten. Mehr nicht.“

„Klar. So sah es natürlich aus. Erzähl das Lars, aber nicht mir. Ich habe Augen im Kopf.“

Fassungslos verengte ich die Augen. „Tja. Vielleicht steht es um deine Sehkraft nicht mehr so gut, seit du dich von Max in Anwesenheit seines Vaters begrapschen lässt.“ Am liebsten hätte ich mir auf die Zunge gebissen. Diese Worte machten deutlich, dass es mir nicht bloß aufgefallen, sondern auch etwas auszumachen schien. Malcolms Augen weiteten sich einen kurzen Moment. Dann erschien etwas wie Überheblichkeit in ihnen. „Glaub mir. Selbst wenn ich, wie du es nennst, begrapscht werde, habe ich noch immer genug Sehkraft, um Dinge zu erkennen, die nicht nach meinen Regeln laufen. Du hältst dich besser daran, oder ich lasse dich nächstes Mal nicht mehr alleine auf Toilette gehen. Ist das angekommen?“

Obwohl ich innerlich kochte, wie nie zuvor, schluckte ich den Frust hinunter und nickte wie ein braver Omega. Nicht zuletzt, weil ich Herr Carters auf uns zukommen sah und keine weitere Schelte von ihm erhalten wollte. Dass meine Wut allerdings so weite Kreise getrieben hatte, und ich sogar dermaßen offen und frech mit einem Alpha gesprochen hatte, erstaunte mich selbst ungemein. Vor nur wenigen Tagen noch, wäre ich vor Angst wahrscheinlich längst zergangen und ich fragte mich, wie das möglich war. Denn in den meisten Fällen zog sich ein Omega vor einem Alpha zurück und wurde unterwürfig. Nicht so bei Malcolm und das war etwas komplett Verwirrendes. Es sei denn ... er wäre mein Gefährte ... aber das ... war nicht möglich. Wahre Seelengefährten gab es nicht mehr.

Kapitel 11

Malcolm

„Kann ich später bei dir vorbeikommen?“, schnurrte Max, der sich verstohlen an mich lehnte, während sein Vater in ein Gespräch mit Liass vertieft war.

Frech wie ich es von ihm nicht kannte, stampfte Noa dicht an uns vorbei, wobei er ein unfreundliches: „Mpf“, entließ und in das Auto stieg, noch ehe der Fahrer ihm die Tür überhaupt geöffnet hatte und sogar die Tür laut hinter sich zuschlug. War er noch immer genervt, weil ich sein Gespräch mit diesem Sven unterbrochen hatte? Stand er etwa auf ihn? Auf einen Vampir, wohlgemerkt.

„Ich denke, das ist keine gute Idee Max.“

Dieser leckte mit der Zungenspitze seitlich über meinen Hals und brachte mein Glied kurzzeitig zum Zucken. Das war für diesen Abend, die erste richtige Reaktion, die er ihm hatte entlocken können. „Oh, ich denke, es ist sogar eine sehr gute Idee.“

„Ich teile mir mit Noa eine Suite und ich finde es nicht passend. Er ist sowieso ziemlich mies drauf.“

„Und du willst dir deswegen ein paar schöne Stunden mit mir entgehen lassen? Komm schon, was ist denn los mit dir? Du bist irgendwie gar nicht mehr zu haben. Fast könnte man meinen, dein Interesse an mir wäre erloschen.“

Nachdenklich schüttelte ich den Kopf. „Ich ... das ist es nicht. Allerdings ist es hier wirklich nicht passend.“

„Hat es etwas mit Liass zu tun? Es tut mir wirklich leid, dass er hier so ungefragt aufgetaucht ist. Er war nicht eingeladen, ganz ehrlich.“ Bei der Erwähnung seines Namens huschte mein Blick ganz automatisch zu dem Halbmagier, der meinen Blick bemerken musste, denn er hob die Brauen in einer Frage. Er war der Letzte, den ich hier hatte sehen wollen, und zwar aus mehr als nur einem Grund. Wir pflegten eine Feindschaft miteinander, die bereits viele Jahre ging und sich nie ändern würde. Ich würde ihm seine Entscheidung von damals niemals verzeihen, komme, was wolle und vor allem, würde ich Noa nicht in dessen Nähe kommen lassen. Zu dumm, dass ich ihm den Omega direkt in die Arme gespielt hatte, ohne es zu ahnen.

„Zum Teil ja. Ich weiß, du bist der Letzte, der etwas dafür kann. Doch ich kann ihn nicht in Noas Nähe ertragen.“

Noa. Nur der Gedanke an ihn sorgte für ein ungutes Gefühl in meiner Magengegend. Er machte mich wahrlich verrückt. Benahm sich ausnahmslos untypisch und zickig, dabei war mir nicht einmal klar, was ich Schlimmes angerichtet hatte, um diese Behandlung zu erfahren. Dann diese Kerle, die er magisch anzuziehen schien. Genau wie er ... flüsterte mir eine Stimme zu.

„Aber hat er etwas zu ihm gesagt? Glaub mir, er hat seine Lektion gelernt. Er hat selbst unter der Vergangenheit gelitten und tut es meiner Meinung nach, noch heute auf die ein oder andere Art.“

„Er hat ihn nur kurz gesehen, aber ich bin mir sicher, er sieht ebenfalls ihn in Noa. Ich meine, wie sollte es anders sein? Die beiden sind sich wie aus dem Gesicht geschnitten.“

Max stellte sich ein Stück auf die Zehenspitzen und flüsterte verführerisch an mein Ohr. „Sollte ich da eifersüchtig werden?“

Ich blickte zum verdunkelten Fenster des Autos, in dem Noa saß. Ein gewöhnlicher Mensch hätte sein Gesicht sicher nicht durch die Scheibe sehen können, mir war das jedoch vergönnt und dieser Blick aus seinen großen braunen Augen ließ etwas in meinem Bauch zum Leben erwachen. Ein Kribbeln, das ich nicht kannte oder mich nicht mehr erinnern konnte, entstand und machte es mir schwer, ihm länger fernzubleiben. „Nein ... nicht wegen Noa. So sehr, er ihm auch gleicht. Sie sind nicht ein und dieselbe Person und du weißt sehr gut, dass ich dir nie widerstehen könnte. Von dir bekomme ich nie genug." Wem ich das allerdings weismachen wollte, blieb mir selbst ein Rätsel, denn mein Körper reagierte nicht wie gewünscht auf Max Nähe. Viel eher galt dieses Sehnen oder Ziehen in mir, dem schönen Omega, der Max und mich schmollend beobachtete und nicht aus den Augen ließ.

„Hm ...", kam es nicht sehr überzeugt von Max, der sich schließlich seufzend von mir löste. „Warum werde ich dann das Gefühl nicht los, dass es gerade dennoch jemand anderes ist, der deine Gedanken beherrscht?" Er wandte sich leicht um und blickte nun ebenfalls zum Auto. Mir war bewusst, dass er Noa nicht sehen konnte. Musste er auch nicht, denn die Intensität, mit der Noa aus dem Fenster starrte, konnte man fühlen.

„Ist momentan leider so, aber nicht aus dem Grund, den du vielleicht annimmst. Ich mache mir lediglich Gedanken um ihn, das ist alles."

„Ist klar. Und das ist natürlich der einzige Grund."

„Hey,". Ich griff nach Max Handgelenk und drehte ihn zu mir herum. „Was sollte ich denn sonst für einen Grund haben?"

Max schüttelte den Kopf. „Sag du es mir. Ist ja nicht so, als ob er nicht aussehen würde, wie die Liebe deines Lebens."

Etwas perplex von seiner besitzergreifenden Seite, denn sonst zeigte er sich mir nur als gleichgültig, legte ich den Kopf leicht schräg. Das war völlig unerwartet von ihm. „Du bist nicht wirklich eifersüchtig auf ihn. Er ist noch ein halbes Kind."

Bedauernd schüttelte Max den Kopf. „Rede dir das nur selbst ein. Davon wird es auch nicht anders. Er gefällt dir. Hat es dir angetan, nur willst du das nicht sehen. Dafür sehe ich jedoch zum ersten Mal wirklich klar."

„Nein. Ich will ihn so schnell wie möglich loswerden. Das habe ich dir doch schon gesagt. Nur deswegen ist er hier."

„Und warum kann ich dann nicht zu dir kommen?"

„Seid ihr endlich fertig mit den Abschiedsduseleien?", kam es harsch von Maxwell, der Max die Hand auf die Schulter legte und mich aus leicht verengten Augen ansah.

„Gleich Papa. Einen Moment noch." Max löste sich von dem griff seines Vaters und schob mich meinem Auto entgegen. „Wenn nicht heute, dann sehen wir uns eben morgen, im Club. Was hältst du davon? Und mach dir Gedanken darüber, ob ich dich mit in die Suite begleiten darf, ansonsten suche ich mir jemand anderen."

Ich rollte die Augen. „Das steht dir immer frei. Wir sind kein Paar."

Danach trennten sich unsere Wege, mir entging keineswegs, wie Liass in das, nun offen stehende Wageninnere blickte, um sicher einen Blick auf Noa erhaschen zu können. Mit einem letzten warnenden Blick auf ihn stieg ich neben Noa in den Wagen und schloss die Tür.

„Geht es dir gut?", fragte Noa unerwartet und musterte mich. Der kleine Vogel ruhte selig unter seinen sanften Streicheleinheiten. Meine Kehle fühlte sich ganz trocken an.

„Wieso fragst du?“ Und vor allem, wieso klang meine Stimme plötzlich so rau? Ich sah ihn von der Seite an, konnte dem Verlangen ihn anzusehen, einfach nicht widerstehen und stellte wieder einmal fest, wie gut er in diesem Outfit eigentlich aussah.

Eine schmale Schulter zuckte. „Na ja. Max schien nicht sonderlich glücklich.“

„Das ist dir aufgefallen?“ Waren wir doch nicht so subtil wie gedacht? Nun gut, Noa wusste, dass zwischen uns was lief, daher war es für ihn wahrscheinlich offensichtlicher.

„Ich denke, seine Schmolllippe war kaum zu übersehen. Zudem habe ich ihn anders kennengelernt. Viel offener.“

„Sein Vater weiß nichts von uns.“

„Und sein Bruder?“

Ohne es zu wollen, verengte ich die Augen und ballte die Hände seitlich zu Fäusten. „Was ist mit ihm?“

„Du magst ihn nicht sonderlich.“

„Ist das so offensichtlich?“

„Du hast mich regelrecht ins Bad geschubst, als er mich nur angeschaut hat. Was ist da zwischen euch los?“

„Das geht dich nichts an!“, zischte ich und sah ihn deutlich zusammenzucken. Das hatte er in meiner Gegenwart nach den ersten Tagen nicht mehr getan. Ich bereute es, jedoch war es vielleicht genau das, was ich tun musste, um ihn zu vergraulen und mein Leben wieder in den Griff zu bekommen. Genau das wollte ich doch. Normalität ohne Omega, der mich an früher erinnerte.

„Entschuldige ...“ Noa sog die Unterlippe zwischen die Zähne und begann darauf herum zu beißen.

„Bevor ich es vergesse. Halt dich von irgendwelchen Kerlen fern. Das heute, mit diesem Sven geht gar nicht. Nicht in meiner Obhut.“

„Du bist nicht mein Bestimmer.“

„Aber dein Boss und für dich verantwortlich.“

„Das gibt dir dennoch nicht das Recht, mir vorzuschreiben, mit wem ich mich unterhalten darf oder mit wem nicht.“

„Soll ich das dann also deinem Vater rückmelden? Dass du auf Dates aus warst?“

„Das ... das bin ich ... doch gar nicht ... Sven, war nur nett ...“

„Das Thema ist abgeschlossen Noa. Fertig.“

***

Der Junge saß an die Wand des Herrenhauses gelehnt, die zerlumpten Hosenbeine an die Brust gezogen, und beobachtete mit großen Augen, wie die Leute sich zu den fröhlichen Klängen der Violine über den Platz bewegten. Ihre Freude und Ausgelassenheit war ihnen deutlich anzusehen. Auch am Gelächter und dem gesunden Strahlen ihrer Gesichter konnte man das gut erkennen.

„Pst.“ Aus der engen Gasse, die zwischen zwei Häusern entstanden war, erklang eine leise Stimme. Sky blickte neugierig über seine Schulter hinweg in jene Gasse, die Berge an aufgeschichteten Holzstapeln aufwies und ihm somit nicht jeden Winkel aufzeigte.

Erneut erklang das: „Pst“, doch da er niemanden sehen konnte, runzelte er lediglich die Stirn und war im Begriff, sich der tanzenden Menge wieder zuzuwenden. Dies war das erste Mal für diesen Tag, dass er sich ein wenig ausruhen konnte. Die Vorbereitungen für das Fest des jungen Alphas, hatten beinahe den ganzen Tag in Anspruch genommen. Umso schöner war es nun, das Ergebnis zu sehen.

„Hier drüben,“, wisperte nun jemand ganz deutlich und auf Skys Zügen ging die Sonne auf. Er sprang auf die Beine und stolperte beinahe in die kleine Gasse. Hinter den Holzbergen lugte Mal hervor und hielt ihm die Hand hin. Sofort legte Sky seine Hand hinein und ließ sich in eine innige Umarmung ziehen. Sein Gesicht presste er fest an Mals Brust, dessen beiges Hemd bis zum Brustbein offenstand und er somit direkten Kontakt zu seiner Haut bekam. Er atmete den inzwischen vertrauten und geliebten Duft tief ein. Hätte sich am liebsten darin gewälzt wie ein Wolf, nur um davon für immer ummantelt zu sein.

„Was machst du denn hier Mal? Es ist gefährlich.“, wisperte er, wobei er sich weiterhin fest an ihn klammerte und nicht daran dachte ihn jemals wieder loszulassen.

„Ich musste dich sehen und die Gefahr ist mir egal, Sky. Geht es dir gut?“ Behutsam legte er die Finger an Skys Kinn und hob ihm sein Gesicht entgegen. Somit konnten sie sich direkt in die Augen sehen, selbst ihre Lippen waren sich ganz nah.

„Jetzt, da du bei mir bist, geht es mir wunderbar.“, flüsterte Sky und stellte sich auf die Zehenspitzen. Mal verstand sofort, lehnte sich zu ihm herunter und küsste ihn voller Zuneigung. Er zog den kleineren Körper dicht an sich heran und strich immer wieder über Skys Rücken, während Sky die Hände in den Nacken von Mal schob und die Finger durch seine Haare gleiten ließ.

Nach einer kleinen Weile und erst nachdem ihnen beiden der Atem ausgegangen war, lösten sie ihre Lippen voneinander. Mal ließ nicht von ihm ab, stattdessen griff er nach beiden

Händen und platzierte eine an seiner Schulter, die andere hielt er fest umklammert.

„Was ... was tust du?", kam es verwundert von Sky. Die Musik im Hintergrund war ein wenig romantischer geworden. Mal legte seine freie Hand an Skys Taille und zog ihn an sich heran, sodass ihre Körper sich beinahe berührten, und bewegte sich sachte hin und her.

„Wonach sieht es denn aus? Ich tanze mit meinem Prinzen." Unerwartet gab er Sky einen kleinen Kuss auf die Nasenspitze, sodass dieser kicherte.

„Deinem ... Prinzen in Lumpen?"

„Ob Lumpen oder ein Frack. Du bist in jeglicher Form mein Prinz und nichts wird daran etwas ändern."

Die beiden wiegten sich zu den sanften Klängen der Musik hin und her und Sky glaubte sich im Himmel. Es war so schön, seinem Alpha nah sein zu können. Sein Prinz war perfekt in jeder Hinsicht. Nicht bloß die fast kniehohen schwarzen Stiefel, die er mit einer dunkelblauen schicken und eng sitzenden Stoffhose kombiniert hatte. Nein. Auch für ihn wäre es gänzlich egal, was Mal am Körper trug, denn das, was er an ihm mochte, war sein warmes und gütiges Herz. Dieses Herz gab ihm so viel, wovon er geglaubt hatte, niemals zu finden. Er wünschte bloß, es könne ewig so bleiben.

Die beiden verbrachten die nächsten Lieder gemeinsam und tanzten oder tauschten kleine Zärtlichkeiten miteinander. Erst als sie Schritte hörten, die sich der Gasse näherten, schob Sky Mal hinter den Berg an Holz. „Bleib hier."

Mal griff nach seiner Hand. „Kommst du wieder?"

Er schüttelte unsicher den Kopf. Immerhin wusste er es wirklich nicht. „Wenn ich kann."

Noch immer ließ Mal nicht von ihm ab und zog ihn in einen kurzen Kuss, ehe Sky sich unwillig löste und eilig aus dem Versteck hervorkam. Gerade rechtzeitig, denn er entdeckte Silas, der neugierig seinen Blick in die Gasse schweifen ließ.

„Was machst du hier?“, bellte er und sah hinter Sky, um zu prüfen, ob er allein war.

„Ich habe ... mich ein wenig ... ausgeruht ...“, log er und schämte sich gleichwohl dafür, denn das, war sonst nicht seine Art. Für Mal, würde er jedoch alles tun, und jede Lüge der Welt aussprechen.

„Ausgeruht? Du solltest eigentlich in der Nähe sein, falls ich dich brauche. Also komm her.“ Auffordernd hielt er ihm die Hand hin. Skys Herz begann schneller zu schlagen. Nicht vor Freude, viel mehr fürchtete er sich, in der Nähe des Alphas zu sein, der ihn in der letzten Zeit zu oft bei sich haben wollte, und gar versuchte ihn anzufassen.

Er konnte Mal leise Knurren hören und hoffte inständig, er war der Einzige, daher beeilte er sich und reichte Silas seine viel kleinere Hand.

Der Alpha zog ihn etwas harsch an seine Seite und hinter sich her auf den großen Platz. Dort wurde noch immer eifrig getanzt und genau auf diese Tanzfläche auf dem Dorfplatz, zwischen all den anderen Alphas und Betas, zog er Sky.

„Lass uns tanzen. Es wird Zeit, dass die Leute sehen, wem du gehörst, nicht, dass einer noch auf falsche Ideen kommt.“ Mit einem Ruck zerrte er ihn dicht an seine Brust heran, sodass Sky kurz vor Überraschung die Luft ausblieb. Er konnte sehen und hören, wie die Menschen ihre Ankunft bemerkten. Sie tuschelten, steckten die Köpfe zusammen und deuteten sogar ganz offen auf die beiden.

„Beachte sie nicht weiter. Es muss so sein." Der viel größere und härtere Körper drängte sich an seine zarte Figur. Er kam sich beinahe wie ein Kind in seinen Armen vor. Es war dem jungen Mann deutlich anzusehen, dass er für den Job des Leit-Alphas geboren worden war.

So sehr Sky sich nur wenige Stunden vorher gewünscht hatte, die Tanzfläche ebenfalls erobern zu dürfen, wünschte er sich gerade das Gegenteil. Er spürte nicht bloß, die Härte, die sich gegen seinen Bauch presste, während der junge Mann ihn in einen langsamen Tanz mit sich zog, nein. Auch den Blick eines Wolfes, der aus der Gasse herauslugte und die beiden mit dunklen Augen beobachtete, spürte er mehr als deutlich und begegnete diesen brennenden Tiefen, die ihm alles bedeuteten. Er wünschte sich so sehr, er hätte die freie Wahl, zu tun, zu lieben, wen er wollte.

„Du bist so schön. Und gehörst nur mir.", raunte Silas an sein Ohr und verursachte ihm Gänsehaut.

„I-ich ... i-ich ..." Leider wagte er nicht, auszusprechen, was er auf dem Herzen hatte. Viel zu groß war seine Angst, seinen Vater zu enttäuschen.

Der junge Alpha griff nach seinem Kinn, schob seinen Kopf fest in den Nacken und küsste ihn hart und unnachgiebig, während Sky sich versteifte und dem ungewollten Kuss entgehen wollte. Sein Herz fühlte sich an, als wollte es gerade in tausend Scherben zerspringen. Sein Liebster wurde mit Sicherheit Zeuge von diesem Kuss, der ihm aufgedrängt worden war und den er ertragen musste.

Als Silas den Kuss beendete, kämpfte Sky mit den Tränen, schmeckte noch immer den Geschmack des Alphas auf seinen Lippen und hätte sich am liebsten zurückgezogen und übergeben.

„Bald wirst du ganz mein sein. Ich kann es kaum erwarten, dich zu meinem Gefährten zu machen und mich mit dir körperlich in deiner Hitze zu verbinden." Um das deutlich zu machen, drängte er sein hartes Glied gegen Sky, der entsetzt zu ihm aufblickte, unfähig etwas zu erwidern. Die Musik im Hintergrund war für ihn längst zu einem monotonen Geräusch geworden, das er so schnell wie möglich hinter sich lassen wollte.

„Du bist doch noch unberührt?" Silas verstärkte den Druck an Skys unteren Rücken und ließ eine Hand auf eine Pobacke rutschen, die er fest kniff.

Sky öffnete den Mund, zögerte, unfähig etwas zu sagen. Er zitterte vor Unbehagen und es wurde nur noch schlimmer, als Silas seinen Kopf zur Seite drückte und an Skys Haut, direkt oberhalb der Schlagader, zu knabbern begann und plötzlich sogar die Zungenspitze darüber gleiten ließ. Es war wie eine kleine Verdeutlichung auf das baldig bevorstehende Bindungsritual.

„Und? Hast du deine Zunge verschluckt? Was ist jetzt? Bist du unberührt? Hattest du schonmal Sex mit einem Alpha? Dein Vater hat mir versichert, da wäre keiner gewesen."

Endlich, nach einer schieren Ewigkeit gelang es Sky, den Kopf zu schütteln. „Da ... nein ... ich ... ich bin Jungfrau." Verschämt biss er sich auf die Unterlippe und wagte nicht, den Mann vor sich, anzublicken. Dieses Thema zu besprechen war ihm peinlich.

Erleichtert atmete Silas laut aus und nickte zufrieden grinsend. „Sehr gut. Sehr gut. Ich habe nichts anderes erwartet. Und keine Sorge. Niemand anderes wird dich berühren dürfen. Du gehörst nur mir. Ich teile dich nicht." Wieder kniff er ihm in die Pobacke, was Sky die Röte in die Wangen trieb.

Es dauerte eine Weile ehe der Alpha ihn gehen ließ und er endlich nach dem Aufräumen, den Weg nach Hause antreten durfte. Sein Herz lag schwer wie ein Stein in seiner Brust. Den ganzen Abend über hatte er die Anwesenheit von Mal gespürt, doch kein einziges Mal mehr zu Gesicht bekommen. Wenn er ihn nicht mehr sehen wollte, konnte er es ihm nicht verübeln. Wer wollte denn schon befleckte Ware?
Mitten auf seinem Heimweg erschien er plötzlich hinter einem Baum, die Arme vor der Brust verschränkt, sein Blick verletzt und unsicher.
Auch Sky war unsicher, wie er sich ihm nähern sollte und ob er es überhaupt durfte, nachdem was Silas getan hatte. Unsicher blieb er stehen und starrte den schönen Alpha an.

„Geh mit mir, Sky.“, sagte er ernst.

Erleichtert, dass er mit ihm redete, rannte er in dessen Arme und schmiegte sich hinein. Sofort küsste Mal seine Haare.

„Du kannst mich bis zum Bachlauf begleiten, wie immer.“

„Nein. Das meine ich nicht Sky. Geh mit mir. Verlass dein Rudel. Lass alles hinter dir.“

Sky sah zu ihm auf. Völlig unverständlich. „Was sagst du da? Das ... das geht nicht.“

„Natürlich geht das. Geh mit mir. Du musst dich nicht an Silas binden. Ich ... ich kann es nicht ertragen, dass er glaubt, ein Recht zu haben, dich einfach so anzufassen und zu küssen.“ Er schluckte sichtlich, rang um seine Fassung.

„Mal ... Das ... wollte ich nicht.“, wisperte Sky mit Tränen in den Augen und einem dicken Kloß im Hals.

„Das weiß ich mein Liebster. Das habe ich gespürt und ich weiß, dass du das nicht willst, deshalb sage ich das ja auch.

Komm mit mir. Ich wollte zwar noch warten, aber ... die Zeit drängt. Deine Hitze kann jederzeit kommen."

„Aber ... das geht nicht. Du ... deine Familie ... sie wird sicher keinen armen und mittellosen Omega bei sich aufnehmen wollen. Zudem einen auf der Flucht. Das könnte ich dir nicht antun."

„Ich habe ihnen von dir erzählt. Sie wissen zwar noch nicht, was ich vorhabe, aber ich werde sie ganz bald einweihen und ich will, dass du mit mir gehst. Am besten noch heute."

„Ich brauche noch Zeit. Bitte ... lass mich nachdenken."

Auch wenn er es nicht wollte, so nickte Mal und zog ihn noch einmal fest an seine Brust. Er konnte den anderen Alpha an seinem Gefährten riechen und wünschte sich, dass er seinen eigenen Geruch nicht überdeckt hätte, denn dann wüsste Silas, dass Sky nicht ihm gehörte.

Er würde ihn niemals einem anderen überlassen, niemals. Sky war sein Gefährte. Sein Leben. Sein alles.

Kapitel 12

Noa

Wieder zurück in der Suite, zog ich mich zurück und legte Hope auf dem Bett ab. Der kleine Vogel schlief und ich hatte noch etwa eine halbe Stunde, ehe ich ihn erneut füttern musste.

Ich ärgerte mich über mich selbst, dass ich Malcolm so deutlich gezeigt hatte, wie genervt ich gewesen war. Das grenzte schon an Eifersucht, aber das war ich nicht. Wollte ich nicht sein. Wieso auch? Er stand nicht auf mich, hatte an Omegas überhaupt kein Interesse. Diese Tatsache hatte er nicht bloß einmal erwähnt und leider war es jedes Mal aufs Neue, wie ein kleiner Dorn gewesen, der sich tiefer und tiefer in mein Herz gedrückt hatte.

Eilig schälte ich mich aus den Businessklamotten, schnappte mir eine schwarze Leggings und ein lockeres Tanktop und zog sie mir über. Zum Schluss fischte ich die Ballettschläppchen aus der Sporttasche und lief mit dem Handy in der Hand hinaus aus dem Zimmer.

Ich hoffte, Malcolm nicht mehr anzutreffen, und tatsächlich hatte ich diesmal Glück. Von dem Alpha war keine Spur, stattdessen hörte ich die Brause seiner Dusche und eilte auf die Terrasse. Da sie so weitläufig war, hatte ich hier genug Platz für ein kurzes Training und so stellte ich das Handy auf einen Tisch und begann mich zu den klassischen Klängen mit ein paar Pliés aufzuwärmen. Anschließend machte ich ein paar Relevés zur Stärkung der Fußgelenke und zum Schluss widmete ich mich meinen Armen mit dem *Port de bras* und konzentrierte mich darauf, dass die Arme so aussahen, als würden sie schweben. Das war eine der großen Herausforderungen im Ballett. Etwas Schweres so aussehen zu lassen, als ob es ganz leicht geht. Schwerelos. Was es natürlich ganz und gar nicht war. Nach Jahren des Trainings gelang mir das jedoch ganz gut. Zumindest sagte das Madame Saalfeld, meine Trainerin.

Zufrieden mit dem Aufwärmen suchte ich nach einem Lied, zu dem ich tanzen wollte, um die letzten Spannungen loszuwerden. Nur beim Tanzen konnte ich wirklich Abschalten und das brauchte ich gerade, denn Malcolm ging mir einfach nicht aus dem Kopf.

Ich entschied mich für La Gioconda und begann frei heraus zu tanzen. Ich bewegte mich hauptsächlich auf halber Spitze, zumal ich die Spitzenschuhe nicht eingepackt hatte. Tanzte den frechen, schleichenden Tanz, als ob ich eine Geschichte dazu erzählen wollte und irgendwie, tat ich das auch. Gefesselt ließ ich mich von der Melodie davontreiben und verlor mich gänzlich darin. Zum Schluss setzte ich zu einer längeren Drehung an, stolperte und verhakte mich mit einem Bein, als ich bemerkte, dass ich nicht länger allein war. Ein Glück schnelle Malcolm vor und fing mich mitten in meinem Fall ab.

„Vorsichtig.“, sagte er atemlos, wahrscheinlich weil er selbst so überrascht von meinem plötzlichen Niedergang war. Mein Gesicht lag an seiner blanken noch leicht feuchten Brust. Sofort stieg mir die Röte in die Wangen. Der frische Duft nach Malcolm mit einer Note seines Duschgels benebelte meine Sinne. Seine großen Hände an meinen Armen fühlten sich viel zu gut an. Die Haut darunter begann förmlich zu glühen. Malcolm half mir in eine aufrechte Position. Viel zu ungern ließ ich von ihm ab und mied es tunlichst ihm in die Augen zu sehen. Das war viel zu peinlich. Wieso musste er mich so dermaßen aus der Bahn werfen?

„D-Danke Malcolm."

„Kein Problem. War ja irgendwie auch meine Schuld. Ich hätte dich nicht überraschen sollen."

„Schon ... schon gut. Ich bin bloß keine Zuschauer gewohnt."

Fragend hob er eine dunkelblonde Braue. „Hast du nie vor Publikum getanzt?"

Ich schüttelte den Kopf. „Vater wollte das nie erlauben. Er ist der festen Überzeugung, dass mich die Alphas mit den Blicken vernaschen würden und ich dann wohl schwanger von der Bühne gehen würde." Peinlich berührt biss ich mir auf die Unterlippe. Wieso erzählte ich solchen Müll?

„Er weiß aber schon, wie Babys eigentlich entstehen oder?", scherzte er, sodass ich es nun endlich schaffte, den Blick zu heben, um ihn anzusehen. Der junge Alpha grinste verschmitzt.

„Sollte er zumindest. Immerhin hat er einen Sohn."

„Bist du Einzelkind?"

„Ja. Meine Mutter hatte vor mir einige Fehlgeburten. Für Betas ist es schwierig, schwanger zu werden. Selbst als Frau und na ja. So blieb ich das einzige Kind und werde von meinen Eltern vor der Welt verborgen, damit mir ja nichts geschieht."

Ich kam nicht gegen das Verlangen an, seinen Oberkörper mit den Augen zu streicheln. Auf der linken Seite, über seinem Herzen, erkannte ich einen Himmel, aus dem mir zwei braune Augen entgegenblickten. Sie hatten etwas Vertrautes an sich, nur wusste ich nicht, wieso das so war. Malcolm hatte grüne Augen, also waren das nicht seine. Ob sie einem seiner

Ex-Freunde gehörten? Dieser Gedanke verursachte erneut ein unangenehmes Ziehen in meinen Eingeweiden. Statt weiter darüber nachzudenken, betrachtete ich das Kunstwerk weiter. Unter diesem Himmel konnte ich zwei Wölfe sehen, einen weißen und einen schwarzen und sie kuschelten offensichtlich miteinander. Unvermittelt fragte ich mich, ob das etwas mit ihm zu tun hatte. Malcolm schien meinen Blick bemerkt zu haben, denn er räusperte sich laut und drehte sich ein wenig zur Seite, sodass ich ihn nicht weiter anstarren konnte.

„Klingt nicht sehr spannend, wenn man so verhätschelt wird."

„Ich habe nichts von Verhätscheln gesagt, denn davon bin ich weit entfernt aufgewachsen. Mein Vater regiert mit Strenge. Jeder Fehler wird bestraft, da führt nie ein Weg vorbei."

„Du meinst aber bloß Handyverbot oder sowas."

Auch wenn es mir ein schlechtes Gewissen verursachte, nickte ich lediglich. Sein Mitleid wollte ich nicht. Er brauchte von den Schlägen nichts zu wissen. Unsere Wege würden sich ohnehin bald trennen. Wobei ... sollte Larus tatsächlich bei seinem Vorhaben bleiben ... dann hätten wir wahrscheinlich ab und zu miteinander zu tun.

„Ich ... ich gehe dann mal wieder und lasse dich weiter tanzen." Malcolm wandte sich zum Gehen.

„Warte."

Er drehte sich zu mir um und ich vollführte eine anmutige Verbeugung. „Du darfst mir bei einem kleinen Tanz zusehen, wenn du möchtest."

„Sicher?", hakte er etwas unsicher nach. Entschlossen nickte ich. Zwar war ich kein Publikum gewohnt, das hieß aber nicht, dass ich es nicht ersehnte und die Vorstellung, dass er mich dabei die ganze Zeit über beobachtete, erfüllte mich mit purer Freude und Aufregung, aber von der guten Sorte.

„Ganz sicher. Es würde mir gefallen. Es sei denn, du möchtest nicht."

„Doch, doch. Gerne. Ich mag Ballett eigentlich ziemlich gerne. Habe früher viele Aufführungen besucht." Malcolm sah sich nach einem Platz zum Sitzen um und entschied sich für die Holzbank, die eine gute Sicht auf meine Tanzfläche bot.

„Wirklich? Was hast du gesehen? Schwanensee?"

„Natürlich. Das ist Pflichtprogramm und davon habe ich mehrere Versionen gesehen."

„Willst du davon etwas sehen?"

„Kannst du denn einen Tanz aus dem Stück?"

Ein wenig stolz nickte ich. „Sogar das ganze Stück, um ehrlich zu sein."

„Wow. Das ist klasse. Dann gerne einen Tanz davon."

„Allerdings tanze ich nur auf halber Spitze, weil ich die Schuhe nicht da habe. Ist das okay für dich?"

„Natürlich."

„Alles klar." Aufgeregt scrollte ich durch die Playlist und beschloss, Odetts Solo zu tanzen. Und so begann ich mein erstes richtiges Solo vor einem beinahe fremden Publikum zum Besten zu geben. Ich blendete den Alpha vor mir komplett aus und konzentrierte mich auf meine Aufgabe. Dieser Tanz gehörte zu meinen Liebsten, da er ein paar kleinere Sprünge integriert hatte, sowie die wundervollen Flügelschläge des Schwans, den meine Arme und Hände nachstellten und zu meiner Freude, ziemlich gut hinbekamen.

Malcolm

In den Genuss zu kommen, Noa beim Tanzen zuzusehen, löste ein starkes Sehnen in mir aus. Viel zu gerne hätte ich meine Arme nach ihm ausgestreckt und ihn an mich gezogen. Er bewegte sich nicht bloß anmutig und versunken in seinem Tanz, sein Körper war in diesem Moment das Instrument seiner Geschichte und diese erzählte er mit einer wunderbaren Hingabe.

Ich ließ mich von seiner Darbietung in die Vergangenheit treiben, einer längst verlorenen Liebe und einem Jungen, der Noa immer ähnlicher wurde. Sky hatte es geliebt, zu tanzen, auch wenn er nicht oft die Möglichkeiten gehabt hatte. Die Stunden unserer gemeinsamen Zeit waren gezählt und viel zu knapp gewesen. Noch heute, bei dem Gedanken daran, brach mein Herz von Neuem.

Statt weiterhin an Sky und den Verlust zu denken, konzentrierte ich mich auf das Hier und Jetzt und landete automatisch mit den Augen auf dem wunderbaren kleinen Hintern, den er mir bei jeder Drehung und Wendung präsentierte. Auch sein Gemächt, das sich unter der engen Hose leicht wölbte, zog meine Aufmerksamkeit auf sich. Ich war versaut, ging mir durch den Kopf. Hier tanzte jemand Wundervolles und nur für mich und ich war so notgeil, seinen Körper mit jeder einzelnen Kontur in mir aufzunehmen. Ich war mir beinahe sicher, dass ich diese Vorstellung mit ins Bett nehmen würde, und was ich damit anfangen würde, war offensichtlich. Zumindest wenn es nach der wachsenden Erektion in meiner Hose ging.

Noas Darbietung endete mit einer anmutigen Verbeugung. Geflasht klatschte ich Beifall und erhob mich, dabei war ich darauf bedacht, ihm nicht zu nahe zu kommen. Er sollte mein Verlangen nicht riechen können, wobei er es wohl schon erkannt hatte, nach den geweiteten Augen zu schließen, die auf meinem Schritt lagen. Dämliche Schlafshorts, die sich zu locker an meine Hüfte schmiegten und durch den feinen Stoff jede Einzelheit deutlich sichtbar machten.

„Du hast wirklich eine Gabe Noa. Sehr sehr schön getanzt.“

Er hob den Blick und begegnete meinem. „Dankeschön.“ Sanfte Röte lag auf seinen Wangen. Er sah einfach unglaublich anziehend aus. Seine gewellten dunklen Haare fielen ihm in die Stirn und machten es mir nicht leicht, ihm zu widerstehen. Eine freche Locke stahl sich vor eines seiner Augen, daher schnellte ich unüberlegt vor und griff nach ihr. Noa keuchte überrascht auf, wich jedoch nicht vor mir zurück, stattdessen starrte er mich bewegungslos an. In seinen Augen lag so viel Verletzlichkeit, dass ich es kaum ertragen konnte. Dennoch entließ ich seine Strähne nicht und rieb sie zwischen den Fingern.

„Deine Haare sind so geschmeidig wie Seide, weißt du das?“, flüsterte ich mit belegter Stimme. Ich spürte seinen warmen Atem über meine Hand streifen und erschauderte angenehm.

„W-wirklich?“, kam es unsicher zurück.

„Ja, wirklich.“ Ehe ich noch etwas tun würde, das ich später mit Sicherheit bereuen würde, stieß ich den Atem laut aus und strich ihm die Strähne hinters Ohr. Dann machte ich einen großen Schritt nach hinten. „Gute Nacht, kleiner Noa.“

„Aber ...“

„Schlaf gut.“

Ihn da stehen zu lassen, fiel mir unglaublich schwer. Ich war mir zu hundert Prozent sicher, dass er sich von mir hätte küssen lassen, wenn ich diesen Schritt getan hätte. Wäre ich soweit gegangen, gäbe es kein Zurück mehr für mich und ich wäre der

Verdammnis nahe, denn jemanden zu verlieren, gerade wenn es ein zweites mal war, könnte ich nicht ertragen und dass ich ihn verlieren würde, da war ich mir sicher. Er war nicht Sky und nicht für mich gemacht. Noa verdiente jemanden, der nicht bereits geliebt und ein gebrochenes Herz hatte.

Seit einer Weile lag ich nun schon in meinem Bett. Ich hörte, wie Noa die Dachterrasse verließ und sich im Wohnzimmer hinsetzte. Nach einer Weile läutete sein Handy und da mein Gehör ausgeprägter, als das eines Menschen war, konnte ich ihn sprechen hören.

„Hallo?", begrüßte er die unbekannte Person freundlich.

„Ja, es geht mir gut." Eine kleine Pause folgte. „Nein, es gab keinen einzigen Zwischenfall und ja, das Essen war in Ordnung. Wirklich. Du musst dir nicht immer solche Sorgen um mich machen Lars, wirklich nicht." Erneut eine Pause. Also war es Lars, der sich nach seinem Befinden erkundigte. Um diese Uhrzeit. Es war bereits nach elf Uhr. Lief zwischen ihnen womöglich mehr? Das hatte ich bereits einmal vermutet.

„Keine Sorge. Niemand kommt in meine Nähe. Der Typ ist schlimmer als du. Behandelt mich wie ein Kleinkind, das er zumindest alleine auf Toilette gehen lässt, wobei ich das vielleicht auch nicht mehr lange tun darf, wenn ich an das Restaurant zurückdenke."

Ich musste grinsen. Der Kleine war schon eine Extraportion Zucker. „Nicht der Rede Wert. Nein, wirklich nicht. Nur, dass mich ein Vampir angesprochen hat, und natürlich musste Malcolm das Gespräch äußerst unfreundlich beenden. Ehrlich. Als ob ich mich gerade auf der Toilette an den Hals eines Kerls werfen würde. Was denkt der nur von mir?"

„Das wüsstest du wohl gerne.“, murmelte ich. Ich hatte keine Sorge gehabt, dass er sich diesem Sven an den Hals wirft, viel eher anders herum.

„Ja. Morgen. Ich dachte, ich gehe ein wenig Shoppen, wenn er mich lässt, wobei ich diesen Versuch wahrscheinlich knicken muss, denn er wird mich nicht aus den Augen lassen. Dafür wirst du sicher auch noch einmal sorgen.“ Wieder Stille, wobei ich das Gemurmel auf der anderen Seite der Leitung leise hören konnte.

„Doch, ich glaube, genau das hast du vor. Aber na ja. Egal. Wir werden morgen in einen Club gehen.“, erzählte er begeistert und das brachte mein Herz zum Aufspringen. Seine Freude war ansteckend, dabei war ein Clubbesuch doch nichts Besonderes. Für ihn vielleicht ja schon.

„Bitte erzähle es ihm nicht, sonst sage ich dir nie wieder etwas. Er wird nämlich gleich zu Papa rennen und dann ist mein erster Clubbesuch gecancelt, noch bevor ich einen Fuß hineinsetzen konnte. Du weißt, ich wünsche mir das schon lange. Einfach normal sein, normales tun, wie alle anderen auch.“
Das hörte sich traurig an. Für einen jungen Mann, der sein Leben gerade erst entdeckte, war es sicherlich schwer, so stark eingegrenzt zu werden. Umso entschlossener war ich, diesen Abend zu einer wunderbaren Erinnerung für ihn zu machen. Blöd nur, dass die eigentliche Absicht hinter dem Ausflug, damit komplett nach hinten losging. So würde ich ihn sicher nicht so schnell wieder loswerden.

„Er hat es dir erzählt?“, fragte er plötzlich schrill, sodass ich mich im Bett steif aufsetzte, drauf und dran nach ihm zu sehen. „Ich weiß nicht, was ich machen soll. Ich ... ich kann ihn nicht ertragen, verstehst du? Er macht mir Angst.“ Seine Stimme hörte sich weinerlich an, daher fragte ich mich, wovon die beiden sprachen, das ihn so sehr aufregte. Es konnte doch nicht um mich gehen, oder? Machte ich ihm womöglich am Ende doch Angst? Aber vorhin hatte er beinahe neckend über mich gesprochen. Das passte nicht zusammen.

„Papa hat sich so gut wie entschieden. Er meinte, wenn kein besseres Angebot hereinkommt, wird es darauf hinauslaufen. Was ich mir wünsche, wird nicht gefragt.“ Von was für einem Angebot wurde da gesprochen?

„Schon gut, ich weiß, du meinst es nur gut. Ich ... ich denke, ich werde mich jetzt hinlegen gehen. Vorausgesetzt Hope ist nicht allzu hungrig.“

Da keine Nachfrage zu dem Vogel kam, musste Noa bereits von ihm erzählt haben. Das brachte mich zum Lächeln, ohne dass ich es überhaupt wirklich merkte.

Kurz darauf entfernten sich seine Schritte und eine Tür wurde geschlossen. Seufzend ließ ich mich auf das Kissen fallen und grübelte über das Gehörte nach.

Kapitel 13

Noa

Mit wild klopfendem Herzen schlug ich die Augen auf. Erneut dieser seltsame Traum, in dem ich immer wieder dem gleichen Alpha begegnete, nur dass er ein wenig anders aussah. Jünger und ohne die ganzen Tattoos, wobei ich die echte Variante inzwischen bevorzugte. Wer hätte das gedacht? Ich ganz sicher nicht, aber Malcolm gefiel mir, genauso wie er war.

Diesmal war es jedoch kein schöner Traum gewesen. Es gab keine Küsse oder andere Zärtlichkeiten, stattdessen war Malcolm vor Kummer zusammengebrochen. Es war fast so erschienen, als ob er sich sein eigenes Herz aus der Brust hatte reißen wollen. Den Grund verstand ich nicht, dafür waren die Bilder zu schnell gewechselt. Dennoch fröstelte ich noch immer, da ich diesen gebrochenen Ausdruck auf dem viel zu jungen Gesicht des Mannes vor mir sah. Er hatte im Stroh gekniet und mit von Tränen nassen Wangen in den Nachthimmel emporgeschaut und geschrien. Seine Hände und die Kleidung waren mit Blut befleckt. Um ihn herum lagen die Überreste von Wölfen und menschliche Körper, die von klaffenden Wunden übersät waren.

Krampfhaft schüttelte ich mich in dem Versuch, diese Bilder zu vertreiben. Heute wollte ich nicht an solch grausige Dinge denken und schon gar nicht, wenn ich den Tag in Malcolms Anwesenheit verbringen musste. Es war schon schwer genug, die Bilder loszuwerden, in denen ich mir vorstellte, wie er nackt aussah und mich mit seinem Körper auf die Matratze presste.

Nach einer ausgiebigen Dusche bei der ich verbissen versuchte, meine Gedanken bei mir zu lassen, zog ich mir eine schlichte blaue Röhrenjeans an und wählte ein marinefarbenes T-Shirt mit V-Ausschnitt, das ich damit kombinierte. Ohne Schuhe oder Socken verließ ich mit Hope im Schlepptau das Zimmer und legte den Vogel, der immer in einer Art Nest aus meinem Top lag, auf das Wohnzimmertischchen. Die Schale mit den Insekten und die Pinzette stellte ich daneben und setzte mich.

Kurz darauf erschien Malcolm, der ebenfalls eine Jeans und ein weißes Shirt trug. Er schien mich nicht zu bemerken und rieb sich über das Kinn.

„Guten Morgen.“, durchbrach ich die Stille und er zuckte zusammen.

„Mein Gott hast du mich erschreckt.“ Er hielt sich die Hand an die Brust, lief jedoch weiter zum Telefon.

„Hast du etwa vergessen, dass du nicht alleine bist?“ Ich schnappte nach dem ersten toten Käfer und schob ihn mithilfe der Pinzette in den Hals des hungrigen Vogels.

„Beinahe. Bevor ich meinen Kaffee nicht getrunken habe, vergesse ich alles.“

Nun musste ich verschämt lächeln. „Na hoffentlich haben sie den guten Fairtrade Kaffee.“

Malcolm hob die Brauen und wählte die Nummer des Zimmerservice. Er bestellte Kaffee und ein großzügiges Frühstück. Anschließend setzte er sich mit gegenüber und sah mir beim Füttern zu. „Wie gehts dem Kleinen?“

Sanft strich ich über den kleinen mit Federn bedeckten Kopf. „Bisher sieht es ganz gut aus, meinst du nicht? Er hat zumindest eine Nacht in meiner Obhut überstanden.“

„Warst du jede Stunde wach?“

„Beinahe, ja.“

„Du nimmst die Sache ganz schön ernst. Willst du ihn nicht lieber in eine Auffangstation bringen?“

„Aber ... vielleicht kümmern sie sich nicht so gut um Hope.“

„Ich denke, die werden dort Personal haben, das rund um die Uhr anwesend ist. Dafür werden sie schließlich bezahlt, meinst du nicht?“

„Schon möglich.“

„Noa, wir können ihn nicht mit uns nehmen. Einen Flug übersteht er nicht.“ Er lehnte sich vor und blickte mich ernst an, dabei stützte er seine Ellenbogen auf den Oberschenkeln ab. Seine grünen Augen schienen mich zu durchbohren.

„Ich weiß ... der Luftdruck und so ...“

„Genau. Lass mich dort anrufen. Dann können wir ihn nach dem Frühstück hinbringen. Was hältst du davon?“

„So schnell schon?“ Ich konnte nicht verhindern, dass meine Stimme zitterte. Die Vorstellung Hope abzugeben, war traurig.

„Das macht es einfacher. Wir haben heute ein paar Termine und später sind wir im Club. Da kann Hope ohnehin nicht mitgehen. Zu voll, eng und laut. Oder wie siehst du das?“

Natürlich wusste ich, dass er Recht hatte. Trotzdem war diese Sache keine leichte für mich. Ich hatte den Vogel bereits ins Herz geschlossen. „In Ordnung. Ruf an und frag aber bitte auch, ob sie ihn regelmäßig füttern und ob jemand auch in der Nacht da ist.“

„Mach ich."
Keine zwei Stunden später standen wir im Foyer der Auffangstation, wo ich mit den Tränen kämpfte. Die junge Angestellte sah mich mitleidig an, hielt mir jedoch auffordernd die Hände hin. „Keine Sorge, dem Vogel wird es hier gutgehen. Wir kennen uns mit Findlingen aus."

Ich schluckte den dicken Kloß in meiner Kehle herunter und nickte. Malcolm ergriff behutsam das kleine Bündel in meinen Händen, das ich irgendwie noch immer nicht losgelassen hatte und entwendete es mir vorsichtig. „Du hast getan, was du konntest Noa. Lass Hope jetzt gehen."

„Und wie weiß ich, dass es ihr gut geht?", wisperte ich mit dünner Stimme.

„Ich bin mir sicher, es gibt hier eine Telefonnummer, unter der du dich nach Hope erkundigen kannst. Nicht wahr?" Malcolm sah die Frau abwartend an.

Eilig nickte sie. „Oh ja. Auf jeden Fall. Sie können jederzeit anrufen. Es ist immer jemand da, wenn wir so junge Vögelchen hier haben."

„Also gut." Ich spürte deutlich, wie meine Mundwinkel verdächtig zuckten, kämpfte allerdings stark um meine Fassung. Dass Malcolm mich für ein Weichei hielt, wusste ich bereits, aber es musste nicht noch offensichtlicher sein. Noch einmal streckte ich die Hand nach Hope auf und strich ihr sanft über den Rücken, der ein wenig Flaum aufwies. Sie war hier sicher, das wusste ich. Hier würden sie sich noch besser um den kleinen Vogel kümmern können und Malcolm hatte natürlich Recht. Wir würden morgen wieder zurückfliegen und da konnten wir ihn ohnehin nicht mitnehmen. „Machs gut, kleine Hope. Du wirst mir fehlen, mein süßer kleiner Schatz."

„Na komm, wir sollten jetzt weiter ziehen.“ Da ich mich nicht wirklich rührte, legte Malcolm mir eine Hand auf den Rücken und schob mich zum Ausgang. Ich blickte mich noch einmal nach Hope um, die jedoch bereits mit der Mitarbeiterin in einen Nebenraum verschwunden war.

„Das war es also ...“, murmelte ich mit schwerem Herzen.

Malcolm

Den ganzen Tag über wartete ich darauf, dass Noa mich auf sein Vorhaben ansprach. Am Vorabend hatte es sich so angehört, als ob er gerne in die Stadt gehen wollte, doch je mehr Zeit verstrich, desto mehr glaubte ich mich verhört zu haben. Er fragte mich nach gar nichts, stattdessen wirkte er in Gedanken, während er an seinem kleinen Projekt arbeitete.
Konnte mir nur Recht sein. Ich wäre ohnehin nicht mit ihm losgezogen, dafür hatte ich noch genug zu tun, auch wenn das ebenfalls von der Heimat aus gereicht hätte. Die Abgabe des neuen Projektes hatte noch Zeit, zudem arbeitete ich ohnehin nur an ein paar Ideen. Es war noch nichts Konkretes dabei.

„Woran arbeitest du?“ Noa sah mich von der gegenüberliegenden Seite des Sofas an, seine nackten Füße hatte er gegen die Couchtischkante gestützt, der Laptop ruhte auf seinem Schoß. So seltsam sich das gerade auch anhören mochte, ich hätte viel zu gerne nach diesen Füßen gegriffen und jeden einzelnen kleinen Zeh massiert und mit kleinen Küssen benetzt. Dabei war ich noch nicht einmal ein Fußfetischist. Ich machte mir nichts aus Füßen und bisher waren sie mir sogar egal gewesen. Doch seine waren schmal, recht klein, aber für einen

Omega passend und was mich noch mehr faszinierte, waren die petrol bemalten Nägel. Das hätte ich nicht bei ihm erwartet.

„Einen Slogan und die passenden Bilder dazu."

„Das weiß ich, aber ich meine, was ist der Auftrag? Worum geht es genau?"

Mit hochgezogener Braue sah ich ihn an. „Sag bloß, du entwickelst ein echtes Interesse an diesem Job."

Noa rollte die großen braunen Augen. „Ne. Wirklich nicht. Trotzdem kann ich doch fragen."

„Na schön. Es geht um eine Universität, die damit werben will, dass sie Omegas bei sich aufnehmen und das soll aussagen, dass sie mehr als bloß Bettwärmer und Kindermädchen sein können."

„Wirklich?", kam es verwundert von ihm. Plötzliche Unsicherheit in seinen Zügen. „Warum hast du den Auftrag angenommen?"

„Wieso denn nicht?"

Er zögerte mit seiner Antwort und knabberte an seiner Unterlippe. „Du magst keine Omegas, daher dachte ich ..."

„Wer sagt denn sowas?" Ich war völlig baff. Wie konnte er so etwas von mir denken?

Betont gleichgültig zuckte er mit der Schulter. „Du hast nicht nur einmal erwähnt, keine Omegas zu wollen, also habe ich angenommen ... dass du uns nicht magst ... naja ... ist ja auch egal." Er machte eine wegwerfende Handbewegung und blickte stur auf seinen Laptop.

In meinen Eingeweiden rumorte es. Seine Worte ärgerten mich. „Bloß weil ich keinen Omega vögeln will, heißt das noch lange nicht, dass ich etwas gegen sie habe. Es ist wohl eher das Gegenteil der Fall.", sagte ich mit Bitterkeit in der Stimme, legte den Laptop auf den Tisch und verließ den Raum.

„Malcolm, so habe ich das nicht gemeint.“, rief er mir hinterher. Ich hörte seine eiligen tapsigen Schritte auf dem Marmorboden und drehte mich auf dem Absatz um, sodass er beinahe mit mir zusammengeprallt wäre, sich jedoch rechtzeitig fing und abrupt stehen blieb.

„Was denn?“, knurrte ich.

„Es tut mir leid, wenn ich dich damit verletzt habe. Ich wusste ja nicht ... dass du ...“

„Dass ich was? Omegas meide wie die Pest? Dass ich sie nicht in meiner Nähe will, weil sie so sensibel sind?“

„Wir sind nicht sensi-...“

Harsch fiel ich ihm erneut ins Wort. Er machte mich gerade verrückt mit seinen falschen Aussagen. Ich wusste, wovon ich redete. „Und ob ihr das seid. Allesamt. Ihr könnt ganz einfach fallen und wie ein Zweig im Wind brechen.“

„Du übertreibst.“

„Tue ich das?“ Meine Augen verengten sich. Ich stand kurz davor ihn zu packen und zu schütteln, da erklang sein verdammtes Handy, das wohl seine Rettung bedeutete, oder vielleicht auch meine eigene.

„Ignorier es.“, meinte er und machte keine Anstalten dran zu gehen.“

„Nein. Es ist besser, wenn du den Anruf annimmst. Am Ende ist es noch dein Vater, der sich sorgt.“

Hörbar stieß er die Luft aus. „Als ob.“ Obwohl ungern, ging er meinem Wunsch nach: „Hallo?“

Als die Person auf der anderen Seite der Leitung zu einer Erwiderung ansetzte, verließ sein Gesicht jegliche Farbe.

„Wo- woher hast ... hast du meine Nummer?“

Etwas beunruhigt näherte ich mich ihm. Dieses Verhalten war untypisch für ihn. So gut kannte ich ihn inzwischen. Den

Anrufer konnte ich zwar nicht gut hören, aber es war eine männliche Person.

„Was willst du?", fragte er reserviert, als ob es ihn anwidern würde.

„Ja, das ... das hat er erwähnt ... aber ich dachte ... vielleicht war es nur so dahin gesagt." Noa wandte mir den Rücken zu, wie um sein Gesicht vor mir zu verbergen. Er ging sogar soweit, dass er in sein Zimmer verschwand und die Tür hinter sich abschloss. Verdattert stand ich davor und starrte die weiße Tür vor meiner Nase an.

„Ist das dein Ernst Noa?"

Kurz darauf wurde die Tür geöffnet und Noa blitzte mich an. „Ist es etwas verboten zu telefonieren?"

„Nein, aber du-..."

„Habe ich kein Recht auf Privatsphäre?"

„Doch ... aber du hast betroffen gewirkt."

„Und wenn schon. Das ist mein Problem. Und jetzt lass mich einfach in Ruhe. Ich will mich vor dem Club noch frisch machen."

Ehe ich etwas sagen konnte, schlug er mir wieder die Tür vor der Nase zu. Ich starrte den weißen Lack verdattert an. Noa kam mir von Tag zu Tag zickiger vor. Das konnte nichts heißen oder aber, er kam in einigen Tagen in seinen Zyklus und das bedeutete, er würde seine Hitze bekommen, wenn er keine Tabletten dagegen nehmen würde.

***

„Maren, leg das Holzscheit zur Seite, das Feuer ist groß genug." Sky schnitt das restliche Gemüse in mundgerechte Stücke. Seine kleine Schwester kletterte auf die Bank und

begann das Gemüse in den großen Topf zu geben. Wasser ploppte heraus, weil sie daraus ein Spielchen machte.

„Kann ich Karotte haben?", fragte die Vierjährige, die bereits ein Stück Karotte an den Mund führte.

„Na klar. Ist doch für uns und du bist eine fleißige Helferin. Das muss belohnt werden."

Die Kleine verzog den Mund zu einem Schmollen. Ihre dunklen Locken umrahmten ihn braungebranntes Gesicht. Sie hatte die gleichen Augen wie Sky. Braun wie Bernstein und voller Leben. „Papa schlägt mir immer auf die Hände, wenn ich was stibitze."

„Papa weiß nur nicht, dass du eine Helferin bist."

An der Tür donnerte es laut. Das alte Holz wackelte in den rostigen Scharnieren. „Wer ist das?", fragte das Mädchen und machte große Augen. Sie sprang eifrig von der Band und lief zur Tür hin, die sie unbedacht öffnete, gerade als Sky sie aufhalten wollte.

Er packte sie und schob sie einem Impuls folgend hinter sich. Ein großer Alpha mit nachtschwarzen Haaren und grellen grünen Augen stand im Türrahmen und lächelte auf Sky herab.

„Was für eine erfreuliche Überraschung. Du musst der berühmte Sky sein." Seine Stimme war tief und verursachte Sky eine unangenehme Gänsehaut.

„Wer bist du?", fragte Maren, die hinter Skys Rücken hervorlugte.

„Scht.", hielt Sky sie zum Schweigen auf und schob sie erneut hinter sich. „Entschuldigen Sie Sir. Ich ... woher kennen Sie meinen Namen?"

„Ach, von hier und da. Es werden die wildesten Geschichten über einen ausnahmslos schönen Omega erzählt und ich dachte, das muss ich mir selbst genauer ansehen." Der

Mann machte eine aufgesetzte Denkerpause und betrat ungefragt den Raum. Sky wich mit seiner Schwester in seinem Rücken vor ihm zurück, bis sich an den alten Küchentisch stießen.

„Sir, das ... das sind nur Geschichten. Nichts weiter."

Er legte den Kopf schief und wirkte plötzlich viel zu groß für diese kleine alte Küche. Sky fühlte sich schäbiger als sonst, zumal der Mann ausgesprochen edle Kleidung trug. Sogar wertvoller als Silas, wenn er das richtig erkannte. Was wollte er dann hier bei ihnen im Haus? Das gehörte sich nicht.

„Ich denke nicht. Wie es aussieht, sind nicht alle Geschichten bloße Märchen. Manche sind tatsächlich wahr, wobei sie meiner Meinung nach, untertrieben ist. Du bist nämlich noch schöner, als die Erzählungen sagen."

„Bitte ... sagen Sie das nicht, Sir." Sky wagte es nicht, zu dem Alpha aufzublicken, zumal das verboten war, wenn man dazu nicht aufgefordert worden war.

„Pst." Unerwartet forsch legte ihm der Alpha einen Finger auf die Lippen und verschloss seinen Mund. Ein Ruck ging durch Skys Körper. Er spürte die Gefahr, die dieser Mann mit sich brachte. Konnte seine Aura fast schmecken und sah sich hilfesuchend nach einem Ausweg um, doch natürlich gab es da keinen. Sie besaßen nur eine Tür, keinen Hinterausgang. „Wenn ich sage, dass du schöner bist, als jeder andere, den ich gesehen habe, dann hast du mir nicht zu widersprechen. Hast du mich verstanden?" Die grünen Augen blickten drohend auf ihn hinab und dann griff er nach seinem kleinen Zopf und zog daran. Sein Kopf wurde grob in den Nacken gezerrt. „Sieh mich an. Ich will diese Augen betrachten und davon träumen, bis ich dich das nächste Mal wiedersehe."

Ängstlich hob Sky die Lider und begegnete ungewollt dem Blick des Mannes, in dem pures, wildes Verlangen zu finden war.

„Bitte nicht ...", wimmerte Sky. Diese Gier erschreckte Sky so sehr, dass er sich plötzlich in dem Griff des Alphas wand, bis er sich befreit hatte. Er packte Maren an der Hand und sprintete an dem Mann vorbei und zur Tür hin. Erschrocken stieß er gegen eine harte Brust und ein Arm legte sich beschützend um seine Taille.

„Was ist hier los und wer bist du?", zischte Silas wütend. Der fremde Alpha stieß ein kehliges Knurren aus, das an ein wildes Tier erinnerte.

„Was hast du hier zu suchen?", kam es von dem Fremden, der sich direkt vor Silas aufbaute. Es war noch nie vorgekommen, dass Sky erleichtert gewesen war, Silas zu sehen, aber in diesem Moment war er das ohne Zweifel.

„Ich bin dir im Haus meines Gefährten keine Erklärung schuldig. Du dafür umso mehr. Also raus mit der Sprache. Was machst du hier?" Silas schob Sky und Maren nach draußen und hinter sich und somit aus dem Sichtfeld des anderen Mannes.

„Ich habe hier keinen Gefährten gewittert. Hier ist keiner gebunden."

„Noch nicht, aber Sky gehört mir, also halt dich fern von ihm und diesem Haus. Ist das klar?"

Nun lachte der Mann schallend. „Du glaubst wirklich, dieser Omega gehört dir? Du wirst dich noch wundern, denn solche wie er, sind nicht nur für einen Einzigen da. Glaub mir. Da gibt es sicher noch mehr von deiner Sorte."

Silas biss die Zähne zusammen. „Ich erlaube dir nicht, so über meinen Gefährten zu sprechen, und jetzt verschwinde hier, bevor ich mich vergesse und dafür sorge, dass du alles andere vergisst."

Kapitel 14

Noa

Obgleich mir nach dem unerwarteten Anruf von Larus, die Lust tanzen zu gehen, vergangen war, stand ich nun dennoch neben Max am Eingang des Vulture Club und wartete darauf, dass Malcolm auf der Gästeliste gefunden wurde. Wie es aussah, kam man in diesen Club nur hinein, wenn man jemand Besonderes war und natürlich war das bei ihm der Fall.

„Du siehst sehr sexy aus, Noa.“, sagte Max, der sich zu mir herunter beugte und vertraulich einen Arm um meine Taille legte. Eigentlich empfand ich mich nicht als sexy. Im Allgemeinen nicht und gerade mit diesem unguten Gefühl im Bauch, erst recht nicht. Die weiße Stoffhose sah natürlich schon gut aus und betonte meinen Hintern und die schlanken Muskeln meiner Oberschenkel. Dazu trug ich ein locker eingestecktes hellblaues Hemd, das ich an den Ärmeln hochgekrempelt hatte. Hellbraune Schuhe und ebenso ein hellbrauner Gürtel und ein Lederarmband komplettierten mein Outfit, wobei ich die Haare heute ziemlich wild trug. Sie waren nur leicht mit Wachs fixiert und fielen in großzügigen Locken auf meine Schultern.

„Danke, aber das Kompliment kann ich nur zurückgeben.“ Max sah atemberaubend aus. Seine langen blonden Haare schillerten wie pure Seide und fielen ihm glatt über den Rücken. Er trug ein Top, das lediglich einen Träger besaß und der lag in seinem Nacken, zudem war das goldene Top komplett rückenfrei. Dazu trug er eine schwarze Hose aus Satin und die ließ der Fantasie wirklich wenig Spielraum, was seine Vorzüge anging.

„Ja, ich weiß, ich bin einzigartig und ein Paradiesvogel.", lobte sich der Magier selbst, schien dabei nicht einmal etwas Verwerfliches zu sehen. Das gefiel mir an ihm. Er war echt, verstellte sich nicht.

„Malcolm ist heute aber auch nicht zu verachten, meinst du nicht?" Er zwinkerte mir verschwörerisch zu und ich folgte seinem Blick nach vorne. Malcolm hob sich von der Menge deutlich ab. Er war hochgewachsen, seine Schultern waren breit und seine Frisur stand wie eine Eins. Er trug ein schlichtes weißes Shirt mit tiefem V-Ausschnitt, das seine Tattoos besonders gut zur Geltung brachte und eine einfache blaue Jeans mit braunen Boots.

Eine Antwort sparte ich mir und wandte den Blick ab, da entdeckte ich Christian und Paul, die sich durch die Menge schlängelten, bis sie es zu uns schafften. Paul grinste. „Hätte nicht gedacht, euch in dem Gedränge noch zu finden."

Christian mischte sich ein. „Ach komm, das glaubst du selbst nicht. Bei diesen beiden Augenweiden."

„Gut, ich geb mich geschlagen. Du hast recht. Beinahe jeder Kopf ist in eure Richtung gewandt."

„So soll es sein. Ich habe nicht umsonst drei Stunden im Bad zugebracht, um diesen Prachtkörper in Szene zu setzen." Malcolm winkte uns zu sich, daher begaben wir uns zwischen den Wartenden in der Schlange nach vorne. Unangenehm berührt spürte ich plötzlich, wie jemand in meinen Hintern kniff. Ich stieß einen erschrockenen Laut aus.

„Was ist los?", wollte Malcolm sofort wissen, allerdings schüttelte ich bloß den Kopf. Auf eine Szene hatte ich wirklich keine Lust, denn er würde das garantiert nicht einfach so hinnehmen. Immerhin fühlte er sich für mich verantwortlich, solange Lars und Steve nicht bei mir waren.

„Sicher?“, hakte er nicht im Geringsten überzeugt nach und sah sich nach der Ursache meiner Reaktion um.

„Ganz sicher.“, versicherte ich ihm. Max lehnte sich vor und hakte sich bei ihm ein.

„Lass den Kleinen ein wenig atmen Mal. Das ist ja nicht auszuhalten. Du bist beinahe wie eine Glucke, dabei sind wir keine zwei Minuten im Club.“

Ich musste über diesen Ausdruck Kichern und auch, weil Malcolm ihm einen vielsagenden Blick zuwarf.

„Ich habe die Verantwortung für ihn.“

„Mach dir keine Gedanken, hier wird mir schon nichts passieren. Wir sind mitten unter Leuten.“ Um ihm das zu beweisen, hakte ich mich bei Paul ein und lief mit ihm voraus zur Bar. Auf dem Weg dorthin nahm ich mir erstmal Zeit, den Club zu betrachten. Es handelte sich um einen älteren Gewölbekeller, dessen rote Ziegel schön ausgearbeitet waren und unbehandelt geblieben waren. An einer langen Seite befand sich eine halbrunde Bar, wo mehrere Barkeeper Getränke mischten. In der Mitte des Raumes war die große und bereits volle Tanzfläche. An der Bar saßen mehrere Menschen und nippten an den Getränken, unterhielten sich angeregt oder flirteten. Der Mischpult war auf einer kleinen Empore. Darauf gab ein DJ sein Bestes und brachte die Partystimmung zum Kochen, indem er die besten und aktuellsten Songs spielte.

An den Seiten standen ein paar Tische und sogar eine kleine Sofalandschaft fand man dort. Es war beinahe so, wie ich es mir immer vorgestellt hatte, nur dass ich sofort bemerkte, wie sich mehrere Köpfe nach mir umdrehten, und ich wusste sofort, dass es ausnahmslos Alphas waren. Typisch. Die mussten einen

Omega natürlich sofort wittern. Man konnte sich nie vor ihnen verbergen.

Paul lehnte sich an die Bar und winkte einen Barkeeper zu ihm. „Einen Gin Tonic." Dann wandte er sich mir zu. „Was trinkst du?"

„Ähm ... das Gleiche?"

„Ist das eine Frage oder willst du auch einen?"

Sofort errötete ich. „Ich will auch einen, bitte." Natürlich hatte ich von diesen ganzen alkoholischen Getränken keine Ahnung. Wenn ich mal etwas getrunken hatte, dann war es Wein von meinem Vater gewesen und auch den gönnte er mir nur selten.

Max, Malcolm und Christian gesellten sich zu uns, bestellten sich ebenfalls etwas und schließlich stellten wir uns in eine Art Kreis. „Auf einen schönen Abend, Leute.", sagte Paul und prostete uns zu. Wir taten es ihm alle gleich und ich fühlte mich zum ersten Mal, seit ich denken konnte, frei.

„Auf einen geilen Abend.", kam es von Max, der Malcolm an der Hand ergriff und auf die Tanzfläche zerrte. „Du entkommst mir diesmal nicht."

Hilflos sah er mich kurz an und zuckte mit einer Schulter. Als ich sah, wie er die Hand an die Taille des Magiers legte, während dieser sich ganz nah an ihn schmiegte, durchzuckte mich etwas, das stark an Eifersucht erinnerte, daher verdrängte ich dieses Gefühl, so gut es ging, und riss mich von dem Anblick los.

Paul lehnte sich zu mir herunter an mein Ohr. „Du weißt schon, wenn einer von uns eine echte Chance bei ihm hat, dann bin das nicht ich."

Verwundert sah ich ihn an und dann zu Malcolm. „Du ... du stehst auf ihn?"

Er sah mich an, als ob ich Tomaten auf den Augen hätte. „Ist das denn nicht offensichtlich? Jeder mit gutem Geschmack würde ihn wollen. Nichts gegen dich Baby. Aber mir haben es die scharfen Alphas angetan. Ob Mann oder Frau, ich kann denen nicht widerstehen."

„Hast du es denn schon bei ihm probiert?" Auch wenn ich mir das lieber nicht vorstellen wollte.

„Nein. Er sieht mich nicht mit diesem speziellen Blick an, den er dir oder Max schenkt. Diese speziellen Vibes fehlen."

„Ich glaube ... nicht, dass er mich ... irgendwie speziell ansieht. Vor allem nicht, wie Max. Er steht nicht auf mich."

„Das kann nur von einem kommen, der für sowas völlig blind ist. Der Typ kann die Augen kaum von dir lassen. Sieh hin. Selbst jetzt, mit dieser Klette an seinem Hals, schaut er zu dir. Und ... wow ... wenn dieser Blick nicht heiß wie Feuer ist." Er schüttelte die Hand, als ob er sich verbrannt hätte.

Um mich zu überzeugen, folgte ich seinem Blick und tatsächlich sah Malcolm mich an, nur konnte ich nicht sehen, was Paul meinte. Er sah mich wie immer an. Skeptisch spitzte ich die Lippen. „Hm ... also ich denke, er geht nur auf Nummer sicher, dass ich nicht verloren gehe oder so."

Plötzlich legten sich zwei Hände von hinten an meine Taille und warmer Atem streifte meine Wange. Ich nahm den Duft von Metall und Süße wahr. „Hallo Schönheit. Hab ich dich."

Neben uns erschien Sven, der höchst zufrieden mit sich, grinste. „Sven. Wie hast du uns gefunden? Gibt es so wenige Clubs?"

„Quatsch. Ich dachte an deinen Typen und da er in so einem fancy Restaurant unterwegs war, dachte ich, es muss auf jeden Fall dieser oder das *Heartbreaker* sein. Zum Glück habe ich hier zuerst mein Glück versucht. Komm, lass uns tanzen."

„I-ich ...“ Mein Herz begann schneller zu schlagen. Zwar konnte ich Ballett tanzen, aber dieses moderne Shaken, war etwas völlig anderes. Dennoch wollte ich alles mitnehmen, was ich konnte, daher leerte ich das Glas in einem Zug und reichte Sven die Hand.

„Kann ich mich anschließen, oder lasst ihr mich mit meinem Bruder zurück?“,

Ich streckte ihm die Hand entgegen und er kam der Aufforderung grinsend nach.

„Ich glaube allerdings, dein süßer Vampir, wollte lieber mit dir alleine tanzen.“ Er deutete mit dem Kinn auf Sven, der meine Hand noch immer in seiner hielt und mich mit sich auf die Tanzfläche zog. Ich fand nicht, dass er unzufrieden wirkte. Nach wie vor strahlte er und ich mochte seine freundlich-lässige Art. Er trug ein sehr freizügiges Shirt im Fischernetzstyle und eine schwarze enge Jeans dazu. Inmitten der Tanzenden ließ er meine Hand los und begann sich mir zugewandt zu den Tanzbeats zu bewegen. Sorgenfrei hob er die Hände über den Kopf und bewegte Hüfte und Oberkörper wie eine Schlange. Es sah sehr gekonnt und lässig aus. Daneben fühlte ich mich steif wie ein Brett, was ich wohl auch war, denn Paul schmiegte sich von hinten an mich, legte seine Hände an meine Hüfte und half mir, mich ein wenig lockerer zu machen.

Ich spürte, wie ich errötete. Diese Nähe zu einem Mann, selbst wenn ich nicht auf ihn stand, kannte ich nicht. Nicht einmal einen richtigen Kuss hatte ich bisher bekommen und wie es aussah, würde es wohl Larus werden, wenn ich keine Lösung dazu fand. Der Drink sorgte dafür, dass ich mich ein wenig lockerer fühlte und tatsächlich die Hüften zum Schwingen bringen konnte.

„Yeah Süßer. Genauso.“, sagte Sven jubelnd, der mich mit einem Arm um meine Taille ein Stück an sich heranzog und sich mit mir zu den Beats bewegte. Nach einer Weile wurde mir ein wenig schwummrig im Kopf, was ich dem Alkohol zuschrieb, den ich zu eilig getrunken hatte, aber das störte mich nicht.

Unerwartet wurde ich aus dieser halben Umarmung gezogen und stand Malcolm gegenüber, der mich aus verengten Augen musterte.

Ich starrte ihn verwirrt an. „Was ... was ist los?“

Ohne mir eine Antwort zu geben, zog er mich von der Tanzfläche und ich folgte ihm wie ein Hündchen, das keine Szene machen wollte.

„Wo gehst du hin?“, rief uns Sven hinterher. Er tanzte allerdings mit Paul weiter, der mehrdeutig mit den Brauen wackelte. Mir entschlüpfte ein Kichern, was Malcolm zum Halten brachte. Sofort drehte er sich zu mir um. „Was ist so witzig?“

Ich schüttelte den Kopf. „Nichts. Ich frage mich nur, was los ist.“

„Gar nichts. Mir hat es nur nicht gepasst, wie eng ihr miteinander getanzt habt. Das gehört sich nicht.“

„Ach? Und wenn du das mit Max machst, ist es in Ordnung?“

„Ich bin erwachsen und ein Alpha.“

Das ärgerte mich, daher verschränkte ich die Arme vor der Brust. „Ich bin ebenfalls erwachsen. Ich bin neunzehn Jahre alt.“

„Tzk. Das ist nicht erwachsen Noa.“

„Ach ja? Und wie alt bist du?“

„Älter als du. Um einiges.“ Etwas Seltsames lag in seinem Blick, nur kam ich nicht dahinter, was es war.

„So viel älter sicher nicht. Du siehst höchstens wie achtundzwanzig aus.“

Er grinste schief. „Setze noch eine null dahinter, dann könnte es beinahe passen.“

Perplex schüttelte ich den Kopf. Da hatte ich mich sicher verhört. Es war möglich, denn die Musik war laut und ich musste mich anstrengen, ihn zu verstehen. „Was hast du gesagt? Ich habe zweihundertachtzig verstanden. Das wäre ziemlich ungewöhnlich.“ Ich lachte nervös, gerade weil er mich weiter unverwandt ansah.

„Du hast richtig verstanden. Ich bin ein Canus Dirus. Einer der alten Rasse und somit mit einem langen Leben gezeichnet.“

„Aber ... ich dachte ... die gäbe es schon lange nicht mehr.“

„Meine Familie gehört zu den Wenigen.“

„Du ... du veralberst mich doch.“

Überheblich hob er eine perfekte Braue. „Sehe ich so aus, als ob ich scherzen würde? Ich denke wohl nicht.“

„Wow ... Ehrlich ... wow. Ich bin ... sprachlos. Dann ... dann ist ... ähm ... Larus auch einer?“

„Er ist mein Bruder. Natürlich ist er das. Wieso fragst du?“

Wenn er ebenfalls ein Canus Dirus war, hatte ich gleich null Chancen, dieser Bindung zu entkommen. Vater würde das nie erlauben, gerade wenn er von dem Geschlecht dieser Familie wusste und ich war mir ziemlich sicher, dass er das tat. Sonst wäre er nicht so versessen auf eine solche Bindung. Und vor allen Dingen, hätte er mir nie gestattet, ohne meine Bodyguards allein mit einem Alpha zu verreisen.

Ich wünschte mir auf einmal, dass Malcolm sich für mich interessierte. Dass ich ihn anziehend fand, war mir bewusst und irgendwie wollte ich, dass er mich genauso sexy fand, wie Max. Ich wollte unwiderstehlich für ihn sein. Von ihm gehalten werden. Stattdessen griff er erneut nach meiner Hand und führte mich zu einem beinahe freien Sofa. Ein junger Mann saß dort und beobachtete uns. Malcolm machte lediglich eine wegwerfende Handbewegung und der Mann erhob sich sofort.

„Was war denn das?“

„Setz dich.“ Er schob mich auf das nun freie Sofa.

„Das war unhöflich.“ Damit meinte ich sein überhebliches Verhalten, dem anderen Mann gegenüber, der nun an der Bar stand und uns weiterhin beobachtete.

Malcolm

Noa musste mich für völlig durchgeknallt halten, weil ich seinen Tanz unterbrochen hatte. Auch wenn es nicht so aussah, es lag nicht an den viel zu grapschenden Händen von diesem Vampir. Der war, wie ich inzwischen schätzte, eher harmlos und mehr auf das Tanzen aus, statt etwas anderes, wobei er Noa mit Sicherheit anziehend fand, sonst wäre er hier nicht ebenfalls aufgetaucht. Was mich zu dieser Reaktion veranlasst hatte, war das Auftauchen von Liass. Der stand an der Bar, neben diesem Typen vom Sofa und starrte Noa wie ein Verhungernder an. Ich konnte Noa nicht mehr aus den Augen lassen. Wenn ich die Ähnlichkeit zu Sky sehen konnte, war es bei ihm garantiert genauso. Mein Magen drehte sich um, wenn ich an die Vergangenheit zurückdachte. Manchmal bereute ich die Tatsache, dass ich sein Leben nicht beendet hatte, denn ganz gleich, wie man es drehte und wendete, an dem Verlust meiner großen Liebe war er schuld.

„Ich will noch etwas trinken, Malcolm."

War ja klar, dass es da hingehen musste. „Dann komm, besorgen wir dir was." Ich führte ihn zur nahegelegenen Bar, mied jedoch die Ecke, an der Liass uns noch immer nicht aus den Augen ließ. Wir beide lieferten uns ein Starrduell. Keiner wollte kleinbeigeben.

„Ich hätte gerne eine Margarita.", vernahm ich die Bestellung von Noa, der sich nun selbst über die Theke lehnte und den Barkeeper freundlich anlächelte. Dieser schien, wie beinahe jeder hier, von dem Omega verzaubert zu sein. In seinen Augen konnte man fast schon die Herzchen aufleuchten sehen.

Der Mann stellte ihm das Getränk hin. „Das geht aufs Haus." Er reichte ihm eine Serviette dazu und lehnte sich vor. „Und das ist meine Nummer."

Noa öffnete den Mund, um etwas zu sagen, da fiel ich ihm ins Wort und griff nach der Serviette. „Das wird nicht nötig sein."

„Oh. Ich wusste nicht, dass er vergeben ist, sorry." Der Barkeeper hob entschuldigend die Hände und widmete sich bereits einem anderen Kunden.

Natürlich bemerkte ich, wie Noa sofort zu mir aufsah und die Luft scharf einsog. Er griff nach meiner Hand, in der ich die Serviette zerknüllt hatte und noch festhielt.

„Gib sie mir."

Ganz langsam wandte ich ihm das Gesicht zu. „Ich denke nicht daran."

Sichtlich verärgert schob er die Unterlippe vor. „Das war für mich. Du kannst nicht für mich entscheiden."

„Du wolltest doch eh nicht annehmen.“, sagte ich selbstsicher, wobei ich das nicht wissen konnte. Vielleicht gefiel ihm der Beta.

„Und wenn schon. Das ist noch immer meine eigene Entscheidung.“

Ich öffnete die Hand und ließ die zerknüllte Serviette auf die Ablage fallen. Noa schnappte sie sich und steckte sie in seine Hosentasche. „Na also. Geht doch.“ Er hob sein Glas mit dem Salzrand und trank einen großen Schluck der Margarita. Seine Augen weiteten sich, dann leckte er sich über die Lippen. Sofort verspürte ich ein Ziehen in meinen Lenden. Wie gerne ich diese Lippen gerade geküsst hätte. Es war zum verrückt werden. Noa war Sky so ähnlich. So schön von außen wie von innen und je mehr Zeit ich mit ihm verbrachte, desto stärker verliefen die Linien, die sie trennten. Das konnte aber nicht Sky sein. Mein Sky würde sich an mich erinnern. Er hätte mich nicht vergessen, so wie ich ihn niemals aus meinen Gedanken und meinem Herzen verbannen konnte.

„Das ist so lecker erfrischend.“ Erneut nahm er das Glas an die Lippen und bevor ich es verhindern konnte, leerte er es in einem Zug und stellte es grinsend vor sich auf den Tresen. Er hob die Hand und bestellte sich gleich noch einen. „Willst du auch Mal?“, säuselte er plötzlich vertraulich.

Ich hob eine Braue. „Mal? Seit wann hast du dir das Recht erarbeitet, mich so zu nennen?“

Schmollend schob er die Lippen zusammen und legte den Kopf schief. Er blickte mich unter leicht gesenkten Lidern viel zu verführerisch an. „Magst du mich denn nicht ein kleines bisschen?“

„Das hat damit nichts zu tun.“

Noa hob ein frisch gefülltes Glas und hielt es mir hin. „Hier. Lass uns anstoßen."

Um ihn nicht unnötig zu kränken, nahm ich es und prostete ihm zu. Statt die Bewegung nur anzudeuten, ließ er unsere Gläser aneinanderstoßen. „Auf uns."

„Auf einen schönen Abend.", sagte ich stattdessen und trank einen Schluck des Zitruscocktails mit Tequila. Noa überraschte mich, indem er das Getränk erneut in einem leerte und es laut klirrend auf die Theke stellte.

„Das ist so lecker.", lispelte er plötzlich und stieß sich von der Bar ab, allerdings geriet er ins Straucheln und ich lenkte ein, indem ich ihn mit einem Arm stützte.

„Mach langsam. Sonst wird dir schlecht." Ich zog ihn ein Stück an meine Brust heran, damit er nicht weiter torkelte. Mir fiel Liass an, der ihn mit sichtlichem Verlangen betrachtete, daher gab ich ihm einen warnenden Blick, den er mit einem Augenrollen abtat.

„Mhm ... du riechscht so gut ... So gut ..." Gänsehaut überzog meine Arme, denn Noa stellte sich ein Stück auf die Zehenspitzen und drückte seine Nase an meinen Hals, wo er tief einatmete und einen Arm in meinen Nacken legte, damit ich ihm näher kam.

„Was machst du denn?"

Er blickte mich mit verhangenen Augen an. „Du riechscht gut. Willst du ... willst du auch an mir riechen?" Um mir sein offenkundiges Einverständnis zu erteilen, legte er auf Knopfdruck den Kopf zur Seite. Mein Glied füllte sich mit Blut. Ich war komplett hart, was kein Wunder war, bedachte man die Ur-Geste, die Noa mir gerade präsentierte. Die unterwürfigste Form der Unterwürfigkeit eines Omegas. Da konnte man sich nicht wirklich entziehen. Selbst der stärkste Alpha, hätte damit zu kämpfen und so tat es auch ich.

Ich biss die Zähne zusammen, strich ihm sanft mit der Hand über die pulsierende Schlagader, die er mir offenlegte. „Das sollte nur dein Gefährte machen dürfen, Noa."

„Du könntest ja für heute Nacht ... mein Gefährte sein. Meinst du nischt? Wäre es nischt schön? Willst du misch nischt küssen?"

Noa schmiegte sich vertraulich an meine Brust und zu meinem eigenen Leidwesen, fühlte sich das einfach nur perfekt an. Geradezu richtig. Ehe ich mich jedoch versah und zu einer Reaktion fähig war, zog er meinen Kopf an sich heran und schon lagen seine Lippen auf meinen. Er tat nicht viel, drückte lediglich die Lippen auf meine und bewegte sie ein wenig, wobei er ein leises Wimmern entließ.

Nun hieß es, die seit langem schwerste Entscheidung zu treffen. Die Vernunft siegte und so ging ich nicht auf den süßen Kuss ein, obwohl ich seine Lippen so gerne erobert hätte und geradezu danach lechzte, seinen Geschmack auf der Zunge zu schmecken. Sachte entzog ich ihm meinen Mund und schob ihn sanft aber bestimmt ein Stück zurück, achtete jedoch darauf, dass er in meiner Reichweite blieb, damit ich einen möglichen Sturz verhindern konnte.

„Noa. Das solltest du nicht tun ...", sagte ich bedauernd. Ihn zurückzuweisen, war genau das Gegenteil, von dem, was ich eigentlich wollte. Ich wusste aber auch zu gut, dass es nicht gut für mich wäre, diese Dinge zuzulassen, denn ich würde ihn auch irgendwann verlieren, wenn ich ihn an mein Herz heranließ. Das würde ich kein zweites Mal überstehen.

„Ich ... isch ... verstehe ... Tut mir leid ...“ Er schluckte sichtlich, seine Wangen waren ganz gerötet, ob vom Alkohol oder seiner gefühlten Schmach der Zurückweisung.

„Habe ich das eben richtig gesehen?“ Max erschien neben uns und grinste frech. „Lust auf ein wenig Spaß zu dritt?“ Er zwinkerte Noa zu, der leicht schwankte, den Blick allerdings gesenkt hielt.

„Lass die Witze.“, wies ich ihn etwas harsch zurecht, obgleich er sich davon nicht irritieren ließ und Noas Kinn hob.

„Das war kein Witz.“

„Er ... er mag es nicht ...“, kam es leise von Noa.

„Wenn er dich nicht küssen will, kann ich das gerne machen Schnucki.“ Tatsächlich lehnte er sich zu Noa vor und war im Begriff ihn zu küssen. Ich griff mit einer seltsamen Wut im Bauch ein und schob den Magier etwas grob zur Seite.

„Lass den Mist. Noa ist kein Spielzeug.“

„Das weiß ich. Noa kann aber selbst entscheiden, ob er mich küssen will.“ Er wandte sich dem Omega zu, dessen Wangen glühten. „Na? Wie ist es? Soll ich dich küssen?“
Unsicher sah Noa von ihm zu mir, doch plötzlich wurde seine Haut ganz fahl und er hielt sich die Hand vor die Lippen.

„Shit!“ Ich schnappte mir einen Eiskübel hinter dem Tresen, kippte ihn aus und hielt ihn vor Noas Gesicht. Gerade rechtzeitig, ehe er sich darin erbrach.

Kapitel 15

Noa

Der Boden unter mir zog dahin, ich schwebte ummantelt vom angenehmsten Duft, den meine Geruchsknospen jemals wahrgenommen hatten, dahin. Nirgendwo wäre ich im Moment lieber gewesen, als hier wo ich mich befand. Ich seufzte zufrieden und drückte meine Nase an etwas Festes, dem noch mehr des angenehmen Duftes entsprang. Ein kräftiger Trommelschlag erklang ganz in der Nähe und beruhigte mein wild schlagendes Herz. Mein Kopf war benebelt, die Gedanken völlig durcheinander und dennoch empfand ich eine tiefe Zufriedenheit. Kurz darauf endete mein Schweben und ich fand mich auf einer weichen Matratze wider.

Meine Lider flatterten und öffneten sich. Dicht über mich gebeugt entdeckte ich Malcolm, der mich besorgt betrachtete.

„Geht es dir besser?"

Ich nickte und streckte die Hände nach ihm aus, allerdings viel zu langsam, denn er erhob sich und ich ließ sie enttäuscht wieder sinken. „Legst du dich zu mir?", hörte ich mich fragen, ohne es wirklich zu realisieren.

„Ich habe mein eigenes Bett. Schlaf jetzt Noa."

Statt mein Zimmer sofort zu verlassen, merkte ich, wie er mir die Schuhe von den Füßen schälte und eine Decke über mich legte, ehe er das Licht ausmachte. Die Tür ließ er einen Spalt offen, aber das war das Letzte, was ich noch wahrnahm, bevor meine Lider schwer wurden und ich die Augen schloss.

„Hast du dich entschieden?"

Sky schluckte und schüttelte bedauernd den Kopf. „Ich ... ich will bei dir sein ... aber ... was ist mit Maren? Meiner Familie? Mein Vater verlässt sich auf mich."

Der junge Alpha wollte nicht so einfach aufgeben. Er liebte Sky, sie gehörten zusammen. Konnte er das nicht ebenfalls sehen? „Du kannst nicht ernsthaft in Erwägung ziehen Silas gewinnen zu lassen. Willst du dich ihm hingeben?" Diese Worte überhaupt auszusprechen, brannte ein Loch in sein Herz. Es zerriss ihn innerlich.

„Nein! Natürlich nicht. Ich will ihn nicht, aber wie kann ich denn ablehnen, wenn das Glück meiner Familie auf dem Spiel steht?"

Mal ergriff sanft die Oberarme des hübschen Omegas. „Ich kann deiner Familie das Gleiche und vielleicht noch mehr geben. Nur musst du erstmal mit mir gehen, denn du weißt genau, er wird dich nicht so einfach gehen lassen."

Diese eindringlichen Worte berührten Sky. Natürlich wollte er mit ihm gehen und obgleich er sich fürchtete, nickte er zaghaft. „In Ordnung. Bald gehe ich mit dir."

Ein Strahlen erschien auf dem Gesicht des Alphas. „Wirklich?"

Sky nickte schwach und lächelte sein Gegenüber an. Es machte ihn glücklich, diese Freude bei Mal zu sehen. „Wirklich."

Überschwänglich zog ihn der Alpha in seine Arme und küsste ihn.

Im Anschluss liefen sie Hand in Hand durch den Wald, den stets gleichen Pfad, den Sky immer auf dem Weg nach Hause nahm. Er begleitete ihn bis zum Bachlauf und zog ihn zum Abschied erneut in seine Arme. „Du hast mich gerade sehr glücklich gemacht, Sky. Du glaubst gar nicht wie sehr."

Sky sah zu ihm auf. Seine Züge zierte Zuneigung für den Alpha. „Das weiß ich wohl. Ich bin es nämlich ebenfalls, selbst wenn ich Angst habe."

„Das brauchst du nicht, ich beschütze dich. Niemand wird dir etwas antun können."

Auf dem Weg in sein eigenes Rudel schwebte Mal wie auf Wolken. Nichts anderes nahm er wahr, er sah nur das pure Glück, in seiner Zukunft mit Sky. Seine Eltern wussten inzwischen von ihm und auch über sein Vorhaben Bescheid.

So in seine Fantasie versunken, bemerkte er zu spät, dass er nicht alleine war. Ein kräftiger Schlag gegen seine Schläfe nahm ihm auf brutale Weise das Bewusstsein und er fiel wie ein nasser Sack zu Boden.

Heftig atmend schlug ich die Augen auf und fand mich in Dunkelheit wider. Mein Herz schlug zum Zerbersten schnell, als wollte es aus der Brust springen. Der Traum hatte ganz schön heftig geendet, dabei war der Beginn wirklich süß gewesen. Das Blut, die Schläge, die dieser Mal in dem Kerker abbekommen hatte, hatten den Traum zu einem Alptraum werden lassen. Es fühlte sich beinahe an, als wäre er selbst da gewesen, er konnte das Blut förmlich riechen, das aus den Wunden ausgetreten war, die dieser Silas ihm zugefügt hatte.

Ich setzte mich auf und der Raum begann sich ein wenig zu drehen. Der Geschmack in meinem Mund war eklig gallig, daher schlug ich die Decke zur Seite und ging direkt ins Badezimmer, wo ich mir sofort die Zähne putzte und das Gesicht wusch. Anschließend schlüpfte ich in meine Schlafshorts und ein passendes Shirt und verließ das Zimmer, auf der Suche nach einem Glas Wasser, denn meine Kehle fühlte sich staubtrocken an.

Im Wohnzimmer brannte gedimmtes Licht und Malcolms Zimmertür stand einen kleinen Spalt offen. Auf dem kleinen Tisch fand ich eine Karaffe mit Wasser und schenkte mir ein. Es war unglaublich erfrischend und das Beste, was ich seit langem getrunken hatte, ging mir durch den Kopf, was natürlich lächerlich war, bedachte man, dass es bloß Wasser war. Ich war mir ziemlich sicher, dass ich zu viel Alkohol getrunken hatte, denn ich hatte einen kleinen Filmriss.

Nachdenklich hockte ich mich aufs Sofa, dabei versuchte ich eisern herauszufinden, was ich vergessen hatte. Ein paar Bilder tauchten vor meinen Augen auf. Sven, mit dem ich getanzt hatte, Malcolm, der eng umschlungen mit Max auf der Tanzfläche gewesen war, Malcolm, der den Macho gespielt hatte und ich, der beinahe umgefallen wäre.

Entsetzt riss ich die Augen auf, denn mit einem Mal wusste ich, was ich Fürchterliches getan hatte. Ich hatte Malcolm geküsst. Noch peinlicher ging es wohl nicht mehr, denn er hatte mir einen Korb gegeben und von sich geschoben. Entrüstet vergrub ich mein Gesicht in den Händen und stöhnte fassungslos. „Das kann doch nicht wahr sein ... oh nein ... wie peinlich ..."

Mein erster Kuss und ich war direkt zurückgewiesen worden. Das traf mich schon ziemlich, selbst wenn ich es mir nicht eingestehen wollte. Viel eher schob ich es auf gekränkten Stolz. Das war besser zu ertragen, als das Wissen, dass er mich wirklich nicht wollte. Nicht einmal ein kleiner Kuss war für mich drin. Er musste mich tatsächlich ziemlich unattraktiv finden.

Aus Malcolms Schlafzimmer drang ein Geräusch, daher beschloss ich, ihn auf den Kuss anzusprechen und mich dafür zu entschuldigen, auch wenn mir der Sinn ganz sicher nicht danach stand. Aber so könnte ich vielleicht wenigstens ein wenig meines Stolzes wahren.

Leise, um ihn, falls er schlief nicht zu wecken, machte ich mich auf den Weg zu seinem Zimmer und schob die Tür ein kleines Stückchen auf. Was ich sah, ließ meine Atmung prompt zum Stillstand kommen. Malcolm lag in seinem Bett, die Decke war bis zu seinen Füßen gerutscht und er war komplett nackt. Das konnte ich trotz der Dunkelheit sehen, da Licht aus dem Flur ins Zimmer drang und seinen perfekten Körper nur noch mehr in Szene setzte. Das war jedoch nicht der einzige Grund, wieso ich wusste, dass er nackt war. Es lag eher an der heftigen Erektion, die er mit seiner Hand umschlossen hielt und daran auf und ab bewegte. Seine Augen waren geschlossen und die Bewegung seiner Hand wurde stets schneller, während er sich auf die Unterlippe biss.

Meine Wangen begannen zu glühen und in meinem Schritt erwachte mein Glied ebenfalls zum Leben, und zwar drängend und schnell. Es kostete mich Mühe, die Hand nicht in die Boxershorts zu stecken und mich ebenfalls zu streicheln.

Malcolm schien kurz vor dem Orgasmus zu stehen, sein Oberkörper hob und senkte sich schnell, dann bewegte er die Hand wieder quälend langsam über seine prächtige Härte, um den Höhepunkt hinauszuzögern. Ich glaubte, mich zu verhören, denn plötzlich stieß er einen Namen stöhnend aus und dieser hörte sich beinahe wie Noa an. „Noa ... oh ja ... du fühlst dich so gut an ... so eng ...“ Seine Bewegungen wurden fahriger, schneller, er hob sein Becken immer wieder an und stieß fester in seine Hand.

Ohne mir dessen bewusst zu sein, stand ich plötzlich direkt neben seinem Bett und blickte auf ihn hinunter. Es war, als hätte er meine Anwesenheit gespürt, denn er öffnete seine Augen und sah mich mit rot glühenden Linsen an.

„Noa ...“, stöhnte er noch einmal und packte mich um die Hüfte, dass mir vor Überraschung die Luft wegblieb. Malcolm begrub mich unter sich, dabei wusste ich nicht einmal, wie mir geschah, ändern wollte ich es dennoch nicht. Hungrig presste er seine Lippen auf meinen Mund und als ich seine Härte zwischen meinen Beinen spürte, keuchte ich auf. Sofort drängte sich seine Zunge in meinen Mund und er stöhnte tief und kehlig. Er begann meinen Mund zu erkunden, seine Zunge erforschte dabei jeden kleinen Winkel, umspielte meine Zunge und weckte ein nie gekanntes Verlangen in mir. Mein Bauch kribbelte, das Herz wollte aus der Brust springen, wie ein gefangener Vogel in einem Käfig. Ich krallte meine Hände in seine Haare und verwuschelte sie, gleichzeitig spürte ich seine Härte an meinem inzwischen feuchten Eingang, den nur noch meine Boxershorts vor einer Penetration bewahrte.

„Du fühlst dich so gut an ... so echt ... was ein geiler ... geiler Traum ...Mhm ... Noa ...“, schnurrte Malcolm immer wieder in meinen Mund, von dem er nicht genug zu bekommen schien. Während seine Lippen meinen Mund in Besitz nahmen, blieben die Hände ebenfalls nicht untätig. Er wanderte meinen Körper hinab und umfasste mit einer Hand meine Pobacke, die er immer wieder knetete. Die andere Hand schob sich unter mein Shirt, wo er meinen flachen Bauch streichelte. Irgendwie schien er gleichzeitig überall zu sein und trieb mein Verlangen ebenfalls immer weiter.

„So geil ... Noa ...“

Plötzlich ging mir auf, was er gesagt hatte, daher drehte ich meinen Kopf zur Seite. Er schien sich nicht daran zu stören, denn er küsste sich meine Wange entlang bis zu meinem Ohrläppchen.

„Warte Malcolm. Das ist echt.", sagte ich atemlos, während ich mein Becken seinem entgegen hob.

Er stützte die Hände neben meinem Kopf ab und blickte auf mich herab. Noch immer waren seine Augen rot verhangen. „Was sagst du, Baby?"

„Du ... du und ich ... das ist ... kein Traum. Es ist echt." Durch seinen Körper ging ein Ruck. Dann lachte er ungläubig auf. „Du scherzt."

Ich schüttelte den Kopf und versuchte, ihn wieder an meine Lippen zu führen, aber der rote Schimmer wandelte sich und binnen weniger Sekunden wechselte das Rot in ein klares, tiefes Grün. Entsetzen stand in seinen Augen. „Shit!" Gehetzt sprang er von mir herunter. „Verdammt! Was machst du hier?", knurrte er.

„Ich ... es ist ... es ist alles gut ...", versuchte ich die Situation zu beruhigen und setzte mich auf. Ich hob eine Hand, die ich ihm entgegenstreckte. Unglauben lag in seinen Augen.

„Alles gut? Alles gut, sagst du?", höhnte er und baute sich nackt wie er war vor mir auf, dabei kam ich mir plötzlich wie ein fürchterlicher Eindringling vor.

„Bitte ... du musst nicht laut werden ..." Mein Herz krampfte sich seiner Grobheit zusammen. Er sah völlig entsetzt aus, was ich nicht nachvollziehen konnte. Hatte nicht er meinen Namen gehaucht?

„Sag du mir nicht, was ich soll und was nicht. Und jetzt erkläre mir mal, was du hier in meinem Bett zu suchen hast."

„Ich ... ich wollte mich ... bei dir entschuldigen ..."

„Und dann fällst du über mich her und versuchst, dir eine Bindung von mir zu erzwingen? Ist es das? Sag es mir!" Unerwartet packte er mich an den Armen. Sein Griff war fest, aber nicht schmerzhaft. Er zog mich auf die Beine, sodass ich ihm wieder ganz nah war. Sein Duft umhüllte mich noch immer. Ich wollte ihn so sehr und wie es aussah, sah er das gänzlich anders.

„Ich ... wa-was?" Erst jetzt drang die Reichweite seiner Worte an mein Gehirn. Was warf er mir vor? Das konnte ich nicht fassen. Es brach mir das Herz. Hielt er so wenig von mir? Wie es aussah, ja. Ich kämpfte um meine Fassung, wollte nicht vor ihm anfangen zu weinen.

„Du hast mich schon verstanden. Hast du dich in mein Bett geschlichen, damit ich dich ficke und an mich binde? Ist es das? Bist du deswegen in der Firma? Damit ich dich nehme, selbst wenn es das Letzte ist, was ich will? Sag mir die Wahrheit, Omega!"

Seiner verletzenden Worte wegen, zuckte ich zusammen, spürte, wie meine Unterlippe bebte und Tränen sich in meine Augen schlichen. „W-was? Nein ... Ich ... das würde ich nie ... Wie kannst du das glauben?"

Kurz huschte etwas Weiches über seine Züge, jedoch hielt es nicht lange an, dann verhärteten sie sich erneut zu einer kühlen Maske aus Abscheu. „Ich kann es einfach nicht fassen. Du wusstest genau, dass ich nichts mit Omegas anfange, und schleichst dich dennoch in mein Bett. Mein Gott. Wie konnte ich jemals glauben, du wärst wie *er*. Allein dieser Gedanke sollte bestraft werden. Wie konnte ich sein Antlitz mit dir verschmutzen? Du bist nur ein billiges Omegaflittchen, das für einen Titel alles tun würde, was? Und jetzt verschwinde aus meinem Zimmer!"

Grob stieß er mich von sich, sodass ich ins Schwanken geriet und gegen den Schreibtisch prallte. Ich fing mich mit den Händen rechtzeitig ab. „Malcolm ... das ... wie kannst du nur sowas sagen? Du hast meinen Namen gesagt. Ich ... ich dachte ..."

Höhnisch lachte er auf. „Was hast du gedacht? Dass ich dich will?"

Mein Herz brach langsam, wie in Zeitlupe, Stück für Stück. Wäre es aus Glas gewesen, hätte ich das Knacken der Scherben hören können, denn genauso fühlte es sich in mir an. Er riss mir das Herz förmlich aus der Brust, hielt es in seinen Händen und zerquetschte es. „I-ich ..." Nun geschah das, was ich ganz schlimm fand. Tränen sammelten sich in meinen Augen und wurden zu Sturzbächen, die sich nicht aufhalten ließen. Unaufhaltsam kullerten sie über meine Wangen.

„War ja klar, der schöne Omega glaubt, dass jeder ihn automatisch wollen muss, aber ich sage dir was. Ich gehöre nicht zu dieser Liste. Ich stehe nicht auf dich, du bist zwar schön, das war es aber auch."

„Ich weiß nicht, wieso du so gemein sein musst. Es ... ist nichts ... passiert."

Wütend schlug er gegen die Wand. „Nichts passiert? Wenn dein Papa davon erfährt, drängt er mich garantiert, dich an mich zu binden! Verdammte Scheiße!"

Energisch schüttelte ich den Kopf. „Nein. Ich erzähle es ihm nicht. Ver-versprochen. Du hast nichts zu befürchten. Ich wollte dir nie Probleme bereiten. Wirklich nicht ... das würde ich nie ..."

Bevor er mich noch weiter beschimpfen konnte, stolperte ich schluchzend aus dem Zimmer und rannte schnurstracks in mein eigenes, wo ich mich einschloss, an der Tür hinabrutschte und das Gesicht in den Händen vergrub.

Malcolm

Aufgebracht lief ich im Zimmer auf und ab. Ich konnte nicht fassen, wozu mich Noa gerade gebracht hatte. Der Kerl hatte sich frech in mein Zimmer geschlichen und sich beinahe von mir verführen lassen. Oder war er es, der mich hatte verführen wollen?

So oder so. Das war nun vorbei. Der würde mir sicher nicht mehr so hinterhältig mitspielen. Ich war nicht von gestern. Meine Lebenserfahrung war groß. Noa war eine kleine hinterhältige Schlange, die einen großen Preis vor der Nase gesehen hatte, und war kurz davor gewesen, sich diesen zu nehmen. Oh, was wäre Papa stolz gewesen, dachte ich bitter. Damit war nun Schluss. Gleich morgen früh, würde ich sein Praktikum beenden. Das ging alles zu weit.

Frustriert ließ ich mich auf das Bett fallen und stöhnte, wobei ich mir gleichzeitig über das Gesicht rieb. „Das ist so abgefuckt. So eine Scheiße."

Ohne es zu wollen, drängten sich Bilder von Noa, der unter mir gelegen hatte, auf. Er hatte so gut geschmeckt, noch immer konnte ich ihn auf meinen Lippen schmecken. Süß und verführerisch.

Wütend schlug ich die Faust auf die Matratze. „Verflucht noch mal!" Ich setzte mich auf und vergrub das Gesicht in den Händen. Die Ellenbogen stützte ich auf den Oberschenkeln ab.

Mir kam ein Gedanke. War nicht ich es gewesen, der ihn auf das Bett gezogen hatte? Leider war ich viel zu erregt und gleichzeitig schläfrig gewesen, dass ich nicht weiter darüber nachgedacht hatte, was vor sich ging, und das war es gewesen.

Weshalb war er überhaupt hier aufgetaucht? Konnte es tatsächlich meine Theorie sein? Wollte er mich an sich binden? So hatte er bisher nicht gewirkt und dennoch lag diese Tatsache nahe. Wieso war er sonst mitten in der Nacht zu mir gekommen, während ich mir einen runtergeholt hatte?

Zu meinem Ärger konnte ich sein leises Schluchzen bis hierher hören und das verursachte mir ein schlechtes Gewissen. Ich war ziemlich grob zu ihm gewesen. Unerwartet hart, wenn man so wollte. Ich verachtete mich selbst, weil ich mir noch immer wünschte, es wäre wirklich ein Traum gewesen, der noch immer anhielt. Denn, dass ich mir zu den Gedanken von Noa einen runtergeholt hatte, war die Wahrheit. Es war nicht Sky gewesen oder gar Max, denn an Sky auf diese Weise zu denken, hätte ich als schmutzig empfunden. Nach all den Jahren konnte ich nicht mehr auf diese Weise an ihn denken.

„Noa ...", wisperte ich bedrückt. Es schmerzte mehr als angenommen, ihn weinen zu hören. Der Kleine verdiente das nicht, selbst wenn er diesen Plan womöglich verfolgt hatte. Leiden wollte ich ihn auch nicht sehen. Ich war bereits kurz davor aufzustehen und mich bei ihm entschuldigen zu gehen, entschied mich jedoch, es erst am nächsten Morgen zu machen. Jetzt, in diesem Zustand, wollte Noa mich sicher nicht sprechen. Seufzend ließ ich mich auf das Bett sinken und zog mir die Decke über die Hüfte. Zeit, schlafen zu gehen und mit einem anderen Gefühl den nächsten Tag zu beginnen.

Kapitel 16

Noa

Mit noch immer tränennassen Wangen saß ich im Wagen und starrte aus dem Fenster. Die grellen Lichter der Stadt leuchteten wie Sterne in der Dunkelheit.

„Ehrlich Lars, ich kann es einfach nicht fassen, dass du dem Kerl nicht eine geknallt hast.“, knurrte Steve, der hinter dem Lenkrad saß und uns per Auto quer durchs Land fahren würde, um nach Hause zu kommen. Ein Flugzeug hatten wir so schnell nicht auftreiben können und das wäre für Vater ohnehin zu auffällig gewesen.

„Was soll ich denn machen, wenn Noa still und heimlich verschwinden wollte? Das hätte die ganze Sache ziemlich schwierig gemacht.“

Tatsächlich war Lars vor einer halben Stunde im Hotel aufgetaucht, um mich abzuholen. Die ganze Zeit hatte ich mit mir gerungen, was ich machen sollte. Ich war niemand, der einen Job einfach so hinschmiss, doch nachdem Malcolm mich bezichtigt hatte, ihn an die Kette legen zu wollen, war mir nichts anderes übrig geblieben. Lars war sofort losgefahren und gegen vier Uhr morgens endlich angekommen. Ein Glück war nichts mehr aus dem Zimmer von Malcolm zu hören gewesen. Der Mann schlief wahrscheinlich friedlich, ohne das geringste schlechte Gewissen. Mir hatte er dafür auf respektlose Art und

Weise, das Herz gebrochen. Sogar als Flittchen hatte er mich bezeichnet und das war die Spitze des Eisberges gewesen. Vor ihm war ich ungeküsst, unberührt, ja sogar noch nicht einmal verliebt gewesen. Leider war im stark im Begriff gewesen, diesem Alpha zu verfallen oder mich gar in ihn zu verlieben, wenn ich das nicht bereits getan hatte. Wie es aussah, endete diese Sache ausgesprochen unbefriedigend und voller Schmerz auf meiner Seite. Doch besser früher, als später, denn wenn ich ehrlich zu mir war, so hätte ich mich von der Lust davontreiben lassen und wäre garantiert von ihm entjungfert worden.

Vielleicht wäre das nicht einmal schlecht gewesen, selbst wenn er mich nicht wirklich als Gefährten wollte. So hätte ich zumindest einmal in meinem Leben mit jemandem Sex gehabt, den ich wollte. Vater würde mich verhökern, das war mir klar.

„Trotzdem. Wenn sein Vater davon erfährt-...“

„Das wird er nicht.“, fuhr ich Steve harsch über den Mund. „Ich habe euch darum gebeten, es für euch zu behalten und wenn ihr das Versprechen brecht, dann werde ich verlangen, andere Bodyguards zu bekommen.“ Wenn es sein musste, konnte ich stur sein. Natürlich wollte ich mich nicht von den beiden Betas trennen müssen. Sie waren beinahe mein ganzes Leben an meiner Seite gewesen, aber wenn sie mich verraten würden, bliebe mir keine andere Wahl.

„Wir werden dich nicht verraten. Das haben wir versprochen und wir halten uns daran.“ Lars wandte sich Steve zu, der skeptisch dreinblickte. „Nicht wahr, Steve?“

Dieser presste die Lippen zusammen und schnaubte. „Meinetwegen. Ich verspreche es, aber es gefällt mir nicht. Der Kerl sollte für sein unverschämtes Verhalten, die Konsequenzen tragen müssen.“

„Und was wären das für welche? Dass er mich zu seinem Gefährten machen muss? Darauf würde es doch hinauslaufen oder etwa nicht?“

„Und wenn schon. Er gefällt dir offensichtlich.“

„Da muss ich Steve ausnahmsweise Recht geben. Du hättest dich nicht von einem Kerl so einfach küssen lassen, wenn er dir nicht gefallen würde.“

Röte stieg in meine Wangen. Das wusste ich, da ich die Hitze darin spürte. „Na und? Ich war vielleicht noch ein wenig vom Alkohol benebelt. Und selbst wenn es so wäre. Das will ich nicht. Malcolm will mich nicht und denkt, ich wäre auf eine hinterhältige Bindung aus. Das am Ende auch noch zu fordern, könnte ich nicht ertragen. So verzweifelt bin ich nicht.“

„Aber dann müsstest du Larus nicht treffen und womöglich noch mehr.“

„Larus?“, hakte Steve überrascht nach und betrachtete mich durch den Mittelspiegel.

Ich nickte Lars zustimmend zu. „Der Typ will ein Date mit Noa und sein Vater hat bereits zugestimmt.“

„Noa kann ihn nicht leiden.“

„Tja. Sag du das mal deinem alten Freund. Was Noa will, scheint ihn ohnehin nicht zu interessieren.“

Sichtlich unzufrieden schüttelte Steve den Kopf. „Ich werde mit ihm reden. Vielleicht lässt sich ja noch etwas machen.“

„Vergiss es. Er will den Titel und wenn du wüsstest, was für ein Titel das ist, dann wärst du sicher auch auf seiner Seite.“

Lars wandte sich zu mir um. „Was meinst du denn damit?“

Gleichgültig zuckte ich mit den Schultern. „Nicht wichtig.“

„Oh je. Erst machst du uns neugierig und jetzt lässt du uns zappeln. Frecher Bengel.“ Dass er nicht sauer war, zeigte sich an Lars Grinsen. „Versuch, ein wenig zu schlafen. Die Fahrt dauert noch einige Stunden.“

Da hatte Lars natürlich Recht, nur war ich so aufgewühlt, dass ich nicht sicher war, schlafen zu können. Obwohl meine Augen brannten und mit Sicherheit geschwollen waren, stahlen sich noch immer ab und zu ein paar leise Tränen. Ich fühlte mich zurückgewiesen, erniedrigt und total verletzt und am Ende wusste ich, es war meine eigene Schuld, denn Malcolm hatte sich halb im Schlaf befunden, das war mir inzwischen klar geworden. Er hatte sich, während er schlief und wahrscheinlich irgendwie von mir geträumt hatte, einen runtergeholt und ich war der Eindringling, der in seine privaten Räumlichkeiten gekommen war.

Das alles war schon seltsam. Träume waren etwas Merkwürdiges, das ich nicht durchblicken konnte. Ich selbst hatte seit einiger Zeit Träume von Malcolm und wie es aussah, hatte er auch welche von mir. Dabei stand er nicht einmal auf mich. Dennoch hatte er die Person aus seinem Traum begehrt. Was mich anging, so waren meine Träume gänzlich anderer Natur. Oftmals voller Blut, Gefahr und Trauer und ich fragte mich nicht zum ersten Mal, was sie wohl zu bedeuten hatten. Vielleicht sollte ich mir auf einer Traumdeuter-Seite die Informationen dazu holen.

Malcolm

Nach einer ausgiebigen Dusche zog ich mich frisch für den Tag an und packte meinen Koffer, denn die Rückreise stand an. Zufrieden mit meinem Outfit verließ ich das Zimmer und peilte Noas Räumlichkeiten an. Bisher war es still in der Suite gewesen, daher vermutete ich, er schlief wahrscheinlich noch. Ich musste ihn jedoch wecken und zur Eile drängen.

In meinen Eingeweiden rumorte es unangenehm. Eigentlich wollte ich ihn nicht sehen und andererseits irgendwie schon. So ungern ich das tat, ich musste mich für mein ausfallendes Verhalten entschuldigen, auch wenn er Schuld an meinem Ausbruch trug. Immerhin war er mitten in der Nacht in meinem Zimmer aufgetaucht. Zu blöd, dass ich im Halbschlaf an ihn gedacht hatte, sonst wäre mir das sicher nicht passiert.

Vor seiner Tür wappnete ich mich und atmete tief durch. Es war schon seltsam, denn ich konnte nicht einmal seinen Herzschlag hören. Womöglich war er gerade im Bad. Dennoch klopfte ich. „Noa? Bist du wach?“

Es folgte keine Antwort, daher klopfte ich noch einmal. „Noa? Hallo? Kann ich reinkommen?“

Wieder nichts. Das ärgerte mich. Schmollte er etwa noch immer? „Noa, wenn du nicht antwortest, dann komme ich rein.“ Das setzte ich auch gleich in die Tat um und öffnete die Zimmertür. Auf dem Absatz blieb ich stehen und starrte das sorgsam gemachte Bett an, das Fehlen von Kleidungsstücken und den offen stehenden leeren Kleiderschrank. Er war weg? Gegangen? Still und heimlich? Das konnte nicht sein. Ich hätte etwas hören müssen.

Um mich vom Gegenteil zu überzeugen, durchschritt ich das Zimmer, suchte Schubladen und Bad nach Dingen von Noa ab, doch nichts. Er war weg. Keine Spur von ihm. Nichts.

Dieses Gefühl in meinem Bauch verstärkte sich. Es war unangenehm. Ungestüm lief ich aus dem Zimmer und griff mir das iPhone vom Wohnzimmertisch. Ich wählte Noas Nummer und wartete auf das Freizeichen. Es klingelte einmal, zweimal, dreimal, dann wurde ich weggedrückt. Perplex starrte ich auf das Display.

„Was zum ...?“ Das konnte nicht wahr sein! Verdammt! Jetzt ignorierte er mich auch noch. Dieses Verhalten war so kindisch. Kein Wunder, dass ich ihn brüsk zurückgewiesen hatte. Eine innere Stimme in meinem Kopf sah die Sache anders und flüsterte mir zu: *Noa ist erst neunzehn und keine zweihundertvierundachtzig Jahre alt.*

„Ja, ja. Schon gut, das ist mir gerade auch bewusst geworden.“

Wenn man das so genau nahm, dann stimmte das natürlich. Ihm fehlte die Lebenserfahrung, die ich bereits hatte. Daher lastete das schlechte Gewissen nur noch stärker auf mir. Ich war so kopflos gewesen, ohne daran zu denken, was so ein junger Wandler womöglich aus dieser Sache ziehen würde. Selbst wenn er auf eine Bindung aus gewesen sein sollte. Das entschuldigte meine gemeinen Worte nicht. Bevor ich mich nicht bei ihm entschuldigt hatte, konnte ich mit der Sache nicht abschließen.

Noch ein paar Mal versuchte ich ihn zu erreichen und als schließlich nur noch die Mailbox dran ging, beschloss ich ihm eine Nachricht zu hinterlassen.

„Hey Noa. Ich würde dich eigentlich gerne persönlich sprechen ... aber wie es aussieht ... hast du dazu gerade keine Lust.“ Ich machte eine kurze Pause und atmete tief durch. „Wie dem auch sei, ich ... ich hoffe, es geht dir gut. Ich ... es tut mir wirklich leid, dass ich so schroff zu dir war. Ich bin ein Idiot und es tut mir ehrlich leid.“ Entschlossen den Anruf zu beenden, nahm ich das Handy vom Ohr, verharrte dann jedoch, als mir etwas einfiel. „Also ... ich würde es begrüßen, wenn du mir Gelegenheit geben würdest, mich persönlich zu entschuldigen.

Oh ähm, ja. Also, hier ist übrigens Malcolm, aber das weißt du wahrscheinlich. Hm ... machs gut."

Kopfschüttelnd warf ich das Handy aufs Sofa und fuhr mir unwirsch durch die vorhin gestylten Haare. „Seit wann rede ich denn mit *ähm* und *also*? Das ist absolut lächerlich."

Ich lief zum Telefon und bestellte mir eine große Kanne mit Kaffee. Das brauchte ich gerade mehr als ein Frühstück.

Die Lieferung erfolgte augenblicklich und so setzte ich mich mit dem dampfenden herben Getränk auf das Sofa und scrollte durch meine E-Mails und persönlichen Nachrichten.

Eine Nachricht war vom Vorabend von meinem Vater: *„Malcolm, ruf mich an, wenn du kannst. Es ist wichtig."*

Seufzend trank ich von meinem Kaffee und stöhnte des guten Geschmackes wegen.

Ob diese Nachricht erneut mit Noa zusammenhing? In letzter Zeit schien es meinem Vater nur darum zu gehen. Obgleich ich keine sonderliche Lust hatte, mir wieder etwas von ihm anzuhören, beschloss ich, ihn anzurufen. Man wusste ja nie.

Nach einmaligem Klingeln ging mein Vater bereits dran.

„Malcolm, endlich."

„Guten Morgen, Papa. Was gibt es?"

Der ältere Alpha seufzte. „Nichts allzu Schlimmes, allerdings mache ich mir ein wenig Sorgen."

„Um wen denn? Sicher nicht um mich."

„Nein und vielleicht doch ein kleines bisschen."

„Was ist es denn? Ich habe nicht so lange Zeit. Mein Flug geht in eineinhalb Stunden."

„Ah ja. Schön, schön. Hattest du eine gute Zeit mit Noa? Er ist wirklich niedlich, nicht wahr?"

Ich rollte die Augen. „Papa. Was ist jetzt das Problem?"

„Ah ja. Ja. Entschuldige. Also, es geht tatsächlich um Noa." Er lachte leicht auf, während ich den Kopf schüttelte und noch einen guten Schluck des heißen Gebräus zu mir nahm.

„Und was ist es diesmal?"

„Ich habe gestern mit Noas Vater gesprochen und er zeigte sich äußerst angetan, von Larus bitte."

Sofort setzte ich mich auf. Ein unangenehmer Knoten bildete sich in meinem Bauch. Was hatte denn mein Bruder für eine Bitte ausgesprochen? „Wovon redest du?"

„Nun, wie es aussieht, gedenkt dein Bruder, den jungen Omega auszuführen und womöglich als Gefährte zu nehmen."

„Was?" Sofort beschleunigte sich mein Puls. Am liebsten hätte ich meine Tasse genommen und gegen die Wand geschleudert. Was sollte denn das?

„Ich weiß. Das kommt sehr überraschend."

„Überraschend ist gut. Ich bin geschockt. Es war ja klar, dass er ein Auge auf ihn geworfen hat, aber sich den Omega als Gefährten zu nehmen, geht selbst für ihn zu weit." Aufgebracht stampfte ich durch den Raum.

„Ich habe mir ebenfalls eine andere Entwicklung gewünscht, das weißt du."

„Papa ..."

„Ist dir der Junge nicht ans Herz gewachsen? Gefällt er dir denn gar nicht? Er ist doch zuckersüß und besitzt ein Herz aus Gold."

Natürlich war er mir nicht egal. Viel weiter entfernt von egal, als mir lieb war. Ich begehrte ihn viel zu sehr und bereits jetzt, fehlte mir seine Anwesenheit. Er mit seinen ständigen Fragen und die Sorge um seine kleine Hope.

„Ja, das stimmt. Er ist sehr tierlieb. Das auf jeden Fall."

„Ich wollte eigentlich wissen, ob du dir nicht vielleicht inzwischen mehr vorstellen könntest. Du weißt genau, dein Bruder ist die falsche Wahl für den zarten Jungen und du brauchst ebenfalls jemanden an deiner Seite. Jemand Festes nicht nur kleine Affären."

Mein Vater hatte nicht unrecht. Larus konnte Noa gefährlich werden und ich war mir ziemlich sicher, dass Noa nichts von ihm wollte. Zumindest bis vor Kurzem war das so gewesen. Hatte sich das möglicherweise in der Zwischenzeit geändert? So musste es sein, wenn er einem Date zugestimmt hatte. Diese Erkenntnis fühlte sich ziemlich schlecht an, sie verursachte mir Übelkeit. Mein Herz raste, der Wolf in meinem Inneren tobte vor Wut. *Mein, mein, mein!*
Dieses Verhalten war untypisch für ihn und doch nicht unbekannt.

„Ich glaube kaum, dass Noa noch mit mir sprechen wird."

„Was hast du getan?", fragte mein Vater hörbar entsetzt.

„Das tut nichts zur Sache Papa. Ich habe ihn jedoch ziemlich mies beschimpft und jetzt ist er abgereist und ich kann ihn nicht erreichen."

Mein Vater stöhnte ins Telefon. „Oh Malcolm, wieso nur? Ich bin mir sicher, das lässt sich einrenken oder ist es dir egal, wenn ein anderer ihn bekommt?"

Mein, mein, mein!

„Ja. Nein. Och Papa, ich weiß es selbst nicht. Ich ... ich bin durcheinander und ich weiß nicht, ob das mit ihm funktionieren würde."

„Sieht er denn nicht aus wie Sky?", kam es unerwartet und sogar ein wenig unsicher aus dem Hörer und ich erstarrte.

„Woher? Woher weißt du das?“ Gänsehaut überzog meine Arme. Meine Eltern hatten Sky niemals gesehen. Ich besaß zwar eine Zeichnung von ihm, doch die hatte ich keinem gezeigt. Er sollte für immer nur mein sein, wenn auch nur durch diese Zeichnung und in meinem Herzen.

„Das hat Larus gemeint. Ich verstehe das auch nicht, wieso er das behauptet hat.“

„Larus?“, wisperte ich. „Woher soll er denn wissen, wie Sky aussieht? Das ist unmöglich. Er hat ihn nie getroffen.“

„Hat er denn Recht? Sieht er so aus?“

Ich schluckte mein seltsames Gefühl hinunter und nickte. „Ja. Er sieht ganz genauso aus, wie Sky und besitzt sogar ähnliche Eigenschaften.“

„Aber woher sollte Larus das denn wissen, wenn er ihn nie getroffen hat?“

„Das wüsste ich allerdings auch gerne. Und ich werde es herausfinden.“

Kapitel 17

Noa

„Ich kann einfach nicht verstehen, weshalb du dieses Praktikum abgebrochen hast. Malcolm meinte bei unserem letzten Telefonat, du würdest dich ganz gut machen.“, sagte mein Vater tadelnd, dabei war ich selbst verblüfft, dass er mir nicht den Kopf abriss. Eigentlich hatte ich mit mehr Unmut seinerseits gerechnet.

Unglücklich starrte ich meinen Vater vom Esstisch aus an, während er sich ein Stück vom Steak schnitt. „Es macht mir keinen Spaß, Papa. Ich habe das auf der Reise noch deutlicher gemerkt und es wäre eine Verschwendung von Zeit, noch länger hinzugehen.“

Bert, der Butler kam ins Esszimmer und stellte sich direkt neben mich. „Sir. Herr Hillthorne möchte Sie sprechen.“

Sofort begann mein Herz zu rasen. Konnte es sein, dass Malcolm hier war, um sich zu entschuldigen? Ich hätte vielleicht auf seine Anrufe reagieren sollen, aber am Ende hatte mein eigenes schlechtes Gewissen gesiegt. Bei der Voicemail hatte er sich aufrichtig angehört und ich war gewillt ihm zu verzeihen, doch mehr auch nicht. Eine Stimme flüsterte: Was sollte er denn noch mehr von dir wollen? Er hat dich doch klar abgewiesen. Sieh es endlich ein.

Da ich etwas länger mit einer Antwort brauchte, übernahm dies mein Vater. „Ach wie wunderbar. Schick ihn herein und bringe noch ein Gedeck für unseren Gast.“

„Aber Papa. Vielleicht will er mit mir unter vier Augen sprechen.“

Mit der Hand tat er meinen Einwand einfach ab. „Ach, papperlapapp. Was soll es denn Privates zu besprechen geben? Außer ...“

„Was denn?“

„Wir haben nicht nachgefragt, um welchen Hillthorne es sich handelt.“

Prompt versteifte ich mich, denn natürlich konnte es sich auch um Larus handeln, und das war noch wahrscheinlicher. Angespannt starrte ich zur Tür und erblasste, als tatsächlich der am wenigsten gewollte der beiden Brüder den Raum betrat und grinste. Dabei erinnerte er mich an einen listigen Fuchs, der sich langsam das Vertrauen seiner Beute erschleichen möchte, ehe er zupackt.

„Larus, mein Lieber. Was für eine Überraschung.“ Die Begeisterung war meinem Vater deutlich anzusehen und auch meine Mutter strahlte übers ganze Gesicht. Beide waren auf einen besonderen Titel aus, den sie durch eine Verbindung mit Larus auch bekommen würden. Mein eigenes Glück war ihnen gleicherlei.

„Ich hoffe doch, eine Schöne.“, sagte Larus einschmeichelnd und lief um den Tisch herum, damit er meiner Mutter einen Handkuss geben konnte. „Mrs Fleur, Sie sehen heute wieder bezaubernd aus. Kein Wunder, dass Ihr Sohn ebenfalls eine Augenweide ist.“

Zufrieden lachte meine Mutter kokett. „Ach, Sie sind ein Charmeur.“

„Nicht doch, meine Liebe. Larus hat vollkommen Recht."

„Wo wir gleich beim Thema sind und den Grund meines Besuchs." Larus wandte sich mir direkt zu und es schauderte mich. Sein Blick war durchdringend und verlangend und ich wollte mich am liebsten in Luft auflösen.

Er kam auf mich zu. Obgleich ich am liebsten geflohen wäre, saß ich wie ein Kaninchen auf dem Stuhl, unfähig mich zu rühren, und wartete auf mein Schicksal.

Direkt vor mir blieb er stehen und lächelte, eine Hand hielt er mir auffordernd entgegen. Ich zögerte, wollte nicht von ihm berührt werden, bedachte man, wie er sich mir im Büro aufgedrängt hatte, doch das laute Räuspern meines Vaters sprach eine deutliche Sprache und so fügte ich mich und legte meine Hand in seine. Sofort umfasste er sie und führte sie an seine Lippen. Seine Augen waren die gesamte Zeit über auf mich gerichtet. Am liebsten hätte ich mich geschüttelt, die Hand weggezogen und abgewischt, aber natürlich wäre das viel zu unhöflich gewesen.

Weshalb ich diese starke Abneigung gegen ihn hegte, konnte ich mir nicht einmal genau erklären. Klar, er war schleimig und aufdringlich, auf der anderen Seite sah er auch unglaublich gut aus. Nicht so wie sein Bruder, aber dennoch besser als der Durchschnitt und trotzdem wollte ich so weit weg von ihm sein, wie nur möglich.

„Liebster Noa. Ich weiß, ich schneie hier völlig unangekündigt ein, doch meine Sehnsucht dich zu sehen, war zu stark, um dich nur telefonisch zu kontaktieren."
Larus setzte sich direkt auf einen Stuhl neben mich.

„Natürlich ist das kein Problem. Nicht wahr Noa?", antwortete mein Vater erneut an meiner Stelle.

„Ja. Kein Problem."

„Wie schön."

Der Diener brachte ein weiteres Gedeck für Larus, der zufrieden schien.

„Ich hoffe doch, du hast Hunger mitgebracht. Es gibt die besten Steaks der Stadt in diesem Hause."

„Und wie. Ich liebe Steaks." Um das zu beweisen, nahm er sich gleich eines auf den Teller, tat sich Erbsen und Kartoffelspalten ebenfalls dazu.

„Nun Noa, dein Vater hat dir sicherlich von meinen Absichten, dich auszuführen berichtet."

Ich krallte meine Hände unter dem Tisch in den Stoff meiner Hose, um nicht aufzuspringen. „Ja, das hat er."

„Ich hoffe doch, es bedeutet, du bist damit einverstanden und ich kann dich gleich morgen Abend ausführen."

„Natürlich ist er einverstanden. Wer wäre das denn nicht?", sagte meine Mutter, die ein glockenhelles Lachen hinzufügte.

Ich warf ihr einen finsteren Blick zu, schwieg jedoch und aß stattdessen weiter.

„Weißt du denn schon, wohin du unseren Noa ausführen wirst?"

„Das bleibt ein Geheimnis. Ich will ihn überraschen." Larus legte eine Hand auf meinen Oberschenkel und ich zuckte geschockt zusammen, sodass ich das Glas mit der Rückhand umstieß. Sofort kam ein Diener herbei und entfernte die Sauerei.

„Da scheint jemand ja ganz besonders aufgeregt zu sein, wie mir scheint.", sagte Larus grinsend. „Das freut mich. Ich hatte bereits große Sehnsucht nach dir. Wie war die Reise mit meinem Bruder überhaupt? Hat er sich benommen?"

„Das hat er. Er ist ein Gentleman."

Sichtlich überrascht hob er eine Braue. „Sprechen wir von dem gleichen Mann?“ Er verfiel in Gelächter.

„Malcolm ist ausgesprochen freundlich, professionell und zuvorkommend. Er würde nie über die Grenzen eines anderen gehen. Ein Omega kann sich getrost ohne Sorge in seine Obhut begeben.“ In meiner Stimme schwang Stolz mit. Das war ich, wie ich nun merkte sogar. Malcolm hatte sich mir niemals aufgedrängt oder auch nur unpassend verhalten. Ich war derjenige, der ihn einmal geküsst und das nächste Mal, in seinem Zimmer gestört hatte.

„Das liegt bloß daran, dass er kein Interesse an Omegas hat und ...“ Er lehnte sich mit vorgehaltener Hand zu mir herüber. „Wie ich gehört habe, soll er impotent sein. Seine Affären sind nur da, um den Schein zu wahren.“

„Das ist er gewiss nicht!“ Prompt biss ich mir auf die Unterlippe und richtete mich auf. Ich spürte bereits die Röte in meinen Wangen und den brennenden Blick des Alphas an meiner Seite auf mich gerichtet.

„Was soll das bedeuten? Hat er dich etwa angefasst?“, knurrte er mit unterdrückter Wut in der Stimme, allerdings nur für mich hörbar. Meine Eltern waren gerade in ein kleines Gespräch miteinander vertieft.

Ich schüttelte den Kopf. „Nein. D- das hat er nicht.“

„Und woher willst du dann so genau wissen, dass er potent ist?“ Seine Wut loderte unter der Oberfläche, ich konnte mir direkt vorstellen, wie Feuerblitze daraus hervorschossen.

„Ich ... ich habe ... ihn und Max gesehen.“, log ich, denn natürlich hatte ich nicht mehr als die paar Küsse zwischen den beiden mitbekommen, das musste er ja nicht wissen.

Sichtlich fiel die Anspannung von ihm ab. Seine Schultern sackten zusammen. Er schmunzelte. „Tzk. Dass er keine Rücksicht auf solch unschuldige Zuschauer nehmen kann."

„Es ... es war nicht ... es war ... okay."

„Nun denn, prima. Ich bin jedenfalls schon sehr aufgeregt, was unser Date angeht." Erneut lehnte er sich zu mir herüber. Ich konnte seinen warmen Atem an meinem Hals spüren. „Ich kann dir versichern, dass ich entgegen meines Bruders, völlig potent bin. Wenn nicht, sogar übermäßig."

„Das kann ich nicht beurteilen." Das Fleisch in meinem Mund fühlte sich wie Pappe an. Ich schmeckte gar nichts mehr, viel zu angewidert war ich von diesem Kerl an meiner Seite, der sich anmaßte, direkt vor der Nase meiner Eltern, über seine Potenz zu sprechen.

„Oh, aber das wirst du schon sehr bald können, mein schöner Omega."

Das war genug. „Ich bin nicht *dein* Omega!" Ich hielt es nicht mehr aus und rutschte mit dem Stuhl ein Stück zur Seite.

Die Aufmerksamkeit meiner Eltern war sofort bei mir. „Alles in Ordnung?", hakte meine Mutter mit hochgezogener Braue nach.

„Noa! Was hat das zu bedeuten?", kam es harsch von meinem Vater. Ich erhob mich, den Blick auf den Boden gerichtet. „Es tut mir leid Papa. Ich ... fühle mich nicht gut und möchte mich zurückziehen."

„Das geht doch nicht! Wir haben einen Gast, der extra deinetwegen hier ist."

Larus erhob sich ebenfalls. „Kein Problem. Ich begleite ihn zu seinem Zimmer, damit ich sichergehen kann, dass er gesund dort ankommt."

„Nein. Ich kann alleine gehen."

Mein Vater hob die Hand und stoppte meinen Einwand. „Du hast Larus gehört. Er ist ein höflicher Mann, geradezu ein Gentleman, also nimm sein Angebot an.“

„Ja, Vater.“

Larus kam an meine Seite und legte wie selbstverständlich die Hand an meine Taille. „Ich stütze dich ein wenig. Sir? Ich bin gleich wieder hier.“

„Sehr gut. Und du Noa. Ruh dich aus.“

Sobald ich aus der Tür war, versuchte ich so schnell wie möglich Abstand zwischen uns zu bringen und schob seine Hand von meiner Taille. Da er damit wohl nicht gerechnet hatte, gelang mir das auch.

„Warum denn so schüchtern, Noa?“, fragte er spielerisch und kam mir gefährlich langsam hinterher. Am Fuße der Treppe blieb ich stehen und wandte mich ihm zu. „Ich mag es nicht, einfach so von Fremden angefasst zu werden.“

Er schürzte die Lippen. „Ach kleiner Noa. Wir sind gewiss keine Fremden und wenn es nach mir geht, und ich versichere dir, das wird es, dann werden wird bald sehr vertraut mit dem Körper des anderen sein. Innen wie äußerlich.“ Grinsend hob er einen Mundwinkel und kam gemächlich näher. Ich schüttelte angewidert den Kopf.

„Das ... das wird nie geschehen.“ In dem verzweifelten Versuch, ihm zu entkommen, drehte ich mich um und sprintete die Treppe nach oben, allerdings ließ er sich nicht so leicht von mir fernhalten und jagte hinter mir her.

Als ich meine Zimmertür erreichte und die Hand an den Griff legte, wurde ich von seiner Hand, die sich über meine legte, überrumpelt. „Hab ich dich.“

„Lass mich los.“, keuchte ich geschockt über seine Dreistigkeit. Der Alpha schob seinen Körper von hinten an meinen und drängte seine wachsende Härte an meinen Hintern. Ich stand festgenagelt an die Tür gepresst, ohne jegliche Chance mich aus dieser misslichen Lage zu befreien.

Sofort verspannte ich mich, der Puls beschleunigte sich zusehends. Ich war in die Falle getappt. Hier oben war niemand. Selbst Lars und Steve hatte inzwischen Feierabend, wobei sie daheim ohnehin kaum auf mich aufpassen mussten.

„Oh, kleines Häschen, du fühlst dich so gut an und du riechst genau wie er. Ganz genau wie er.“, schnurrte er entrückt.

„Wie er? Wen ... wen meinst du?“, flüsterte ich atemlos, dabei versuchte ich ihn mit meiner Kehrseite von mir zu drücken, allerdings bewirkte das etwas ganz anderes. Denn er stöhnte auf und drückte mich fester gegen die Tür. Sein Gesicht drängte sich an mein Gesicht heran. Ich konnte ihn viel zu intensiv riechen. Etwas ploppte vor meinen Augen auf. Ein Bild, ein Traumfetzen. Doch ich sah ganz deutlich einen Jungen halbnackt und blutend auf dem Boden liegend. Sein Gesicht erkannte ich nicht, da er bäuchlings auf dem Strohboden lag, doch das schreckliche Gefühl, dass der Junge unbeweglich war, weil er nicht mehr lebte, verstärkte sich, als sich eine Person über ihn beugte und grob auf den Rücken drehte. Seine Glieder fielen schlaff, wie die einer Marionette an seine Seiten. Gerade als ich einen Blick auf das Gesicht erhaschen wollte, verschwand dieses Bild oder die Vision.
Zitternd fand ich mich wieder im Griff von Larus wider, der sich unverschämt an mich schmiegte.

„So unschuldig wie du tust, bist du nicht, ich habe dich durchschaut.“

„Lass ... lass mich los! Meinem Vater wird es gewiss nicht gefallen, wenn er erfährt, dass du mich vor dem ersten Date bedrängt hast.“

„Meinst du? Ich denke, er fände das einen Grund mehr, die Bindung zu beschleunigen."

Der Typ wusste was er tat und mit wem er es zu tun hatte. Er hatte das Ass im Ärmel und nicht ich.

„Bitte ... La-Larus ... wenn du willst, dass ich dir eine echte Chance gebe, musst du mir meine Freiheit lassen und dich nicht so aufdrängen." Dies war meine einzige Chance ihn womöglich loszuwerden und das schien sogar irgendwie zu funktionieren, denn er wurde lockerer und ließ innerhalb kürzester Zeit von mir ab. Er machte sogar einen Schritt von mir weg.

„Es tut mir leid. Manchmal vergesse ich mich und vor allem, mit wem ich es zu tun habe. Du ... du bist ... unschuldig ... unwissend und doch so vertraut."

Sein Blick wirkte verhangen, irgendwie weit weg, wohin ich ihm nicht folgen konnte und auch nicht wollte.

Ehe er noch etwas sagen konnte, öffnete ich die Tür und verschwand dahinter. Erst als ich abgeschlossen hatte, sagte ich: „Gute Nacht, Larus."

„Gute Nacht, kleines Häschen. Ich kann es kaum erwarten, dich morgen Abend auszuführen. Es wird ein Abend, dem viele weitere folgen werden."

Kapitel 18

Verzweifelt harrte Sky vor dem Kellereingang aus. Immer wieder blickte er sich nach dem Wachtposten um. Seine Nervosität stieg ins Unermessliche. Seit nun mehr als drei Tagen war Mal nicht mehr aufgetaucht und er fürchtete, dass er derjenige war, der unten in den Kerkern gequält wurde.

Die Sonne ging bereits langsam unter, sie präsentierte sich als wunderschöner rosa Schimmer hinter den Kronen der Bäume. Ein kleiner Schwarm Vögel flatterte kreischend aus einer Baumkrone und vollführte einen kleinen Tanz, ehe er sich auf einem anderen Platz niederließ.

Endlich war der Wachmann um die Ecke verschwunden. Das war der Moment, den Sky benötigte. Eilig öffnete er die etwas knarrende Holztür und zog sie sofort hinter sich wieder zu. Drinnen erwartete ihn, beinahe völlige Dunkelheit und stickig warme Luft, die ihm sofort den Schweiß ausbrechen ließ. Ein Glück hatte er an Wasser gedacht. Ganz gleich wer da unten ausharren würde, er wollte demjenigen ein wenig helfen.

Vorsichtig tastete er sich die steinigen Stufen hinunter, bis er sich in einem langen Flur wiederfand, der mit einer einzelnen Fackel beleuchtet war. Diese nahm er aus der Halterung und hielt sie vor sich, damit er besser sehen konnte. Am Ende des Flurs kam er erneut an eine Tür, in der ein großer eiserner Schlüssel steckte. Er öffnete die schwere Tür und geradewegs stieg ihm der metallische Geruch von Blut und einer Mischung aus Schweiß und Mal in die Nase. Sein Herz raste vor

Aufregung und Angst um seinen Gefährten. Seine hektischen Schritte verursachten Geräusche auf dem Steinboden, doch wie es aussah, war gerade außer ihnen, niemand anwesend. Sobald er einen Teil des größeren Raumes durchquert hatte, entdeckte er in einem der Kerker, eine Gestalt, die bewegungslos auf dem mit etwas Stroh bedeckten Boden lag.

Vor dem Kerker ging Sky in die Knie und streckte die Hände durch die eisernen Gitterstäbe. „Mal? Mal, kannst du mich hören?“

Ein Stöhnen erklang. Es hallte an den bloßen steinernen Wänden wider. Sky stellte die Fackel neben sich gegen die Gitterstäbe ab und kramte in seiner Tasche nach dem Brot und dem Stück Trockenfleisch, das er von seinem eigenen Abendessen abgedrückt hatte. Zwar knurrte sein Magen, doch wenn es Mal half, dieses Leid zu überstehen, würde er für Tage Hunger in Kauf nehmen.

„Mal? Liebster, bitte ... bitte wach auf. Verlass mich nicht. Ich bitte dich.“ Er begann zu schluchzen. Dass sein Liebster in dieser Lage ausharren musste, war mit Sicherheit ganz allein seine Schuld. Jemand war ihnen auf die Schliche gekommen. So musste es sein. Aus welchem anderen Grund, wäre er sonst hier?

„Liebster? Lass mich nicht allein, ich komme mit dir, hörst du?“

Ein Ruck ging durch den geschundenen Körper, der mit blauen Flecken und Platzwunden übersät war, dann zog Mal sich schwer keuchend auf die Seite und hustete, bis er einen Schwall Blut ausspuckte und sich schließlich in eine sitzende Position zog und mit der Rückhand über den Mund wischte.

„Sky? Bist du das wirklich?“, fragte der junge Alpha schwach. Seine Stimme klang ganz heiser.

„Ich bin es Liebster. Es tut mir so leid. Ich weiß nicht, wie ich dir helfen soll." Tränen stiegen in seine Augen. Seine Kehle fühlte sich an wie zugeschnürt. Selbst sein Herz zog sich zusammen. Er konnte es kaum ertragen, seinen Liebsten so verletzt zu sehen.

„Du musst gehen. Es ist zu gefährlich für dich. Wenn sie dich erwischen, wirst auch du bestraft." Mit dem Rest an Kraft, die er aufbringen konnte, zog Mal sich bis zu den Gitterstäben und schon seine Hände hindurch um die seines jungen Gefährten zu ergreifen. „Ich liebe dich so sehr, Sky. So sehr."

„Ich liebe dich auch. Sag mir, wie ich dich hier rausholen soll. Bitte. Ich muss etwas tun."

„Ich weiß nicht. Es ist zu gefährlich. Meine Familie zu erreichen wäre zu riskant. Das ... kann ich nicht zulassen."

„Aber du hast einen Bruder. Vielleicht, wenn ich ihn suchen würde ..."

„Nein. Es ist zu gefährlich."

Sky schluckte schwer, dann reichte er ihm das Essen und eine Feldflasche mit Wasser durch die Gitterstäbe. „Wer hat dir das angetan?" Auch wenn er die Antwort zu kennen glaubte, wollte er es von ihm hören.

„Silas hat uns gesehen, als ich dich nach Hause begleitet habe. Du musst dich in Acht nehmen Sky. Er will dich um jeden Preis für sich haben und hat mich aus Eifersucht, hinterrücks überwältigt. Ich war unachtsam und hier bin ich nun."

„Aber du heilst. Er kann dir nichts Schlimmes antun."

„Das schlimmste, das er mir antun könnte, wäre dich mir wegzunehmen. Ich kann alles ertragen, nur deinen Verlust nicht. Das kann ich nicht zulassen."

„Du wirst mich nicht verlieren Mal. Ich sagte doch, ich komme mit dir. Ganz bald."

Der Omega lehnte sein Gesicht an die Gitterstäbe. Mal hob sein Kinn ein Stück an und drückte seine Lippen zwischen den Stäben an Skys. Es war nur ein kleiner Kuss, der ganz viel aussagte. Ein Versprechen, dass sie sich liebten und einen Weg finden würden. Sie würden zusammensein. Ganz gleich, an welchem Ort. Nichts würde sie jemals trennen können.

Malcolm

Noa war nun bereits zwei Tage nicht zur Arbeit erschienen und auf meine Anrufe reagierte er ebenfalls nicht. Daher beschloss ich, ihm einen Besuch abzustatten und ihn somit persönlich zu sprechen. Ob er mich sehen wollte, wagte ich zu bezweifeln. Wäre es anders, hätte er mit Sicherheit zumindest zurückgerufen. Aber nein. Nichts dergleichen und wie ich nun wusste, lief die Zeit gegen mich, denn mein Bruder hatte ein Date mit ihm. Heute Abend schon. Das hatte mir Vater erzählt. Innerlich kochte ich bei dem Gedanken an ihn in den Armen meines Bruders, der viel zu grob wurde, wenn es um seine sexuellen Vorlieben ging.

Warum es mir nicht gleichgültig war, hätte mir von Anfang an klar sein müssen. Auch wenn Noa nicht Sky war, so gab es da einige Ähnlichkeiten und vielleicht war es für mich wirklich an der Zeit, einen Schritt weiter zu gehen. Nur wusste ich nicht, ob ich es tatsächlich konnte. War es mir möglich, meinen Liebsten hinter mir zu lassen und mit jemandem zusammen zu sein, der so aussah wie er? War es nicht irgendwie makaber? Er war immerhin die genaue Kopie von Sky.

Ganz gleich, was meine neuen Überlegungen und die Gefühle für ihn, für mich und uns bedeuteten, ich war endlich bereit, es herauszufinden und würde Noa ebenfalls ausführen, wenn er mich ließ. Er stand doch auf mich, hatte mich im Club von sich aus geküsst und meine Küsse in meinem Bett sogar erwidert. Da war ganz gewiss etwas, das ihn anzog und dass ich ein starkes sexuelles Verlangen ihm gegenüber hegte, war mir vom ersten Moment an klar. Nicht umsonst, sah er aus wie Sky.

Noch bevor ich die Klingel betätigte, wurde mir die Tür von einem Butler geöffnet. „Herr Hillthorne. Welche Ehre. Was kann ich für Sie tun?“, fragte dieser steif.

„Ich möchte Noa sprechen.“

„Sehr wohl Sir. Möchten Sie hereinkommen?“ Der Mann machte einen Schritt zur Seite, doch ich schüttelte den Kopf. „Nein. Ich warte hier. Nur ... sagen Sie ihm bitte nicht, wer hier ist. Ich ... möchte ihn überraschen.“

Kurz hob der Butler nicht ganz überzeugt die Braue, verbeugte sich jedoch schließlich. „Sehr wohl Sir. Einen Moment bitte.“

Ich wandte mich dem Vorgarten zu, die Tür war wieder halb angelehnt und somit konnte ich nicht sagen, wann Noa hier wäre. Nach wenigen Minuten hörte ich eilige Schritte, die sich beinahe flatternd, die Treppen herunter bewegten, denn Noa hatte eine wahre Leichtigkeit, wenn er sich bewegte. Kein Wunder, dass Tanzen seine Leidenschaft war. Er und alles an ihm war Tanz. Dann ging die Tür komplett auf und Noas Mund klappte vor Überraschung auf.

„Malcolm ...“, kam es ungläubig von ihm. Sofort stieg ihm Hitze in die Wangen, was seine hellbraune Hautfarbe noch verstärkte. Er sah atemberaubend schön aus, wie immer. Wie es aussah, hatte ich ihn gerade beim Training unterbrochen, denn er trug eine Leggings und eine kurze lockere Short darüber, die lediglich seinen Schritt bedeckte.

„Hallo Noa.“ Ich fühlte mich gerade beinahe wie ein Schuljunge, war komplett aufgeregt und wusste nicht recht, was ich sagen sollte.
Ein Glück ging es Noa wohl anders. „Was willst du hier?“ Er war nicht kalt oder gar unfreundlich.

„Ich ... Ähm ... würdest ... würdest du ein paar Schritte mit mir laufen? Dann kann ich dir erzählen, weshalb ich hier bin und vielleicht ein wenig mehr.“
Kurz starrte er mich unsicher an. Hinter ihm räusperte sich jemand, daher warf Noa einen Blick über die Schulter. „Es ist alles okay, William. Papa erlaubt mir mit Mister Hillthorne alleine zu sein.“

„Ja Sir.“

„Und? Kannst du mir ein wenig deiner Zeit schenken?“
Nachdenklich begann er an seiner Unterlippe zu knabbern und ich konnte meine Augen kaum davon abwenden. Zu gerne hätte ich diese Lippen erneut geschmeckt. Das letzte Mal war schon viel zu lange her.

„Na schön. Aber ... ich sollte etwas anderes anziehen.“
Er deutete auf seinen Aufzug. „Nein. Du bist so genau richtig.“

„Aber ...“
Ich machte eine auffordernde Kopfbewegung. „Na los. Lass uns ein wenig spazieren gehen. Das macht mir die Sache leichter.“

„Na gut. Bist du dir sicher, du bist nicht hier, um mich heimlich zwischen den Büschen zu erwürgen?“, fragte er ernst dreinblickend und schockierte mich. Einige Momente hielt er meinem Blick stand und fing schließlich an zu lachen.

„Das war ein Scherz.“

„Ein Scherz? Kein guter Noa. Ehrlich nicht. Kurz dachte ich, du hast wirklich diese Meinung von mir und ... wahrscheinlich hätte ich es sogar verdient.“

Noa zog die Tür hinter sich zu und lief mit mir die Einfahrt hinunter zur Straße hin.

„Quatsch. Das denke ich nicht. Ich ... Ich habe deine Nachrichten abgehört.“ Erneut zog er seine Unterlippe zwischen die Zähne und knabberte an ihr herum. Seine Hände ließ er sichtlich nervös hin und her wackeln. Zwischen uns war mindestens ein Meter Abstand, was mir viel zu viel war, doch noch musste ich abwarten.

„Das hast du?“

Ein kleines Nicken, dann wandte er den Blick nach vorne auf die Umgebung. Wir passierten das schmiedeeiserne Tor, von wo aus uns der Portier seltsame Blicke zuwarf.

„Ich bin dir nicht mehr böse Malcolm. Eigentlich ... war es ja meine Schuld.“

Prompt blieb ich stehen. „Deine ... Schuld? Dass ich dich beinahe verführt hätte? Oder dass ich dir wütend den Kopf fast einen Kopf kleiner gemacht hätte?“

Noa lächelte. „Das wäre gemein gewesen. Immerhin bin ich so schon klein genug.“

Ich schüttelte den Kopf. „Du bist genau groß genug. Perfekt, würde ich sagen.“

„Warum bist du wirklich hier Malcolm?“, fragte er ernst.

„Weil ich mich entschuldigen möchte. Ich war ein mieser Arsch, der dich wüst beschimpft hat, dabei hätte ich das auch anders klären können. Das war nicht richtig von mir und es tut mir wirklich sehr leid.“

„Alles gut, wie gesagt. Ich bin dir nicht mehr böse, nur ... werde ich dennoch das Praktikum nicht mehr aufnehmen.“

„Ist es wegen mir?“

„Nein. Wegen mir. Es ist nicht meine Welt. Zudem ... will ich die Zeit, die mir bleibt, für mein Tanzen nutzen.“

„Wieso? Was ist denn los?“

Abwehrend schüttelte er den Kopf. „Ist es wegen Larus? Du musst nicht mit ihm ausgehen. Das weißt du sicher.“

Noa schluckte sichtlich und blickte in die Ferne. „Wenn das nur wahr wäre. Ich habe nicht die Freiheit, die du besitzt Malcolm. Wenn Vater etwas entscheidet, ist es Pflicht, dem nachzukommen, und so wird es mir mit Larus ergehen.“

„Du kannst sein Haus verlassen, wenn er dich zu etwas zwingt, das du nicht willst.“

Traurig lachte Noa. „Und wohin sollte ich gehen? Ich bin alleine und mittellos, wenn ich dieses Haus verlasse. Nicht einmal Freunde habe ich.“

„Ich könnte dein Freund sein.“ Auch wenn ich gerne mehr für ihn sein sollte, selbst wenn es nun vielleicht zu spät war.

„Du? Du kannst mich nicht leiden. Warum sagst du dann sowas?“

Das traf mich mitten ins Herz wie ein Pfeil. „Natürlich kann ich dich leiden. Sogar mehr als nur das.“

„Klar. Das habe ich gemerkt.“

„Ich dachte, du bist nicht mehr sauer.“

„Bin ich auch nicht. Nur weiß ich auch, wie es mit dir gelaufen ist, und du hast mir mehr als einmal deutlich gemacht, was du von mir hältst, oder von Omegas allgemein.“

„Aber doch nur, weil ich einen Grund habe.“

Ich seufzte bedrückt. „Setzt dich auf die Bank. Ich ... ich denke, ich sollte dir etwas erzählen. Vielleicht hilft dir das, mein Handeln ein wenig zu verstehen.“

Zu meiner Verwunderung setzte er sich tatsächlich auf die nächste freie Bank. Wir waren in einem Park unterwegs. Von hier aus konnte man die etwas entfernt liegende Rollschuhbahn an den Geräuschen der Rollen bereits ausmachen. Einige Bäume säumten den Weg und schützten uns vor der Sonne.

„Also gut.“ Mit den Händen unter den Oberschenkeln verborgen sah er mich abwartend an, während ich mich neben ihn setzte, allerdings ein wenig Platz dazwischen ließ.

Mein Herz drohte aus der Brust zu springen und die Kehle war so eng, dass ich glaubte daran zu ersticken. Die Worte wollten heraus und auch wieder nicht. Ich atmete ein paar Mal tief durch.

Noa legte mir überraschend die Hand auf den Arm. „Wenn du nicht kannst, ist es auch in Ordnung. Ich habe kein Recht auf deine Geschichte. So nah stehen wir uns nicht.“

Mit einem zärtlichen Blick ließ ich die Augen über sein Gesicht gleiten. „Oh Noa. Das tun wir allerdings, wenn du den Grund dazu auch noch nicht kennst. Daher verdienst du die Wahrheit.“

„Du redest in Rätseln.“

„Vor vielen Jahren lebte ein junger Alpha mit seinen Eltern und einem Bruder zusammen in einer abgelegenen Burg. Sie besaßen ein mächtiges Rudel, daher war es den Jungs nicht gegeben, viel von der Umgebung außerhalb zu erkunden. Dennoch schaffte es, der damals neunzehnjährige Alpha, sich davonzuschleichen und gerade bei seinem ersten Ausflug, verletzte er sich an einer Bärenfalle. Vermutlich wäre er dort verendet, wenn ihm nicht ein Omega zu Hilfe gekommen wäre. Dieser Omega war wie ein Komet in sein Leben getreten und rettete ihn. Von diesem Moment an war es für ihn und den Omega geschehen. Sie verliebten sich ineinander und trafen sich beinahe täglich. Leider war der Omega einem anderen Alpha versprochen und so beschlossen die beiden zu fliehen. Dazu sollte es jedoch niemals kommen, denn das Schicksal war gegen sie und der Alpha verlor seinen Gefährten auf tragische Weise.“ Die Worte sprudelten nur so aus mir heraus. Es fühlte sich wie ein Damm an, der gebrochen und nur noch schwer aufzuhalten war.

„Okay ... und dieser Alpha ... bist du?“, hakte Noa vorsichtig nach.

„Genau. Das ist meine Geschichte. Meine und Skys.“

„Sky? Ist das sein Name?“ Es war seltsam, ihn aus seinem Mund zu hören. „Ich verstehe jedoch noch immer nicht, was das mit mir und deinem Verhalten zu tun haben soll.“

Ohne es aufhalten zu können, hob ich die Hand und legte sie an seine Wange. Zu meiner Verblüffung schmiegte er sich ihr entgegen. „Du hast alles damit zu tun, denn du, dein Gesicht, dein Körper, ja selbst dein Geruch, ist der von Sky. Meinem Sky.“

Abrupt entschwand er mir und sah mich aus großen Augen an. „Was meinst du damit? Ich sehe aus wie er? Wie dein Partner?“

„Du bist sein Ebenbild, daher auch mein zurückhaltendes Verhalten und meine grobe Art.“

„Ach so. Du behandelst deinen Liebsten also unfreundlich?“, fragte er schnippisch.

„Ich weiß, ich war mies. Ich wollte mich nur selbst schützen, da ich Angst hatte, dir zu verfallen, da du wie er aussiehst. Das wollte ich nicht, denn noch einmal solch einen Verlust zu erleiden, würde mich umbringen.“

„Du ... du hast ihn wirklich verloren? Musste er den anderen Alpha nehmen?“

Ich atmete tief durch, war den Tränen nahe. „Ich kann darüber nicht sprechen. Nur soweit. Sky ist lange nicht mehr am Leben. Er war nicht unsterblich, wie ich es bin, und das Ganze liegt nun mehr als 260 Jahre zurück.“

„Oh ... und du hast nicht aufgehört, ihn zu lieben? Bis zum heutigen Tag, liebst du ihn noch wie damals?“

„Ja.“, hauchte ich.

Noa rutschte plötzlich näher an mich heran und ergriff mit beiden Händen meine Wangen, dabei drehte er mein Gesicht seinem zu. In seinen braunen Augen lagen Zuneigung und Verständnis. Ja, sogar Schmerz. „Malcolm. Du bist ein wunderbarer Mann und Sky muss ein glücklicher Omega gewesen sein, dich an seiner Seite gehabt zu haben. Ich verstehe dich nun und es ist alles gut. Es muss fürchterlich für dich sein, mich ansehen zu müssen und zu wissen, dass ich nicht er bin.“

„Anfangs ja ... Ich war geschockt ... und auch wütend ... Ich wollte dich nicht in der Nähe haben.“

„Das Gefühl hatte ich ebenfalls.“

„Dabei konntest du nie etwas dafür und inzwischen, will ich, dass du in der Nähe bist. Ich ... ich mag deine Art ... Ich mag dich.“

„Ich ... ich mag dich auch Malcolm ... aber ... ich ... kann kein Ersatz für Sky sein.“

„Du bist kein Ersatz. Ich will dich.“

„Du ... willst mi-“

Weiter kam er nicht, da ich seinen Mund mit meinem verschloss.

Kapitel 19

Malcolm küsste mich! Mich! Freiwillig und von sich aus, ohne dass etwas von mir ausging. Ich konnte es kaum fassen und war im ersten Moment wie erstarrt. Erst als er seine Hand in meinen Nacken legte und mich so ein Stück näher an sich heranzog, begann ich aus meiner Passivität zu erwachen und erwiderte zaghaft den Kuss.

In diesem Moment zählte nichts mehr, außer seine Lippen, seine Zunge die meine umspielte und sein Geschmack, der mich um den Verstand brachte. Ich wollte Malcolm, diesen schwierigen und manchmal rauen Alpha haben, wollte auf der anderen Seite nur ihm gehören. Für ihn hätte ich alles getan, ging mir in diesem kleinen Moment auf und das erschütterte mich.

Ziemlich abrupt löste ich mich von ihm und blickte den Mann vor mir unsicher an. Seine schönen Lippen waren leicht feucht und geschwollen. Er sah erregt aus.

„Was ist los?“

„Ich ... ich weiß nicht ... das ... das kommt mir so unwirklich vor. Ich weiß nicht ...“

Behutsam nahm er meine rechte Hand in seine und strich mit dem Daumen über die hellbraune Haut. Tatsächlich war seine Haut um einiges heller als meine eigene und das, obwohl er selbst etwas gebräunt war. Seine Tattoos vermittelten ebenfalls den Eindruck von Maskulinität. „Es ist unwirklich ... und vielleicht ... sollten wir es langsamer angehen lassen. Ich will nicht, dass du glaubst, ich wollte dich nur, weil du mich an Sky erinnerst."

„Aber nur deshalb interessierst du dich für mich."
Malcolm drückte mir einen kleinen Kuss auf die Lippen und raubte mir den Atem. Es war unwirklich, wie ich bereits zu ihm gesagt hatte. Noch vor wenigen Stunden hatte ich geglaubt, ihn nie wieder zu sehen, und hatte mich mit dem schrecklichen Schicksal abgefunden, und nun küsste er mich einfach so.

„Deine Ähnlichkeit mit Sky, war viel eher der Grund, weshalb ich mich zurückgehalten habe. Ich habe bisher auch sonst jeden Omega gemieden, weil ich nie wieder etwas wie Schmerz empfinden wollte. Jetzt aber sehe ich klarer. Dafür musste ich zweihundertachtzig Jahre alt werden. Das ist nicht zu fassen, was?"

„Dann bin ich mit meinen neunzehn Jahren bereits um einiges schlauer als du."

„Das bist du in manchen Dingen wohl auch. Worauf ich allerdings hinaus wollte ist, dass ich dich mag. Ich sehe *dich* und deine liebenswerte Art. Du sorgst dich um andere, gibst nicht auf, selbst wenn das Leben eines kleinen Vogels in Gefahr ist. Du tust alles dafür, auch wenn die Chance noch so gering ist. Dann bist du mit Leidenschaft Tänzer und lebst den Tanz und du bist zu den Menschen freundlich. Sogar zu denen, die es nicht verdienen. Außerdem ziehst du eine Sache durch, ganz gleich wie sehr sie dir nicht behagt. Du hast dich von mir wie einen billigen Assistenten durch die Stadt jagen lassen, um irgendwelche unsinnigen Aufgaben zu erledigen und hast nicht einmal gemurrt."

„So unsinnig waren diese Aufgaben nicht."

Malcolm hob schmunzelnd die Hand. „Ja, ja. Der kostbare Fairtrade Kaffee. Ich weiß schon."

„Na siehst du?“

„Aber ganz ernsthaft Noa. Ich sehe dich, auch wenn ich länger gebraucht habe, dich darin zu finden, weil ich immer Sky vor Augen hatte. Sky ... Sky war dir nicht unähnlich. Er war ebenfalls gütig und rein und herzlich. Doch er war ein Sklave seines Rudels und dementsprechend ausgeliefert.“ Er brach ab, die Erinnerungen mussten hart für ihn sein. Ich wollte es zwar nicht, doch zu wissen, dass er jemanden so stark geliebt hatte und noch immer tat, verursachte mir schon etwas Bauchschmerzen. Ich wusste nicht, ob Sky nicht für immer zwischen uns stehen würde. Konnten wir eine wirkliche Chance haben? Gerade weil ich scheinbar das gleiche Gesicht trug.

„Und du warst die ganzen Jahre über nie mit einem anderen Omega zusammen?“

„Nein. Nie. Ich konnte es nicht. Der damalige Verlust war einfach zu schmerzhaft.“

„Und was ist mit Max? Ihr seid doch irgendwie zusammen, oder nicht?“

„Was Max und ich haben, ist mehr eine Affäre. Wir sind beide auf keine Beziehung aus gewesen, als wir uns kennengelernt haben, daher war es ganz angenehm.“
Er sagte zwar, dass es nur eine Affäre war, doch war sie nun vorbei oder würde er sie gerne weiter führen? Ich wollte so gerne wissen, was er sich nun mit uns beiden vorstellte, traute mich jedoch nicht, danach zu fragen. Womöglich hielt er mich dann für einen klammernden Omega und das wollte ich nicht sein. Klar, er mochte mich, das hatte er zumindest gesagt, und er wollte mich. Die Frage war nur, auf welche Art und Weise er mich wollte.

Er schien zu merken, dass ich kurz gedanklich abwesend war, denn er legte einen Finger unter mein Kinn und hob mein

Gesicht an, damit er mir genau in die Augen sehen konnte. „Was ist los Noa. Stört dich die Sache mit Max?“

Unsicher, was meine Antwort sein sollte, schüttelte ich den Kopf.

„Da bin ich erleichtert. Und jetzt komm mit, ich habe eine Idee.“ Malcolm nahm meine Hand und zog mich auf die Beine.

„Was hast du vor?“ Er zog mich an seine Seite und führte mich durch den Park. Die Geräusche der Rollschuhbahn wurden intensiver.

„Ein wenig Spaß haben. Was hältst du davon?“ Grinsend zwinkerte er mir zu und beschleunigte seine Schritte. Mir selbst fiel es nicht so leicht, mit ihm Schritt zu halten, da er um einiges größer war und somit seine Schritte ebenfalls, aber ich beschwerte mich nicht. Viel zu glücklich war ich, meine Hand in seiner zu spüren. Es gab mir das Gefühl, zu ihm zu gehören. Dass es ein heimlich gehegter Wunsch von mir war, wurde mir erst in diesem Moment deutlich bewusst. Ja. Ich wollte zu ihm gehören und nicht zu Larus.

„Du willst Rollschuhlaufen? Ernsthaft?“

An der Absperrung, die zur Rollbahn führte, blieben wir stehen. „Wieso denn nicht? Macht Spaß.“
Ich lächelte breit. „Das ist irgendwie ulkig.“

„Ulkig? Wieso?“

„Naja. Du als halber Bär mit Rollschuhen? Das gehört zu den letzten Sachen, bei denen ich dich gesehen hätte.“

„Ein Bär also?“ Sofort schlang er einen Arm um meine Taille und zog mich schwungvoll an seine Brust. Ich legte den Kopf in den Nacken und mit einer Hand krallte ich mich in sein Shirt. Wir sahen uns mit Verlangen an. „Ist dir Muskelprotz lieber?“

„Ich bin doch kein Muskelprotz, nur ein wenig definiert."

„Naja, ein Brad Pitt von Troja ist schon drin, würde ich sagen."

„Damit bin ich eher einverstanden."

„Wenn ich ganz genau sein soll ... eine gewisse Ähnlichkeit zu Brad Pitt besteht sogar."

„Siehst du das als Kompliment? Ich sehe doch viel besser aus."

Lächelnd rollte ich die Augen. „Hm ... Bist du dir da sicher?"

„Und ob. Gib es zu.", forderte er und kam mir mit seinen Lippen ein Stück näher, allerdings hielt er dicht vor meinem Mund an und neckte mich. Ich verzehrte mich nach seinem Kuss. „Gib es zu. Ich sehe viel, viel besser aus, als er."

„Du bist ganz schön eingebildet.", hauchte ich, unfähig mich ihm zu entziehen.

„Sag es,", forderte er und leckte sich verführerisch über die vollen Lippen.

„Du siehst fantastisch aus."

Schmunzelnd schüttelte er den Kopf. „Nicht das, was ich hören wollte." Zu meinem Entsetzen lockerte er seinen Griff an meiner Taille, daher klammerte ich mich fester an ihn und sagte: „Du siehst besser aus als Brad Pitt. Viel, viel besser. Zufrieden?"

„Und ob." Sofort verstärkte sich sein Griff wieder und er küsste mich stürmisch, dabei löste er einen ganzen Schwarm tanzender Schmetterlinge in meinem Bauch aus. Ich glaubte, beinahe abzuheben, so schön fühlte es sich an, in seinen Armen zu sein und sich von ihm küssen zu lassen. Das merkte ich nicht nur an dem euphorischen Reigen in meinem Bauch, auch mein Glied begann sich langsam aber sicher zu melden.

Nach einer kleinen Weile, als uns beiden die Luft ausging, löste sich Malcolm von mir, auf seinen Lippen ein schelmisches Grinsen. „Da ist wohl jemand richtig angetan.“
Empört stieß ich die Hand gegen seine Brust. „Das ist nicht nett von dir!“

„Och komm schon. Es freut mich doch, so eine Reaktion von dir zu erhalten.“

Ein rothaariger Mitarbeiter kam auf uns zu. „Entschuldigt, aber wollt ihr euch Schuhe ausleihen?“ Er hatte ein kleines Grinsen auf den Lippen. Meine Wangen glühten. Verschämt und möglichst unauffällig legte ich die Hände vor meinen Schritt und hoffte, damit einer Blamage zu entgehen.

„Ja. Zwei Paar bitte. Einmal in 47 und für ihn eine 38, würde ich schätzen.“

„Woher weißt du das?“ Ich war erstaunt, dass er sogar meine Schuhgröße zu kennen schien.

„Bin gut darin, außerdem sind deine Füße klein.“
Der Mann brachte uns die Rollschuhe und als wir damit ausgerüstet waren, betraten wir die Bahn. Ich lief voraus und zeigte Malcolm stolz, wie geschickt ich mich damit sogar drehen und wenden konnte. Mitten auf der Bahn drehte ich mich nach dem Alpha um und entdeckte ihn an der Seite, wo er sich möglichst entspannt aussehend an das Geländer lehnte.

„Willst du dort Wurzeln schlagen? Komm her.“, rief ich ihm zu und fuhr ihm entgegen, da er sich nicht von der Stelle bewegte.
Bei ihm angelangt, hielt ich ihm die Hand hin. „Auf. Komm schon. Allein ist es langweilig.“

Nervös strich er sich übers Gesicht. „Scheint so, als ob es doch schwerer ist, wie gedacht.“, gab er zu.

„Du kannst nicht Rollschuhlaufen?“

„Anscheinend nicht."

„Aber wieso sind wir dann hier?"

„Ich habe gedacht, es wäre leichter und ein Teil von mir, wollte dich wohl beeindrucken."

Lächelnd legte ich den Kopf schief. „Du bist ja süß, aber du musst mich nicht beeindrucken. Nicht mit Rollschuhlaufen. Du tust es bereits, indem du bei mir bist."

„Dann versuche ich dich eben immer auf diese Art zu beeindrucken, wobei ich da noch ganz andere Asse im Ärmel habe." Er wackelte mit den Brauen.

„Wenn sie alle so gut funktionieren wie diese hier, na dann gute Nacht.", neckte ich ihn und griff nach seiner Hand. Mit einem kleinen Ruck zog ich ihn von dem Geländer und er stand mit gespreizten Beinen da, die Arme weit von sich gestreckt.

„Was tust du?"

„Höre ich da etwa Angst?"

„Nicht die Spur. Aber ernsthaft Noa. Ich glaube, ich bleibe doch am Rand stehen und sehe dir zu." Er versuchte sich, langsam von mir zu lösen und dem Rand wieder entgegenzurollen.

„Ach komm schon. Ich helfe dir. Das wird klappen."

„Und wenn ich falle, reiße ich dich mit zu Boden. Dann verletzt du dich. Das ist keine gute Idee."

„Du musst dir um mich keine Sorgen machen. Ich kann das gut. Und wenn ich falle, ist es nicht das erste Mal."

„Noa ... ich weiß nicht ..."

„Bitte ..."

„Na schön. Aber du hältst mich nur ganz leicht fest und lässt los, sobald ich falle."

So verbrachten wir die nächste Stunde miteinander auf der Rollschuhbahn und es zeigte sich, dass Malcolm eines nicht besaß. Talent im Rollschuhlaufen. Er bewegte sich steif wie ein Brett über das Parkett, schaffte es allerdings, sich kein einziges Mal hinzulegen. Das war schon eine gute Leistung. Irgendwann wollte er meine Hand nicht einmal mehr und so fuhr ich kleine Kreise um ihn herum, während er verbissen darauf konzentriert war, nicht zu fallen.

Auf dem Weg nach Hause nahm er meine Hand und führte sie an seine Lippen. „Ich will nicht, dass du mit ihm ausgehst. Sag es deinem Vater."

„Aber ... was soll ich ihm denn sagen?"

„Na, dass ich mit dir zusammensein will."

Was mein Vater dazu sagen würde, wenn ich ihm von Malcolm erzählte? Würde er zufrieden sein, wenn ich statt mit Larus, mit Malcolm ausgehen würde?

Mein Herz trommelte wild, bei dieser Vorstellung und der Voraussicht auf noch mehr solcher Küsse. Doch dann fielen mir wieder die Worte ein, die er mir im Hotel vorgeworfen hatte und das machte mich traurig. Malcolm wollte keinen Gefährten. Hatte sogar Angst gehabt, in eine Bindung gedrängt zu werden. Wahrscheinlich war ich einfach Max Nachfolger und er wollte nur Sex mit mir haben. Ich wollte ihn so sehr, auf jede nur erdenkliche Weise, dass es mir gleich war. Hauptsache, ich konnte bei ihm sein, solange es ging.

Kapitel 20

Malcolm

Ich lief wie auf Wolken. Ohne zu übertreiben. Es fühlte sich tatsächlich so an wie Schweben, nachdem ich Noa vor der Haustür zurückgelassen und zum Auto gelaufen war. Das hätte man vielleicht auf die weichen Knie vom Rollschuhlaufen schieben können, allerdings war es das nicht. Einzig die Nähe zu Noa und die kleinen gestohlenen Momente, die wir miteinander geteilt hatten, waren Auslöser dieses Gefühls.

Vor mich hin grinsend betrat ich das Bürogebäude. Ich hatte noch einen Termin und wollte die Sache mit Larus ebenfalls klären. Auf keinen Fall würde ich zulassen, dass er mit Noa ausging. Das wollte ich nicht. Nicht bloß meiner Besitzansprüche wegen, viel eher, wollte ich das Noa nicht zumuten müssen. Er kam mit meinem Bruder nicht gut klar, warum auch immer.

Keine zwei Minuten hinter dem Schreibtisch klingelte das Telefon.

„Hillthorne."

„Gut, dass ich Sie erwische. Hier ist Nicholas. Noas Vater."

Das ging aber schnell, kam es mir in den Sinn, aber ich freute mich. Immerhin war das Date für heute Abend angesetzt.

„Guten Tag Nicholas. Was kann ich für Sie tun?"

„Nun, eigentlich könnte ich Sie dasselbe fragen. Mir ist da nämlich etwas zu Ohren gekommen und ich wollte nachhorchen, ob es der Wahrheit entspricht."

„Nun, wenn es von Noa kam, dann wird es die Wahrheit sein. Ich glaube zu wissen, dass er von unserer Übereinkunft gesprochen hat?“

„Nennt man das heute so? Eine Übereinkunft?“ Man konnte das Schmunzeln in seiner Stimme hören. Wie es aussah, war er recht angetan von der Idee.

„Nun ja, eine mögliche Beziehung oder zumindest einige Dates, damit man sich kennenlernt, würde ich das auch noch bezeichnen.“ Diese Aussage fühlte sich mit einem Mal ganz fahl in meinem Mund an. Hatte ich es falsch angegangen?

„Ein paar Dates? Mir wurde zugetragen, dass eine mögliche Bindung zwischen Ihnen und Noa angedacht ist. Ist das nicht die Wahrheit?“

Mein Herzschlag beschleunigte, rutschte aber gleichzeitig in die Hose. Über eine Bindung hatten wir nicht gesprochen, aber natürlich würde es am Ende darauf hinauslaufen, wenn ich mit Noa ausging. Nur so wäre er sicher vor anderen Alphas und könnte mehr Freiheiten genießen. „Doch. Ja. Das stimmt. Ich ... ich möchte eine Bindung zu Ihrem Sohn Noa eingehen. Daher bitte ich Sie, meinem Bruder einen Korb zu geben.“

„Das hört sich tatsächlich endgültig an. Sind Sie sich der Sache sicher?“

„Das ist keine Sache, sondern Noa und ja. Ich ... ich will ihn an meiner Seite wissen und wenn eine Bindung dafür nötig ist, werden wir das tun.“

„Fein, fein. Das hört ein liebender Vater natürlich gerne. Da bliebe noch die Frage nach dem Vorteil auf meiner Seite. Was würden Sie mir dafür bieten?“

„Sir? Wir sprechen über eine Bindung und keinen Verkauf von Ware.“ Ich war empört über diese Kaltschnäuzigkeit.

Ihm war es sichtlich egal, was aus Noa wurde, Hauptsache er profitierte.

„Natürlich, natürlich. Doch Sie müssen auch verstehen, dass ein Omega eine wahre Rarität heutzutage ist und da sollte man nicht unter Wert irgendeine Bindung eingehen."

Es kostete mich einiges an Beherrschung, den Mann nicht zu beschimpfen und zur Hölle zu schicken. Doch für Noa musste ich mich zurückhalten, sonst hätten wir keine Chance. Verärgert stieß ich die nächsten Worte aus: „Was wollen Sie?"

Auf der anderen Seite der Leitung erklang leicht nervöses Lachen. „Nicht viel Malcolm. Nicht viel. Lediglich die Erhebung in den Adelstitel und die Versicherung, bei Veranstaltungen der Canus Dirus dabei zu sein."

Ich biss die Zähne zusammen. Dass er den Titel wollte, war mir klar. „In Ordnung. Und im Gegenzug weisen Sie meinen Bruder ab und Noa geht heute Abend mit mir aus."

„Wunderbar. Das wollte ich hören. Dann mache ich den Vertrag fertig. Zum Wochenende hin, wird Noa in seine Hitze kommen und bis dahin sollte alles fertig sein. Wir wollen ja keine Fehler machen."

Hitze breitete sich in meinem Schritt aus. Noa würde dann das Bett mit mir teilen. Ich konnte es kaum fassen, dass er mir gehören würde und noch weniger, dass ich es sogar begrüßte. Endlich hatte ich die Mauer zum Einsturz gebracht und mein Herz geöffnet. Wer hätte gedacht, dass es mir so leicht fallen würde, den schönen Omega hineinzulassen. Wenn ich es genauer Betrachtete, so war ein Teil von ihm bereits immer schon darin gewesen.

Eine halbe Stunde später flog die Tür zu meinem Büro lautstark auf und knallte an die gegenüberliegende Wand. Vor

Wut schäumend baute sich mein Bruder vor meinem Schreibtisch auf.

„Wie konntest du nur?“, zischte er. Seine Augen glühten rot vor Wut.

„Beruhige dich erstmal.“

Er hob die Brauen bis in den Haaransatz. „Beruhigen? Ich soll mich beruhigen? Du hast sie ja wohl nicht mehr alle! Du schnappst dir meinen Omega und ich soll mich beruhigen?“

„Deinen Omega? Ich wüsste nicht, dass er sich an dich gebunden hätte.“

Verärgert stützte er seine Hände auf die Schreibtischplatte, hinter der ich noch immer seelenruhig saß. „Das tut nichts zur Sache. Noa gehört mir. Ich habe die Rechte als Erster verlangt. Du kannst das nicht einfach so ändern.“

„Tja. So leid mir das für dich auch tut, ich habe sie geändert und Noa wird mein Gefährte. Akzeptiere es einfach.“

Unerwartet und so schnell, dass ich es nicht kommen sah, sprang Larus über den Schreibtisch und umfasste mich an der Kehle. Seine Augen waren blutunterlaufen, der Mund vor Wut verzerrt. „Du nimmst ihn mir nicht schon wieder! Hast du das verstanden? Er gehört mir. Diesmal und für immer. Du hast kein Recht an ihm! Kein Recht!“

Meine Gesichtszüge entglitten, während ich meinen Bruder hart von mir stieß und er gegen das Regal knallte. Ich stand sofort auf. „Was hast du gesagt?“

„Er gehört mir. Immer schon. Das habe ich gesagt!“

Plötzlich fiel mir wieder ein, was mein Vater gesagt hatte. Er wusste, dass Noa wie Sky aussah. „Woher weißt du, wie Sky ausgesehen hat?“

Ein mieses Lächeln voller Bosheit erschien auf seinem Gesicht. „Meinst du etwa, ich hätte nicht gemerkt, wie du dich ständig wegschleichst? Du hast nie Ärger bekommen, auch wenn die Eltern davon wussten. Mir wolltest du dein Geheimnis nicht verraten, also bin ich dir gefolgt."

Gänsehaut bedeckte meinen gesamten Körper. „Du bist ... was? All die Jahre ... hast du geschwiegen?" Ich konnte nicht fassen, was er da erzählte. Diesen Larus kannte ich nicht.

„Wieso auch nicht? Du hast mir ja auch nichts von ihm erzählt. Zumindest damals nicht. Aber das ist nicht wichtig. Ich habe ihn selbst kennengelernt, deinen ach so heiligen Sky und was soll ich groß sagen? Er ist eine wahre Augenweide gewesen. Wunderschön und so naiv. Ist zu uns in Rudel gekommen, um nach Hilfe für dich zu bitten, und natürlich habe ich ihm geholfen ohne, dass jemand es mitbekommen hat."

Mein Magen drehte sich um. Ich glaubte, den Halt zu verlieren. Sky war bei ihm gewesen, hatte dort nach Hilfe gesucht? Das ... das war unmöglich! „Das ist eine Lüge! Du warst nicht involviert! Sky hätte mir von dir erzählt!"

„Ah ... Eifersüchtig? Ich sag dir was, Brüderchen. Sky wusste nicht, wer ich bin."

„Aber ... du hast ihm nicht geholfen. Das wüsste ich. Sky hat mich ganz allein befreit."

„Oh ja, das hat er. Allerdings habe ich dafür gesorgt, dass die Wachleute Weg sind."

„Das hätte er mir erzählt.", beharrte ich. Weshalb hätte Sky mir nichts davon erzählen sollen?

„Wirklich? Vielleicht hat er eine Rechnung zu begleichen gehabt und hat sich geschämt." Mein Bruder leckte sich genüsslich über die Lippen. Das alles raubte mir den Verstand. Ich fühlte mich wie unter Wasser, am Ertrinken ohne ein Rettungsseil.

„Was für eine Rechnung? Wofür?"

Abfällig lachte er. „Du meinst ernsthaft, ich hätte einen so schönen Omega, ohne ihn besteigen zu wollen, gehen lassen?“

Ein Schauder überlief mich. Ohne nachzudenken preschte ich vor, streckte meine Hände nach ihm aus, aber er holte im selben Moment die Hand hinter dem Rücken hervor und erwischte mich an der Schläfe mit einem Elektroschocker. Strom drang wie Feuer durch meinen Körper und raubte mir binnen Sekunden das Bewusstsein.

Verängstigt lief Sky dem Gebiet von Mals Rudel entgegen. Bald würden sie ihn wittern können. Er hatte seit einer Weile ihr Territorium betreten. Blieb nur zu hoffen, dass sie ihn aussprechen ließen und nicht vorher außer Gefecht setzten. Der Wald lichtete sich. In einiger Entfernung hob sich ein dunkles Schloss dem Himmel entgegen. Dieses Schloss wirkte nicht sehr einladend, doch Sky wusste, er musste es dorthin schaffen, wenn er Hilfe für Mal finden wollte. Das Schloss befand sich auf einem Berg, der von einem dicht bewachsenen Wald umgeben war. Am Fuß des Berges hause das eigentliche Fußvolk. Das Rudel. Lediglich der Leit-Alpha mit den nächststehenden Verwandten lebte in dem Schloss. So auch Mal und sein Bruder Larus.

Sky hielt in seiner Wolfsform inne, blickte sich suchend nach einem Weg durch das Dorf um, der ihn unbemerkt vorbeiführen würde. Er hielt sich beim Rennen zurück, rannte von Hütte zu Hütte, verbarg sich hinter Büschen oder Hauswänden, bis er es in den dahinterliegenden Wald schaffte und wieder losrannte. Unerwartet stieß er gegen jemanden und rollte aufgrund des starken Aufpralls ein paar Meter über dem Waldboden, ehe

er zu einem Halt kam. Laub und Staub verfingen sich in seinem ansonsten weißen Fell.
Als er es wieder auf die Beine schaffte, fand er sich dem jungen Mann gegenüber, der einst in seiner Hütte aufgetaucht war und ihm ein seltsames Gefühl verursachte.

„Wen hat der Wind denn hier her getrieben? Einen kleinen Omega? Wie schön für mich.", kam es grinsend von dem blonden Alpha mit den stechenden Augen. Sofort zog Sky drohend die Lefzen zurück, gerade weil der Alpha sich ihm näherte und die Hand nach ihm ausstreckte.

„Oh, wer wird denn gleich so aggressiv werden? Ich tut dir nichts, kleiner Sky. Falls du es vergessen haben solltest. Du bist hier in mein Gebiet eingedrungen und nicht anders herum."
Noch immer in Abwehrhaltung versuchte Sky seine Abneigung zu vergessen und sich zu beruhigen. Natürlich hatte der Alpha Recht.

Entspannt setzte sich der Alpha auf den laubigen Waldboden, winkelte ein Knie an und umfasste es mit einer Hand.
„Willst du mir nicht verraten, weshalb du hier bist?"
Sky legte den Kopf ein wenig schief. Konnte er ihm vertrauen? Wer war dieser Mann überhaupt und weshalb war er damals bei ihm daheim aufgetaucht?

„Du musst mir schon verraten, was du hier willst, wenn ich dich weiterziehen lassen soll."
Unsicher verharrte Sky. Wenn er sich verwandelte, wäre er nackt. Gefahr drohte ihm dann in dieser Situation. Andererseits blieb ihm nichts anderes übrig, wenn er Hilfe für seinen Liebsten finden wollte.

„Na? Verwandelst du dich nicht?" In den Augen des Mannes lag ein wenig Schalk, aber auch etwas Gefährliches und Verborgenes, was es Sky nicht leichter machte.

Dennoch siegte sein starker Wille, Mal zu helfen und so konzentrierte er sich auf die Wandlung, das Strecken und Wachsen seiner Glieder und Gelenke, dem Wechsel der Haut und der Haare und kniete binnen weniger Atemzüge vor dem anderen Mann, der seinen Blick gierig über seine schmale Gestalt wandern ließ. Sofort bedeckte er seinen Schritt mit den Händen und senkte beschämt den Kopf. Hitze lag auf seinen Wangen, brannte sich seine Schultern und den Brustkorb hinunter.

„Ein schöner Wolf, ein noch schönerer Omega. Nun sprich frei heraus. Was führt dich her?“

Da der Mann sich ihm nicht auf unpassende Art näherte, nahm er seinen Mut zusammen und blickte ihn direkt an. „Ich brauche Eure Hilfe. Mal. Euer Prinz ist in Gefahr. Er ... er ist gefangen worden und wird im Kerker gefoltert. Bitte ... Ich muss seine Eltern sprechen, oder seinen Bruder. Wir müssen ihn da herausholen.“

„Mal sagst du? Ich hatte mich bereits gewundert, wo er geblieben ist.“

„Also helft ihr mir, ihn zu befreien?“, fragte er hoffnungsvoll.

Erneut glitt der Blick des Alphas über seinen Körper und jede Stelle brannte unangenehm, die seine Augen berührten.

„Hm ... das muss ich mit den Rudel-Führer besprechen. Es kann großes Unheil bringen, sich in einen Kampf zu stürzen, der nicht unserer ist.“

„Aber er ist euer Prinz.“, sagte Sky leidenschaftlich.

„Davon gibt es zwei. Wenn einer sich durch seine Kopflosigkeit in Gefahr begibt, ist es sein eigenes Vergehen. Wir haben damit nichts zu tun.“

„Aber ...“

„Es sei denn ... du gibst mir etwas, das sich den Aufwand lohnt."
Unverständlich blickte Sky ihn an. „Aber ich habe doch gar nichts."

„Oh ..." Der Alpha leckte sich genüsslich über die Lippen. „Du hast mehr, als dir bewusst ist."

„Was? Nein! Das ... das kann ich nicht tun!" War es wirklich das, was der Mann von ihm verlangte? Seinen Körper?

„Dann ist deine Liebe zu Mal nicht stark genug. Oder? Eine Nacht mit mir und du könntest ihn befreien."

„Aber ... bitte ... ich ... ich kann das nicht tun. Er würde mir das niemals verzeihen."

„Das muss er nicht erfahren."

Kapitel 21

Noa

Geschockt schlug ich die Augen auf. Ich fühlte mich komplett durcheinander, konnte nicht verstehen, wieso ich ständig diese Träume hatte und mich dabei immer als der Omega Sky wiederfand. Hatte es mit Malcolms Erzählung zu tun? Warum aber, hatte ich diese Träume noch vor dieser Offenbarung gehabt und weshalb tauchte nun sogar Larus darin auf? Das war beängstigend, zumal Larus nie in netter Absicht darin auftauchte. Ich musste unbedingt mit Malcolm darüber sprechen, sonst würde ich noch verrückt werden. Diese Träume waren so intensiv, fühlten sich fast wie vergessene Erinnerungen an und konnten dennoch nicht mehr, als bloße Träume sein.

Schweißgebadet setzte ich mich in meinem Bett auf und blickte auf die Uhr. Es war siebzehn Uhr. In einer Stunde würde Malcolm mich abholen und zu unserem zweiten Date ausführen. Wobei ... eigentlich war es bei genauerer Betrachtung, unser erstes geplantes Date.

Überglücklich legte ich mir die Hände an die Wangen. Sie waren ganz warm und auch in meinem Bauch fühlte sich etwas ganz kribbelig an. Mit Sicherheit war es die pure Vorfreude.

Würde er mich wieder küssen? Ich konnte es noch immer nicht glauben, dass er sich für mich entschieden hatte. Papa war von meiner Nachricht ganz begeistert gewesen und hatte Malcolm sofort für die Details angerufen.

Die Aussicht eine Bindung mit ihm einzugehen war im Gegensatz zu der mit Larus eine ganz andere. Hierauf freute ich mich, auch wenn ich wusste, was wir tun mussten, damit es funktionierte. Erneut flatterte etwas in meinem Bauch und mein Glied regte sich bei der Vorstellung, wie er mich berühren, küssen und nehmen würde.

Verschämt, obwohl mich hier keiner sehen konnte, vergrub ich das Gesicht in den Händen und kicherte.

Das klopfen an der Tür holte mich aus meinen unzüchtigen Gedanken heraus. „Ja?"

„Ich störe nur ungern, aber Sie haben einen Besucher,", sagte unser Hausmädchen Diane.

„Wer ist es denn?" Ich krabbelte aus meinem Bett und warf einen prüfenden Blick in den Spiegel. Meine Haare waren ganz zerzaust, daher versuchte ich, sie so gut es ging, zu richten, zudem trug ich gerade nur eine Shorts und ein Tanktop.

„Herr Hillthorne."

Mein Herzschlag beschleunigte sich sofort bei der Aussicht, ihn bereits jetzt zu sehen. Ich fragte mich allerdings, weshalb er schon so früh da war.

„Wartet er im Salon?"

„Ja Sir. Ich weiß jedoch nicht, ob Sie ihn allein empfangen dürfen. Ihr Vater ist nicht im Hause und Lars und Steve begleiten ihn."

„Du weißt, dass ich zuhause keine Bodyguards benötige, zudem ist Mister Hillthorne bald Teil der Familie."

„Oh." Röte stieg in ihre Wangen. „Dann ... ist es natürlich kein Problem. Sollten Sie mich brauchen, bin ich in der Nähe."

„Das wird nicht nötig sein."

Ich ließ Diane stehen und eilte, so wie ich war, die Stufen hinunter, dabei bekam ich mein rasendes Herz kaum unter Kontrolle. Am Fuße der Treppe bog ich nach rechts ab und betrat den großen Salon, der für Besuche gedacht war und mit mehreren kleineren Sofas, Sessel und sogar einer Récamiere ausgestattet war. Als die Tür hinter mir zufiel, wich alle Farbe aus meinem Gesicht, denn mit diesem Besuche hatte ich nicht gerechnet. Der dunkelhaarige Alpha stand am Fenster und blickte hinaus, die breiten Schultern schienen angespannt.

„Larus. Wa-was machst du hier?"

Ganz langsam wandte er sich mir zu und schritt mir entgegen, dabei musste ich an mich halten, nicht sofort den Raum zu verlassen. Sein Besuch hatte sicher nichts Gutes zu bedeuten und ich wünschte mir gerade Lars an meine Seite.

„Ich muss schon sagen, ich bin sehr enttäuscht von dir. Nicht bloß, dass du mich auf rüde Art und Weise abgewiesen hast, du hast es auch noch zum wiederholten male getan und das ist nicht akzeptierbar."

„Es ... es tut mir leid. Wirklich ... aber ... ich empfinde etwas für Malcolm." Ich wappnete mich für seinen Wutausbruch, denn er sah so aus, als wäre er kurz vorm Platzen. Nur wenige Schritte vor mir blieb er stehen. Mein Körper war angespannt, zur Flucht bereit. Ich sah mich bereits nach einer Möglichkeit oder Waffe um, die mir ermöglichte, mich bei einem möglichen Angriff, zur Wehr zu setzen.

In seinen Wangen zuckten mehrere Muskeln gleichzeitig. Er schien mit sich zu ringen. „Malcolm. Malcolm, immer wieder ist es er. Wieso? Ich frage dich Noa oder sollte ich sagen, Sky? Wieso ist es immer er?"

„Ich ... ich bin nicht Sky. Sky ist lange tot."

„Bist du dir sicher?"

„Natürlich bin ich sicher. Ich bin Noa. Ich sehe nur aus wie er. Das hat Malcolm mir gesagt.“

Unsicher rieb sich der Alpha über das Gesicht, das einen Dreitagebart zierte. „Ob Noa oder Sky. Ist mir gleich. Du wirst sein Versprechen einlösen und zwar jetzt gleich.“ Ohne es kommen zu sehen, schnellte er vor und packte mich im Nacken. Zischend musste ich mich der groben Behandlung ergeben und an ihn ziehen lassen.

„Was denn für ein Ver-Versprechen? Ich ... bin Noa. Nicht Sky!“

Larus beugte sich zu mir herunter, während er meinen Kopf nach hinten bog, sodass ich ihm direkt in die Augen sehen musste, ihm gänzlich ausgeliefert war. Mein Körper bebte, die Knie zitterten, waren ganz weich vor Angst. „Eines, das ich beinahe rechtlich bekommen hätte. Zumindest diesmal. Und du musstest es wieder vernichten. Ich warte seit über zweihundert Jahren darauf und jetzt wird es eingelöst.“ Bevor ich es verhindern konnte, bedeckte er seinen mit meinem Mund und küsste mich rau. Ich keuchte angewidert auf und das nutzte er um seine Zunge grob in meinen Mund zu schieben und mich mit aller Gier zu kosten.

Immer wieder stöhnte ich aufgebracht, angeekelt und hilflos zugleich. Ich drückte meine Hände an seine Brust und versuchte, ihn von mir zu schieben, aber natürlich war er viel stärker als ich. Seine Zunge in meinem Mund war meine einzige Chance und so tat ich, was ich glaubte zu helfen und biss, so fest ich konnte, auf seine Zunge. Sofort spürte ich Blut in meinen Mund dringen und er ließ mich schreiend und abrupt los. „Du kleines Miststück!“, schrie er und schlug mir heftig ins Gesicht. Ich strauchelte der Heftigkeit wegen und fiel rückwärts gegen eine niedrige Kommode. Daran stieß ich mir den Kopf und spürte nicht einmal mehr, wie ich zu Boden ging.

Malcolm

Ächzend richtete ich mich vom Boden auf und sah mich im ersten Moment ein wenig orientierungslos um. Ich befand mich noch immer in meinem eigenen Büro, nur hatte ich verborgen vor dem Sofa auf dem Boden gelegen. Mein Hals tat an einer Stelle weh und als ich diese abtastete, spürte ich eine kleine Schwellung, die bereits wieder zurückging.

„Was zum ..."

Dann fiel es mir wieder ein. Larus. Unser Gespräch. Seine Wut über Noas Zurückweisung und selbst über jene von Sky. Er hatte ihn gekannt. Wusste, wie er aussah. Hatte ihn in Noa sofort erkannt und wollte ihn. Das, was er damals nicht bekommen hatte, wollte er nun nachholen, und zwar Noa in sein Bett bekommen, ob freiwillig oder auch nicht. Das ließ das Blut in meinen Adern sofort gefrieren. Was, wenn er bereits auf dem Weg zu ihm war?

Etwas wackelig auf den Beinen zog ich mich auf die Füße und wählte Noas Handynummer. Ich musste ihn warnen. Es klingelte und klingelte, aber niemand ging dran. Obwohl mein Herz sich bereits zusammenkrampfte, musste es nichts zu bedeuten haben. Er konnte im Bad sein und sich für heute Abend fertig machen. Das wäre das Wahrscheinlichste. Dennoch konnte ich nicht einfach abwarten und wählte auch die Handynummer von seinem Vater. Nicholas ging sofort dran.

„Hallo?"

„Hallo, hier ist Malcolm. Kann ich Noa sprechen. Es ist wichtig."

„Tut mir leid mein Lieber. Ich bin unterwegs. Noa ist daheim und macht sich gerade sicher für euer Date schick.“

„Ist Lars bei ihm oder Steve vielleicht? Irgendjemand, der auf ihn aufpasst?“

Nicholas lachte. „Keine Panik, mein Lieber. Noa ist daheim in Sicherheit. Keiner kommt ihm zu nah.“

Das beruhigte mich keineswegs. „Sind Lars und Steve bei ihm?“, fragte ich noch einmal etwas drängender.

„Nein. Sie sind heute bei mir. Aber weshalb machst du dir solche Sorgen.“

„Ich ... ich glaube, mein Bruder ... er kommt mit der Zurückweisung nicht gut klar. Ich habe die Befürchtung, er könnte eine Dummheit begehen.“

„Ich sende Lars zurück. Er soll nachsehen, ob alles in Ordnung ist.“

„Das wäre gut. Ich mache mich ebenfalls auf den Weg.“ Damit beendete ich das Gespräch, griff nach dem Autoschlüssel und eilte in den nächsten Fahrstuhl, der mich direkt bis in die Tiefgarage brachte. Ich stand wie auf Kohlen, wollte mich am liebsten Teleportieren, wenn das denn möglich gewesen wäre. Die Sorge um Noa machte mich verrückt. Nichts ergab Sinn und doch irgendwie schon. Die ganzen Jahre hatte Silas geschworen, nichts mit der Sache zu tun zu haben und war vor mir sogar auf die Knie gegangen. Nur deshalb lebte er noch, weil er mir geschworen hatte, nie wieder einem Omega zu nah zu kommen. Konnte es möglich sein, dass er wirklich unschuldig war? Allein die Vorstellung, es könnte alles mit meinem Bruder zusammenhängen, war grauenhaft.

Eilig stieg ich in mein Auto und raste los. Keine zwanzig Minuten später erreichte ich Noas Elternhaus. Der Portier ließ mich direkt passieren und der Butler öffnete ebenfalls die Tür.

„Der Herr befindet sich im Salon."
Ich peilte den Salon an und öffnete die Tür. Zu meinem Entsetzen war er leer. Sofort wandte ich mich dem Butler zu. „Er ist nicht da. Wo ist er?", presste ich erregt hervor. Ich raufte mir die Haare, glaubte langsam durchzudrehen, wenn ich Noa nicht sofort in die Arme schließen konnte. Er musste in Sicherheit sein. Anders wäre es mein Ende. Noch einmal ... Nein! Das durfte ich nicht denken. Niemals! Noa ging es gut!

Der Butler blickte an mir vorbei in den Raum. Verblüfft. „Hm. Ich dachte, die beiden wären dort gewesen. Vielleicht ist der Herr Bruder wieder gegangen und der Herr auf seinem Zimmer."

„Mein Bruder war hier?"
Das reichte aus. Ich sprintete wie ein verrückter die Stufen nach oben in den privaten Bereich der Familie. Zwar wusste ich nicht genau, wo Noas Zimmer sich befand, doch ich folgte der Spur seines Duftes. Leider nahm ich einen Weiteren sogleich wahr, und zwar den, meines Bruders. An der Zimmertür verharrte ich nicht und machte sie sofort auf. Was ich sah, zwang mich beinahe in die Knie. Noa lag nur noch in Boxershorts auf seinem Bett und mein Bruder war über ihm, die Hose bereits heruntergelassen. Mein schöner Omega wehrte sich nicht. Er war nicht bei Bewusstsein und ich sah mich meinem schlimmsten Alptraum erneut gegenüber.

Sky konnte es kaum glauben, er hatte sich für die Flucht entschieden. Nun hieß es lediglich, mit diesem Alpha zu sprechen, denn das, was er verlangte, konnte er ihm nicht geben. Er eilte nach Hause um seine wenigen Habseligkeiten einzupacken und stellte den kleinen Seesack neben der Tür ab, dann machte er sich daran, seinen Eltern eine kleine Nachricht zu schreiben, auch wenn seine Schreibkünste sehr gering waren, schaffte er es dennoch zu schreiben:

Liebste Familie, macht Euch keine Sorgen um mich. Es geht mir gut. Ich habe meinen Gefährten gefunden und gehe mit ihm. Wenn alles gut geht, werde ich euch entschädigen.
Euer Sohn
Sky

Er faltete den Zettel und legte ihn halb unter die Steingutvase, in die er einen kleinen Strauß Wildblumen getan hatte. Dann eilte er zur Tür und öffnete sie mit dem Seesack in der Hand. Geschockt ließ er diesen fallen, denn vor ihm stand der dunkelhaarige Alpha mit den stechenden Augen und blickte ihn gierig an.

„Wo willst du hin, mein Schöner?"

„I-ich ... ich gehe mit Mal."

Der Alpha legte den Kopf schief. „Mit Mal? Ohne meine Bezahlung?"

„Ich habe nie zugestimmt.", sagte er zurückhaltend, denn er hatte Mal wirklich alleine befreit, selbst wenn der Alpha etwas anderes behauptete. „Du ... du hast mir nicht ... geholfen." Seine Lippe bebte, als er das sagte. Er konnte seine eigene Angst schmecken.

„Ich bin dir dennoch zu Hilfe gekommen, nur warst du schneller. Also habe ich mein Rudel verlassen und bin das Risiko eingegangen, geschnappt und gefoltert zu werden. Ich verdiene meine Bezahlung." Unerwartet packte er Sky an seinem Oberarm. Sofort versuchte er sich aus dem schmerzhaften Griff zu befreien, schaffte es jedoch nicht. Stattdessen verstärkte der Alpha seinen Griff nur noch mehr.

„Bitte ... lass mich gehen. Bitte. Ich bin mir sicher Mal bezahlt dich. Du musst das nicht tun. Bitte." Seine Stimme klang dünn und weinerlich. Innerlich starb er tausend Tode. Er hatte Angst vor diesem Mann, der ihn voller Gier betrachtete und nun sogar tiefer in die Hütte schob und die Tür hinter sich schloss. An der Bettstatt seiner Eltern stieß er ihn von sich und direkt auf die Matratze, die mit Heu und Stroh gefüllt war und einen wohligen Geruch nach Sommer verströmte.

„Dich gehen lassen? Danach vielleicht. Erst nehme ich mir meinen Preis."

„Nein!", begann Sky von Neuem und richtete sich kampfbereit auf. Er kam in eine sitzende Position und wollte vom Bett springen, der Alpha hielt ihn auf, indem er ihn an der Kehle packte und hart auf die Matratze drückte.

„Du hältst schön still, bis ich fertig bin, hast du mich verstanden?" Er kam seinem Gesicht ganz nah, sodass er kleine Spritzer seines Speichels abbekam und sich angewidert abwandte, so gut es ging. Dann begann der Mann an seiner Kleidung zu zerren und zu reißen und Sky blieb nichts weiter übrig als loszuschreien. „Hilfe! Hilfe! So helft mir doch!"

„Halt den Mund!", stieß der Alpha wütend aus und verdeckte ihm Mund und Nase mit der flachen Hand. Aus rot glühenden Augen blickte er auf ihn hinab und nestelte weiter an dem Verschluss von Skys Hose, bis er sie offen hatte. Sky indessen versuchte die Hand von seinem Gesicht zu bekommen. Ihm ging die Luft aus, gleichzeitig drückte der andere seine Hand unerbittlich auf Mund und Nase und begann wie im Wahn, seinen Hals mit Küssen und kleinen Bissen zu penetrieren. Panisch riss Sky die Augen auf. Er musste es schaffen, sich zu befreien, er durfte nicht sterben, nicht so. Nicht, wenn sein Leben mit Mal gerade erst seinen Anfang nahm. Seine Augen

begannen zu flattern, die Lungen brannten, zuckten, lechzten nach Sauerstoff, der ihm verwehrt blieb, auch als er anfing die Hand, des anderen zu zerkratzen, in einem letzten verzweifelten Versuch sein Leben zu erhalten. Dann war sein Kampf vorüber und seine Glieder wurden schlaff, die Hände fielen kraftlos zur Seite, die Augen waren zu hellbraunen Höhlen erstarrt, die nie wieder etwas sehen würden.

Erst wenige Momente später bemerkte dies der Alpha über ihm und rüttelte ihn. „Sky? Spiel keine Spielchen! Hör auf damit!“ Sein Körper wurde wild durchgerüttelt, doch er blieb ungerührt.

„Nein! Oh, Nein!“ Der Mann griff sich unwirsch an den Kopf, sah sich hektisch zu allen Seiten um und floh stolpernd aus der Hütte. Als Päckchen nahm er das Wissen mit sich, dem Omega das Leben genommen zu haben.

Nur wenige Minuten später erschien Mal an der offen stehenden Tür und wunderte sich, weshalb es so ruhig war. Sie hatten sich eigentlich an ihrem Treffpunkt am Bach treffen wollen, da Sky jedoch nicht aufgetaucht war, hatte Mal beschlossen, ihn abzuholen.

Ein mulmiges Gefühl beschlich ihn. Langsam betrat er die Hütte und erstarrte für einen Moment zur Salzsäule. Er glaubte sich in einem Alptraum. Sein Puls raste laut durch seine Ohren, doch er konnte ihn nicht einmal hören. Er hörte nichts. Nur Stille. Kein Atem, der sich seinem Gefährten entrang. Dieser lag bewegungslos und halbnackt auf dem Bett seiner Eltern, die Augen blickten ins Leere, seine Haut wirkte fahl und viel blasser als sonst.

„Sky? Baby? Du ... Nein ... Nein Baby ...“ Seine Stimme brach. Er lief zu seinem Liebsten, hob ihn in seine Arme und bedeckte sein fahles Gesicht mit Küssen. „Alles wird gut, mein

Liebster. Wir ... wir gehen jetzt nach Hause. Dort bist du sicher, niemand wird dir jemals wieder wehtun, hörst du Baby, Liebster? Niemals wird dir jemand wieder wehtun. Ich pass-... auf dich auf."

Wie in einer Trance wiegte er sich mit dem Jungen in seinen Armen hin und her. Sein Tränenstrom schien nicht enden zu wollen. Sein Herz lag in seinen Armen und war gebrochen. Zerbrochen in tausend Teile, die sich nie mehr zusammenfügen lassen würden.

Kapitel 22

Malcolm

Ohne abzuwarten sprintete ich in den Raum und überraschte den Mann, den ich bisher als meinen Bruder gesehen hatte, indem ich ihn mit beiden Händen an den Armen packte und von meinem Gefährten herunterzerrte.

„Was?“, stieß er keuchend aus und stöhnte schmerzerfüllt auf, als ich ihn direkt gegen die Wand stieß und dort mit meinem Arm unter seiner Kehle festpinnte.
Ich drückte mein ganzes Gewicht gegen seinen Körper und schaffte es somit, ihn dort festzuhalten.

„Das fragst du noch? Du wagst es, das zu fragen?“
Larus wand sich in meinem Griff, aber ich war immer der stärkere von uns beiden gewesen. Solange er seine Beine nicht freibekäme, war er machtlos.

„Lass mich los!“

„Wie kannst du dich an ihm vergehen? An einem wehrlosen Omega, der obendrein auch noch bewusstlos ist.“

Ein böses Grinsen breitete sich auf seinem Gesicht aus. „Bist du dir sicher, dass er bloß bewusstlos ist?“

Damit verunsicherte er ihn kurz, doch er fing sich wieder, denn er könnte Noas Herz schlagen hören und der Schlag veränderte sich plötzlich, wurde schneller.

„Ah, da ist das Dornröschen aus dem Schlaf erwacht.“

Ich löste meinen Arm an seiner Kehle nur ganz kurz und das auch bloß, um den Druck noch einmal zu verstärken. In meinen Zügen lag Hass. „Wage es nicht, mit ihm zu sprechen. Du wirst nie wieder mit Noa ein Wort wechseln.“

„Du hast es noch immer ... nicht ... kapiert ... Bruder ...“

„Was soll das heißen?“

Noa tauchte an meiner Seite auf. Sein Gesicht war ganz blass. Er wirkte geschockt und das jagte mir selbst Angst ein. Was war hier bloß geschehen? „Er ... er hat Sky getötet. Er war es Malcolm. Ich ... ich habe es gesehen.“

„Wie? Das ist unmöglich.“

„Nein. Er war es. Ich ... ich war da.“

„Was? Ich verstehe nichts mehr.“

Der Alpha in meinem Griff lachte. Sein Brustkorb krampfte, da er weniger Luft als sonst in seine Lungen bekam. „Du bist so dämlich Malcolm. Du kapierst ... nichts ... Wieso ... wieso meinst du ... ist Noa Sky aus dem Gesicht geschnitten? Nicht ... bloß das. Er riecht wie er. Bewegt sich wie er, fühlt sich an ...“

„Genug jetzt! Du redest nicht über die beiden. Nie mehr!“

„Er ist es. Er ist Sky. Seine Re-inkarn-ation.“

Alles Blut wich aus meinem Gesicht. Ich konnte nicht glauben, was er von sich gab. Diesen Moment der Unachtsamkeit genügte, sodass er sich von mir befreite und mir einen Tritt ins Gemächt verpasste. Ich sackte in die Knie und umfasste meinen Schritt. „Lauf Noa!“

Ich sah den Omega zur Tür rennen, der Alpha dicht auf seinen Fersen, er sprang behände übers Bett und erreichte Noa beinahe, wäre die Tür nicht erneut aufgeflogen. Lars stand im Türrahmen und hielt eine Pistole auf den Mann gerichtet. Schutzsuchend rannte Noa zu Lars und stellte sich hinter ihn.

„Keine Bewegung, oder ich erschieße dich, du Mistkerl.“, kam es eiskalt von Lars, der sich nun langsam nach vorne bewegte und Larus an beiden Armen packte.

„So ne Scheiße. Ich hätte viel früher zuschlagen müssen. Noch am Tag, als ich dich entdeckt habe.“

„Halt deine verdammte Fresse!“, zischte Lars, der dessen Arme packte und hinter den Rücken zog, wo er sie mit Handschellen befestigte und aus dem Zimmer zerrte.

„Du gehörst mir Sky! Hörst du!“, schrie Larus weiter, bis seine Stimme langsam verebbte.

Sofort kam Noa zu mir geeilt und half mir auf das Bett.

„Es tut mir so leid Malcolm. Alles ist meine Schuld. Ich ...“

Ich fasste nach seinem Kinn und legte den Finger auf seine Lippen. „Nichts davon ist deine Schuld. Das war es nie.“

„Aber damals. Ich ... ich habe mit Larus geredet. Bat ihn, dir zu helfen und er wollte Sky dafür in seinem Bett. Oder mich ... nein. Sky.“ Verzweifelt vergrub er sein schönes Gesicht in den Händen, Tränen standen in den Augen.

„Das ist so schwer vorstellbar. Selbst für mich. Aber ich verstehe nicht, wie du das alles wissen kannst Noa. Das bedeutet etwas. Das muss es.“

„Ich habe es nie verstanden. Seit ich dich das erste Mal gesehen habe, war nichts mehr wie vorher. Ich bekam diese Träume ... und manchmal hat bloß ein Blick in Larus Gesicht ausgereicht, um eine Vision oder Erinnerung zu wecken. Ich denke, irgendwie muss das stimmen, was Larus gesagt hat. Wieso sonst, sollte ich das alles wissen? Aber ... ich fühle mich nicht anders. Ich bin immer noch ich.“

Langsam wich der Schmerz in meinem Gemächt, daher lehnte ich mich vor und küsste Noa behutsam. Es ist unwichtig, ob du einen Teil von ihm in dir trägst. Du bist Noa und ich will mit dir zusammen sein. Ich habe Jahre lang nach einer Antwort gesucht und du bist derjenige, der sie mir gebracht hat. Dafür werde ich dir ewig dankbar sein. Du bist mein Leben und mein Herz."

„Es tut mir leid, dass du so viele Jahre lang nicht wusstest, was wirklich geschehen ist. Das muss furchtbar gewesen sein."

„Das war es auch. Ich bin damals ausgeflippt, habe im Dorf wie eine wild gewordene Furie getobt und unschuldige Wandler getötet und verletzt. Die ganze Zeit über, dachte ich, Liass, oder besser gesagt, Silas, wäre dafür irgendwie verantwortlich und nun zu erfahren, dass es mein eigener Bruder war, ist kaum zu ertragen."

„Willst ... willst du denn wissen ... wie er genau gestorben ist?"

Ein wenig unsicher war ich schon. Doch vielleicht brauchten wir beide erst ein wenig Zeit, diese Sache gänzlich zu verarbeiten, daher schüttelte ich den Kopf. „Es ist gerade zu viel, glaube ich."

Noa legte seine kleine Hand in meine. „War schon speziell, dieses erste offizielle Date."

Einerseits wollte ich schmunzeln, doch die Ernsthaftigkeit siegte. Sanft schob ich ihm eine Locke hinters Ohr. „Du bist stark, Noa. Viel stärker, als ich dir jemals zugetraut hätte."

Röte stieg in seine Wangen und verteilte sich sogar bis in seine Ohren, die scheinbar zu glühen begannen. „Das war Sky auch. Er war sehr mutig."

Hinter uns räusperte sich Lars. Er stand mit vor der Brust verschränkten Armen an den Türrahmen gelehnt. „Jemand mal so nett, mich aufzuklären, was hier eigentlich passiert ist? Der Typ im Keller redet nur von seinem Recht und bla, bla, bla. Irgendeinem Sky."

„Naja, wie es aussieht, ist mein Bruder der Mörder meines ..." Ich hielt inne, wollte Noa nicht mit den falschen Wörtern verletzen.

„Seiner ersten großen Liebe. Sky." Er nahm meine Hand und drückte sie und in diesem Moment hätte ich die ganze Welt umarmen können, aber wie bereits vor vielen Jahren gedacht, diese Welt, meine Welt, befand sich direkt vor mir und lächelte mich verständnisvoll und voller Zuneigung an. Ich fragte mich, wie ich so lange blind ihm gegenüber sein konnte.

Noa

Ein paar Tage waren seit diesem Vorfall mit Larus ins Land gezogen und ich musste noch ziemlich oft daran denken. Er war mir auf fürchterliche Art und Weise nahe gekommen. Die Alpträume ließen sich nicht ganz vertreiben, doch sie wurden weniger. Manchmal träumte ich von Sky und sah sein Leben. Das Leid, das er oftmals ertragen hatte und was die Begegnung mit Malcolm, seinem Mal, für ihn bedeutet hatte. Ein Licht in der Dunkelheit. Es schmerzte, zu wissen, dass er dieses Glück nie hatte auskosten dürfen. Er hätte es so sehr verdient.

Ich selbst kämpfte noch immer mit der Vorstellung, seine Reinkarnation zu sein, aber Malcolms Mutter hatte mir von der bestehenden Wahrscheinlichkeit erzählt. Wenn man der auserwählte Gefährte eines Canus Dirus ist, kann nicht einmal der Tod diese Liebe töten oder trennen. Die beiden waren zwar nicht ganz gebunden, doch durch ihre Liebe hatten sie das Band bereits gesponnen und sich halbwegs aneinander gebunden. Da Malcolm unsterblich war und seinen Gefährten in so jungen

Jahren verloren hatte, hat die Schicksalsgöttin anscheinend beschlossen, die unsterbliche Seele seines Gefährten erneut auf die Erde und zu Malcolm zu schicken.
Es klang nach einem schönen Märchen, von dem ich wusste, ein wenig Wahrheit steckte auf jeden Fall darin.

„Bist du noch nicht fertig?" Lars steckte den Kopf einen Spalt durch die Tür und musterte mein Outfit. Ich hatte mich für das längst ausstehende Date extra in Schale geworfen und da ich wusste, dass Malcolm es mochte, wenn ich einen Rock trug, hatte ich einen gewählt. Es war ein knielanger Faltenrock, den ich mit einem beigen Shirt mit V-Ausschnitt kombinierte. Dazu trug ich eine Kette, die bis zum Bauchnabel herunterbaumelte und als Anhänger einen kleinen schwarzen Wolf hatte.

Grobe braune Boots komplettierten das Outfit, aber heute hatte ich ein klein wenig rosa Lipgloss aufgetragen und hoffte, es war nicht zu viel. Manche Männer mochten es nicht, wenn ihr Freund sich schminkte und Vater hatte es ohnehin nie gestattet.
Es würde nicht mehr lange dauern, dann bekäme ich meine Hitze. Die ersten Bauchschmerzen kündigten das bereits an.

Was mir vor ein paar Tagen noch ein wenig Angst gemacht hatte, war nun pure Vorfreude, denn ich wusste, er wollte mich ebenso, wie ich ihn wollte und auch wenn er es mir noch nicht gesagt hatte, ich war mir fast sicher, dass er mich liebte.

„Doch. Gerade fertig geworden. Wie sehe ich aus?" Ich wandte mich dem Beta zu, der sich momentan kaum von meiner Seite vertreiben ließ. Selbst die Tatsache, dass Larus im Kerker seines Elternhauses eingesperrt war, änderte daran nichts.

Ein sanfter Ausdruck trat auf sein Gesicht. „Du bist sehr hübsch Noa. Malcolm kann sich glücklich schätzen."

„Das kann ich auch."

„Wie dem auch sei. Dein Typ wird verlangt. Er ist unten und wartet ungeduldig auf dich."

Obwohl ich mir vorstellte, wie ich anmutig die Treppe hinunter lief und von meinem Alpha empfangen wurde, konnte ich nicht langsam laufen und rannte die Stufen hinunter. Am Fuß der Treppe stand er. Ein Päckchen in seiner Hand.

Seine blonden Haare trug er nicht mehr ganz so streng frisiert, was ihn ein wenig lockerer wirken ließ. Seine Tattoos am Hals und an der Brust kamen in dem weißen Hemd und der dunkelblauen Stoffhose besonders gut zur Geltung. Er sah einfach sexy aus und strahlte übers ganze Gesicht.

„Wow. Ich bin so ein Glückspilz.", hauchte er und zog mich in eine kleine Umarmung, aus der ich mich nicht so schnell wieder lösen wollte. Ich legte den Kopf in den Nacken und bekam meinen gewünschten Kuss.

„Du siehst toll aus Mal."

Er hob eine Braue. „So hast du mich bisher noch nicht genannt."

„Stört es dich?"

„Keinesfalls."

„Danke, Mal. Und was ist das da in deiner Hand?"

Er schürzte die Lippen. „Sieh nach."

Behutsam hielt er mir das Päckchen vor die Nase und ich hob den Deckel an. Ein schriller Schrei entschlüpfte meiner Kehle. „Hope! Du hast Hope hergeholt?"

Malcolm grinste wie ein verschmitzter Lausbub. „Ich dachte, du willst vielleicht genau prüfen, ob es ihm gut geht und danach im Garten frei lassen."

Ich reichte Lars das Päckchen mit dem Vogel und sprang überschwänglich in Malcolms Arme. Kein Zentimeter seines Gesichtes war vor meinen Lippen sicher. „Danke, danke, danke. Du bist der beste Alpha, auf der ganzen Welt. Ich ... ich liebe dich."

Kurz versteifte er sich und ich bereute meinen Ausbruch beinahe, aber nur beinahe, denn als ich ihm in die Augen sah, glaubte ich zu verbrennen. In seinen Augen war pure Liebe zu sehen.

„Ich liebe dich, Noa. Mein Noa.“

Epilog

Malcolm

„Meinst du, er wird es schaffen und in Freiheit überleben?“, fragte Noa, Unsicherheit stand in seinem Gesicht. Er hielt den kleinen Vogel, der in der Zwischenzeit sein volles Federkleid erhalten hatte in einem Bündel aus seinem eigenen Shirt und dicht an seine Brust gezogen.

Ich stellte mich neben ihn und lächelte ihm aufmunternd zu. „Da bin ich mir sogar sehr sicher. Schau doch nur, er will in die Freiheit. Ein Spatz gehört nicht in ein Haus. Selbst deine Liebe würde ihn nicht glücklich machen.“

Seufzend nickte Noa und lief ein Stückchen weiter zu den Bäumen, die eine schöne Allee in der Auffahrt seiner Eltern bildeten. Dort nahm er den Weg zwischen ein paar Bäumen und wartete auf mich. „Kommst du?“

Es war ein Tag nach unserem ersten Date und Noa hatte mir gestanden, dass er Hope nun freilassen wollte, allerdings nicht allein.

„Ich bin hier. Na los, du schaffst das.“ Sanft legte ich meine Hände von hinten auf seine schmalen Schultern. Er beugte sich zu dem Vogel hinunter und gab ihm einen zarten Kuss auf das Haupt. Der Kleine entließ einen schrillen Laut, dann hob Noa seine Arme über seinen Kopf und schwang das kleine Bündel, sodass der Vogel sich aufrichtete, die Flügel ausbreitete und aus den schützenden Armen seines Ziehvaters flog. Noa schluchzte leicht, während er dem Kleinen hinterherblickte.

Dieser flatterte wie ein Profi in die Lüfte und verschwand zwischen den Baumkronen. „Flieg mein Kleiner. Flieg in die Freiheit und pass auf dich auf.“

Wir beide standen eine Weile da und starrten in den Sonnenuntergang, dabei legte ich Noa einen Arm um die Schultern und zog ihn an mich heran. Sein Duft war intensiver geworden. Ich wusste, es war nur noch eine Frage von Stunden, ehe wir uns vereinen würden und ehrlich gesagt, konnte ich es kaum erwarten ihm auf diese Art nahe zu sein.

Nach unserem gestrigen Date war Noa aufs Ganze gegangen und im Auto direkt auf meinen Schoß geklettert. Er hatte mich geküsst und seine eigene Ungeduld zum Ausdruck gebracht. Er wollte mich ebensostark, wie ich ihn wollte und es war mir unheimlich schwergefallen, ihn nicht sofort an Ort und Stelle zu nehmen, aber ich wusste auch, dass es sein erstes Mal sein würde, und so sollte es nicht passieren. Er verdiente es anders. Ich selbst wollte, dass es in einem geschützten Rahmen geschah, wo niemand uns aus Versehen sehen konnte. Diesen jungen Mann wollte ich mit niemandem teilen.

„Na komm, lass uns reingehen. Deine Eltern warten sicher bereits mit dem Abendessen.“

„Aber ... was ist, wenn er doch wieder zurückkommt und niemand ist da, der auf ihn wartet. Vielleicht fühlt er sich dann verloren.“ In seinen Augen glänzten Tränen. Er sah so niedlich aus, dass ich nicht anders konnte, als ihn an mich zu ziehen und zu küssen.

Willig öffnete er seine Lippen und ließ mir Einlass. Ich konnte mich kaum beherrschen ihn nicht sofort zu nehmen. Seine Hitze brach unmittelbar aus. Sie drängte sich aus allen Zellen, jeder Pore und benebelte mich. Der süßliche verführerische Duft des Omegas machte es mir und meinem Wolf unmöglich, klare Gedanken zu fassen. Ich fühlte mich nur noch getrieben von dem Wunsch, mich mit ihm zu vereinen. Noa schien es nicht anders zu ergehen, denn plötzlich schlang er seine Arme um meinen Nacken und sprang mich regelrecht an, sodass mir nichts anderes übrig blieb, als die Hände an seinen Po zu legen, um ihm Halt zu geben. Wobei er den wahrscheinlich nicht einmal gebraucht hätte, denn er klemmte die Beine einfach um meine Hüfte und drückte sein Becken eisern gegen meines.

„Ich ... ich brauche dich Mal ..."

„Ich brauche dich auch Babe. So sehr, dass es wehtut."

„Bring mich in mein Zimmer."

Ohne die Lippen von seinen zu lösen, trug ich ihn ins Haus, dabei begegnete uns Lars, der uns fragend musterte. Als Beta konnte er den Duft eines Omegas in Hitze nicht wahrnehmen.

„Was ist los mit euch?"

Ich spürte, wie meine Augen ihre Farbe wechselten und zu einem tiefen Rot wurden. Der Wolf in mir drängte nach der Vereinigung und so antwortete ich knapp, während ich mit Noa die Stufen ins nächste Stockwerk hoch stürmte. „Hitze. Seine Hitze."

„Oh je. Dann sollten wir wohl alle heute Nacht Ohrstöpsel tragen.", hörte ich den Beta sagen, bevor ich die Tür zu Noas Zimmer hinter mir schloss und den Omega direkt auf seinem Bett absetzte, wobei er nicht einmal hier von mir ablassen wollte.

„Babe, du musst mich schon loslassen, wenn wir das machen wollen. Wir sollten uns ausziehen." Meine eigene Stimme hörte sich fremd an. Sie war rau und belegt und voller Verlangen.

Ungeduldig riss ich mir die Kleidung beinahe vom Körper, bis ich komplett nackt vor dem Bett stand und mich von Noa betrachten ließ. Seine ansonsten braunen Augen leuchteten hellblau auf.

Er selbst nestelte an seinen Kleidungsstücken, doch das ging mir zu langsam und so kletterte ich über ihn, zog ihm das Shirt mit einem Mal über den Kopf und küsste ihn wieder. Er ließ sich auf den Rücken sinken und öffnete die Knöpfe seiner Jeans, die ich ihm sogleich von der Hüfte schob und gleichzeitig auch seine Unterwäsche entfernte. Sein purer Duft erreichte mich mit einer Heftigkeit, dass ich zu knurren begann. Ich war nur noch von den Gedanken: Mein, mein, mein, beherrscht.
Meine Hände machten sich selbstständig, erkundeten jeden Zentimeter seiner wohlriechenden, glatten Haut, die Lippen folgten dieser Erkundungstour, gleichzeitig spreizte ich seine Beine und begab mich auf den Weg nach unten zu seinem Glied, das ich mit der Zunge umspielte und schließlich in meinen Mund nahm.

Noa stöhnte und hob mir sein Becken entgegen, die Hände krallte er in meine Haare. „Oh ja! Das ist unglaublich! Wow ... wow ...“

Geschickt ließ ich einen Finger an seinen Anus gleiten und umspielte den feuchten Omegaeingang, ehe ich ein wenig Druck ausübte und mit Leichtigkeit Einlass fand. Ich hatte noch nie einen Omega genommen. Nicht einmal mit Sky war ich intim gewesen und es war ein kompletter Unterschied zu einem ganz gewöhnlichen Mann. Ein Omega wurde feucht und locker, musste nicht vorbereitet werden, dennoch war es berauschend, den Finger in seinen warmen Körper zu schieben.

„Babe. So geil und willig. Ich brauche dich jetzt. Ich kann nicht länger warten.“, knurrte ich erneut voller Ungeduld.

Ich musste ihn nehmen, mein Wolf lief bereits im Kreis, in Erwartung unseren Gefährten endlich zu unserem zu machen. Und so dauerte es nicht mehr lange, bis ich mich langsam und komplett in ihn schob. Noa stöhnte und empfing mich willig. Er schlang die Beine um meine Hüfte, wie um mich noch näher, noch tiefer in sich zu haben.

„Wow. So intensiv. Du ... du fühlst dich so gut an, Babe. Ich ... ich glaube, ich werde wahnsinnig."

Ich bewegte mein Becken, stieß tiefer und fester in ihn, hob seine Beine auf meine Schultern und lehnte mich mit ihm vor, damit ich ihn küssen konnte. Noa war so beweglich, dass es ihm nichts auszumachen schien. Stattdessen hob er das Becken nur noch mehr meinem Glied entgegen. Ich spürte, wie sich mein Orgasmus aufbaute, diese Intensität war zu viel für mich, daher begann ich Noas Länge zu streicheln. Er biss sich auf die Unterlippe, rollte die Augen nach hinten und ergoss sich mit einem Mal stöhnend in meine Hand.

„Ja Babe, komm für mich. Komm. Du bist so sexy." Noa krallte seine Hände in meine Oberarme und sah mich mit komplett blauen Augen an.

„Jetzt!", forderte er und das war mein Moment. Ich kam so intensiv und tief in ihm, wie noch nie in meinem Leben. Gleichzeitig versenkte ich meine Zähne in die empfindliche Haut, wo Hals und Schulter sich trafen, und machte ihn damit zu meinem ewigen Gefährten.

Ein kleiner Ruck ging durch Noas Körper, er spannte sich an, klammerte sich an mich und sackte dann entspannt zusammen, während ich meinen Orgasmus ausritt und schließlich schwer atmend zur Seite rollte und den Omega mit mir nahm und auf mich bettete. Ich glitt aus ihm heraus, dabei spürte

ich, wie ein Teil meines Samens aus ihm heraus troff und fühlte nur stolz und das Gefühl von Zusammengehörigkeit.
Dieser junge Mann, mein Noa, mein Sky, gehörte zu mir. Von Anbeginn der Zeit waren wir füreinander bestimmt gewesen und ich würde ihn nie wieder gehen lassen.

„Das war ... wow ...“ Noa stützte sich auf meiner Brust ab und sah mich an. Seine Wangen waren gerötet, die Lippen geschwollen, die Haare zerzaust und die Spur meines Bisses deutlich zu sehen. Die Wunde hatte geblutet, würde aber schneller heilen, als normale Wunden.

„Kann ich nur zurückgeben, Babe.“

„Ist ...“ Er leckte sich über die Lippen. „Ist es immer so schön und intensiv?“

Langsam ließ ich eine Hand über seinen Rücken hinabgleiten, bis ich die Wölbung seines Hinterns erreichte und die Finger dazwischen schob. Seine und meine Feuchtigkeit empfingen mich und ich schob den Finger wieder in ihn, sodass er keuchte.

„Nein. So war es noch nie für mich. Klar hat Sex immer Spaß gemacht, aber dieses intensive Gefühl, hatte ich noch nie. Es ist, wie die Legenden sagen. Alphas und Omegas sind füreinander geschaffen. Sie sind die perfekte Verpaarung.“

„Was wirst du tun, wenn ich alt und runzlig bin? Wirst du dir dann einen anderen Partner holen?“ Er wirkte völlig verunsichert, daher küsste ich ihn fest und entfernte meinen Finger aus ihm, damit er wusste, es ging mir nicht nur darum.

„Babe. Habe ich das nicht erwähnt?“

„Was denn?“

„Mit dieser Vereinigung, der Bindung, bist du zum Gefährten des Canus Dirus geworden und somit ebenfalls unsterblich. Wir teilen uns nun das gleiche Blut. In deinen

Adern fließt durch diesen Biss, ein Teil meiner Lebenslinie und somit werden wir für immer zusammen sein."

„Was? Ist das dein Ernst?"

Ich konnte nicht widerstehen und küsste ihn kurz auf die Lippen und auf die Nasenspitze. „Glaubst du etwa, ich könnte dich jemals wieder gehen lassen? Dich zu verlieren wäre, als verliere ich mich selbst."

Ende

Weitere Bücher:

Schattenwolf Trilogie
Schattenwolf Saga 1-3

Bücher unter dem Namen Elfi Jäger:

Your´re mine, little Omega
Wolfsnächte- Through the Storm
Wolfsnächte- Ruf der Dunkelheit
Yuls Erben Trilogie
Winterglanz Dilogie
My hot Hostess
Zwillingssterne

Nachwort:

Liebe Leser,
eine weitere Geschichte mit zwei ganz tollen Charakteren ist zu Ende und zum Glück, haben sie ihr verdientes Happy End bekommen.
Wer meine Bücher kennt, der weiß, bei mir endet kein Buch mit einem traurigen Ende. Meine Liebsten erhalten immer ihr wohlverdientes Ende.
Ich hoffe euch hat das Buch ebenso gefallen wie mir, denn es hat mir viel bedeutet, diese Geschichte zum Leben zu erwecken. Wie immer, ist nicht alles so gelaufen, wie ich es mir gedacht habe, aber das gehört zum Schreibprozess.

Wenn euch die Gesichte gefallen hat, hinterlasst eine kleine Rezension. Das würde mich freuen.
Zudem könnt ihr mir auf Instagram folgen, falls ihr mehr Infos zu kommenden Projekten haben wollt.

Insta@elfeejae

Ich wünsche euch eine gute Zeit.

Eure E. Chasseur

Die Autorin:

Unter dem Pseudonym E. Chasseur verbirgt sich die Autorin Elfi Jäger. Sie lebt und arbeitet in der Nähe von Darmstadt in ländlicher Umgebung.
Die Liebe zum BL-Omegaverse hat sie vor mehr als drei Jahren für sich entdeckt und seitdem hat es sie nicht mehr losgelassen.
Wenn sie gerade nicht schreibt, liest sie selbst sehr viel oder plant die nächste Reise.

www.ingramcontent.com/pod-product-compliance
Lightning Source LLC
LaVergne TN
LVHW041152150826
845673LV00001B/141

* 9 7 9 8 8 3 9 8 3 2 2 0 6 *